Olaf Thumann

Die Saga der vergessenen Stadt

Teil – 2
Asengard

© 2025 Olaf Thumann
Verlag: BoD · Books on Demand GmbH, In de Tarpen 42,
22848 Norderstedt, bod@bod.de
Druck: Libri Plureos GmbH, Friedensallee 273,
22763 Hamburg
ISBN: 978-3-7693-1911-8

Gewidmet all jenen Menschen, die sich bisweilen fragen, ob es den Menschen in der Vergangenheit besser ging, als uns Heute. Es waren damals andere Zeiten, andere Umstände und grundsätzlich andere Ansichten und Lebensauffassungen … und je weiter man in der Geschichte zurück geht, desto verschiedener sind gewisse Probleme, während andere Dinge noch immer im Prinzip gleich geblieben sind.

Manches hat sich zum Vorteil verändert, andere Dinge jedoch betrachten viele Menschen heute leider vergessene Tugenden.

Jeder Mensch möge selbst urteilen, was er oder sie, als erstrebenswert ansehen mag.

Unverändert geblieben sind jedoch die Dinge wie Liebe, Lust und Leidenschaft, die unser aller Leben beeinflussen und lenken.

Covergestaltung, Karten und Illustrationen: Olaf Thumann

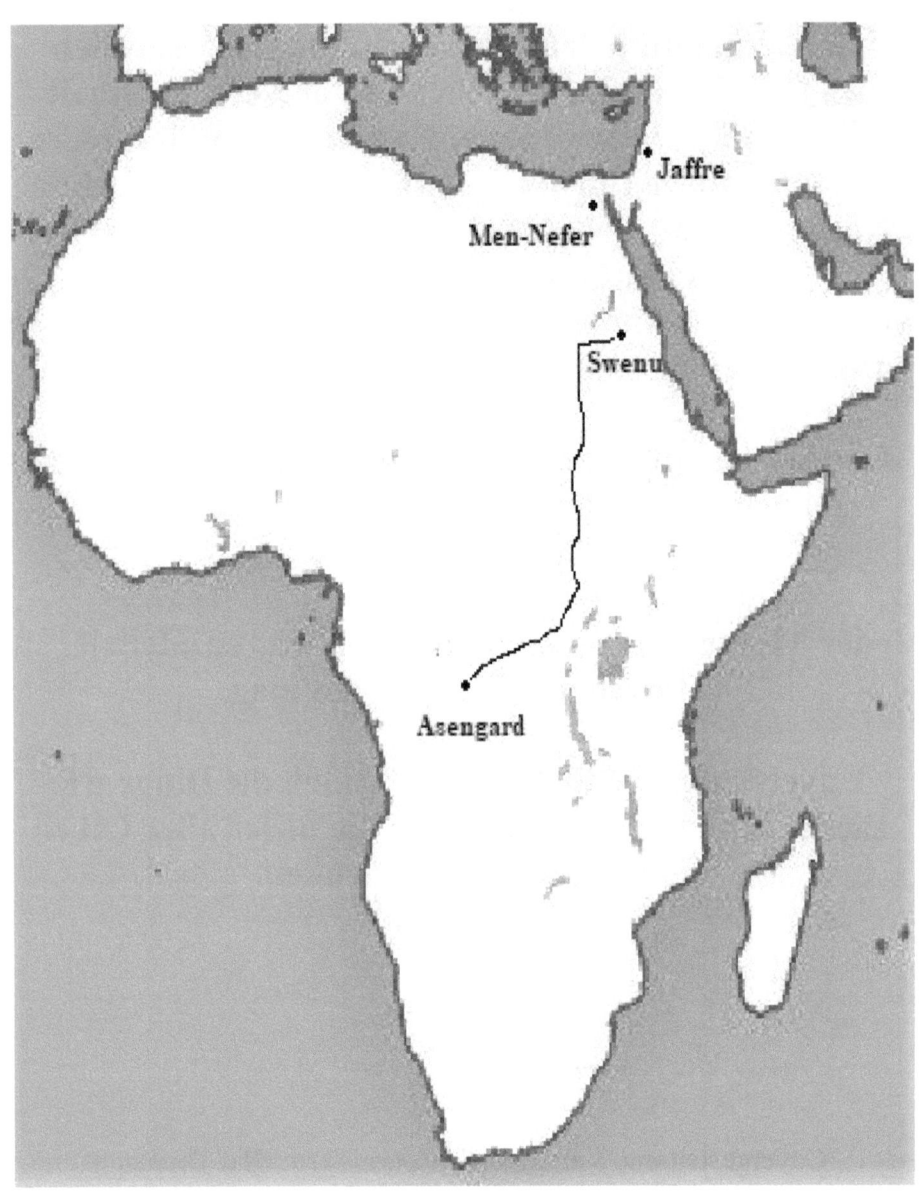

Die Handelsroute, von Asengard nach Swenu

Vorwort

Im eisigen Norden, wo die Winter lang und die Sommer kurz waren, lebten die frühen skandinavischen Clans in einer rauen, von Naturgewalten beherrschten Welt. Diese Clans formten eine enge, von alten Traditionen geprägte Gemeinschaft, die einem unverrückbaren sozialen Gefüge folgte. Um das Jahr 500 v. Chr. (in der Zeit, in der dieser Roman handelt) bestand die Gesellschaft im hohen Norden aus einer Vielzahl kleiner Sippen und Clans, die verstreut in den Tälern des Festlandes und entlang der Küsten lebten. Weit entfernt und zumeist auch abgeschieden von der Umwelt und von den Einflüssen der südlicheren, sesshaften Hochkulturen. Diese Menschen lebten von Jagd, Fischfang und dem begrenzten Ackerbau, den das kalte, unbarmherzige Klima zuließ. Die wenigen fruchtbaren Landstriche waren heilig und wurden wie ein Schatz gehütet, während das Land ringsherum aus Fels und Eis bestand. Eine für uns heutzutage unwirtliche Wildnis, die zwangsläufig die Stärke und Entschlossenheit ihrer Bewohner formte.

Das Leben in einem Clan bedeutete Sicherheit und Zugehörigkeit in einer Welt, die sowohl stark durch äußere Bedrohungen als auch durch innere Konflikte und Auseinandersetzungen geprägt war. Die Clans bestanden überwiegend aus engen Verwandtschaftsgruppen, die sich um einen Häuptling sammelten, der aufgrund seines Alters, seiner Stärke oder seiner Weisheit über die Gruppe herrschte. Dies war keine bloße Vererbung, sondern eine Rolle, die durch Mut und Geschick verdient werden musste. Der Häuptling, auch *Gode* genannt, war nicht nur ein Krieger und Führer, sondern oft auch ein Vermittler mit den Göttern und Geistern der Natur. Die Religion der Clans war tief in den uralten Mythen verwurzelt. Teils blutige Rituale und Opfergaben waren Bestandteil ihres täglichen Lebens.

Neben dem Häuptling hatte der *Thulr* eine bedeutende Rolle. Er war der Weise des Clans, der die Mythen und Gesetze kannte und überlieferte. Er hütete das Wissen der Ahnen, die Geschichten der Vergangenheit und die Gebote, die das Zusammenleben der Menschen regelten. So war der Clan wie ein kleines Reich, in dem sich alles um die Erhaltung und das Wohl der Gruppe drehte und letztlich das Überleben seiner Mitglieder sicherte.

Jeder Einzelne kannte seinen Platz und seine Aufgabe. Die Krieger und Jäger stellten die Schutzmauer des Clans dar, während die Frauen oft das Wissen der Heilkunst und der Nahrungsvorräte hüteten und die nächste Generation auf die Rolle im Clan vorbereiteten. Es ist überliefert, dass auch die Frauen dem Waffenhandwerk nachgingen und in den grimmigen Schlachtreihen ihren Platz fanden.

Diese archaische Gesellschaft war jedoch nicht statisch. Der Mut und die Entschlossenheit eines Einzelnen konnten ihn zu einem Helden machen, der Ansehen und Macht errang. Die Clans führten regelmäßig Raubzüge gegen benachbarte Stämme und Clans, um den Wohlstand zu sichern und ihre Stärke zu demonstrieren. Ständige kleinere Kriege und Scharmützel waren üblich. Das Leben und der Reichtum waren flüchtig, und die knappen Ressourcen machten Überfälle zur Normalität. Dabei stand der Gedanke der Ehre im Mittelpunkt. Wer durch Mut und List Ruhm errang, der gewann den Respekt seiner Gemeinschaft und galt als Vorbild für die Nachkommenschaft. Zudem galten derartig herausragende Menschen als von den Göttern berührt und in deren Gunst stehend. Im Mittelpunkt dieser archaischen Gesellschaft standen die Götter, denen tiefe Verehrung entgegengebracht wurde. In dieser rauen und teils sogar brutalen Kriegergesellschaft waren begriffe wie Zusammenhalt, Mut, Ehre, Treue und Loyalität die Grundpfeiler, auf denen ihre Gesellschaft basierte.

Die frühen Nordmänner hatten nur sehr vage Vorstellungen bis gar keine Kenntnis, von den sagenhaften Reichen und Städten, die weiter im Süden existierten. Zumeist wurden derartige Geschichten als Aufschneiderei betrachtet und belächelt. Doch wie in den rauen Tälern und Siedlungen Skandinaviens so erzählte man sich auch in anderen Teilen der Welt von sagenhaften Städten und großen Reichen, die irgendwo in der weiten Ferne existierten. Afrika, der mystische Kontinent im Süden, beherbergte seine eigenen Geheimnisse und Zivilisationen, die Wissenschaftlern bis heute noch Rätsel aufgeben. Unter den Geschichten über die sagenhaften Reichtümer und untergegangenen Städte sind jene über das Reich von Ophir und die Minen von König Salomon wohl die bekanntesten.

In den Schriften, Überlieferungen und Erzählungen ist Ophir ein Land, das von unermesslichem Reichtum gesegnet war. Ein Ort, der Gold im Überfluss hatte und exotische Schätze beherbergte, die bis ins Heilige

Land und zu König Salomon gebracht wurden. König Salomon, der weise Herrscher des biblischen Israels, soll Gold und edle Hölzer aus Ophir bezogen haben, und es wurde sogar gesagt, dass sein Tempel mit diesem kostbaren Meterial errichtet wurde. Diese Minen, ein Quell von Mythen und Spekulationen, liegen angeblich irgendwo in finstersten Teil von Afrika. Manche Historiker und Abenteurer vermuten, dass sie irgendwo im südöstlichen Teil Afrikas existierten. In Regionen, die heute in Zimbabwe liegen könnten, in der Nähe der großen Steinstrukturen von Groß-Simbabwe.

Doch das Reich von Ophir ist nur eines von vielen Mysterien. Manche Theorien deuten auf die Möglichkeit einer bisher unentdeckten Stadt tief im Dschungel des heutigen Kongo hin. Diese unzugängliche Region, geprägt von undurchdringlichem Wald, von gewaltigen Flüssen und dichten Baumriesen, könnte dereinst möglicherweise die Heimat einer verlorenen Zivilisation gewesen sein, deren Hinterlassenschaften einfach von heutigen forschern und Wissenschaftlern noch nicht entdeckt wurden. Der Kongo, ein Gebiet von unbeschreiblicher Wildheit und Isolation, hat bis heute seine Geheimnisse vor der Welt bewahrt. Seine dichten Urwälder, die kaum vom Menschen erschlossen sind, bergen die Erinnerung an uralte Stämme und vergessene Reiche. Vielleicht, so wird spekuliert, könnten hier in den Tiefen des Waldes Ruinen verborgen liegen. Überreste eines Reiches, das einst Handel trieb, Kriege führte und sich selbst als Mittelpunkt der Welt ansah … Oder aber von den umgebenden Stämmen und Völkern als solcher angesehen wurde.

Die Vorstellung einer Stadt inmitten des Kongo-Dschungels, die jetzt schon seit Jahrtausenden unter den dichten Baumwipfeln verborgen liegt, ist faszinierend. Solch ein Ort wäre unter anderem auch ein Zentrum des Handels gewesen, in dem Gold, Elfenbein und exotische Schätze ausgetauscht wurden. Vielleicht gab es prächtige Tempel und Paläste, die vielleicht mit den bunten Federn seltener Vögel und glänzenden Steinen geschmückt waren, während ihre Bewohner von den Ressourcen des Urwalds lebten und eine Kultur schufen, die so komplex und kunstvoll war, dass sie die Geschichtsbücher hätte füllen können.

Die meisten dieser Theorien sind natürlich reine Spekulation, doch es ist nicht auszuschließen, dass der dichte Wald des Kongos Spuren einer

Zivilisation birgt, die einst blühte und später unterging, verschlungen von der unerbittlichen Natur oder zerstört duch Kriege mit den benachbarten Stämmen und Völkern. Es gibt Berichte und Legenden über Händler und Entdecker, die Hinweise auf eine verlorene Stadt gesehen haben wollen, von Eingeborenen geführt, die das Geheimnis ihrer Vorfahren hüteten. In diesen Geschichten erzählen die Alten stets von einem Ort, wo einst ein mächtiges Reich existierte, dessen Bewohner anders waren als die umgebenden Völker und sich zum Herrscher über Mensch und Natur aufgeschwungen hatten. Menschen, die über geheimes Wissen verfügt haben sollen und nicht aus Afrika stammten sondern aus weiter Ferne.

Selbst der Kongo-Fluss, der wie eine lebensspendende Schlange durch das Herz Afrikas fließt, könnte in dieser Erzählung eine Rolle spielen. Inmitten des dichten Waldes, wo die Flüsse stets als Lebensadern dienen, könnten Städte entstanden sein, deren Bewohner die Kraft der Ströme zu nutzen wussten und in friedlicher Koexistenz mit dem üppigen Grün lebten.

Doch wie bei vielen untergegangenen Zivilisationen stellt sich auch hier die Frage: Warum sind diese Städte irgendwann untergegangen und was hat sie letztlich in die totale Vergessenheit gerissen? War es der Einfluss äußerer Eroberer, waren es Naturkatastrophen, oder lag der Untergang in der Kultur selbst? Vielleicht lieferte sich die Stadt einen Kampf mit der unerbittlichen Natur und verlor diesen dann irgendwann gegen den unaufhaltsamen Vormarsch des Dschungels. Der Regen, der über die Jahrtausende hinweg das Land überschwemmte und fruchtbar machte, könnte zugleich die Mauern der Stadt geschliffen und die Zeichen der Zivilisation verwischt haben, bis nichts mehr als die Wurzeln und Stämme der Bäume übrig blieben.

Die Frage, ob diese Zivilisation jemals gefunden wird, bleibt eine der großen Geheimnisse der Geschichte. Doch solange die Dschungel des Kongos unberührt und unerkundet bleiben, bleibt die Hoffnung, dass eines Tages die Ruinen einer vergessenen Stadt ans Licht kommen, eine Stadt, die vielleicht auch über Jahrhunderte hinweg Handel mit dem sagenhaften Ophir trieb, die an die Minen von König Salomon reichte und die den goldenen Glanz Afrikas weit in die Welt hinaus trug.

In den Jahren zwischen 1000 v. Chr. und 500 n. Chr. entstand in Afrika eine Vielzahl hochentwickelter Kulturen und Städte, die heute oft nur als Ruinen oder durch historische Berichte existieren. Diese Zivilisationen prägten teils entscheidend die Geschichte Afrikas und entwickelten florierende Handelsnetze, beeindruckende Architektur und tiefgründige kulturelle Errungenschaften.

In Nubien, südlich von Ägypten, blühte das Königreich von Kusch, dessen Einfluss vom 10. Jahrhundert v. Chr. bis ins 4. Jahrhundert n. Chr. reichte. Die Hauptstadt Meroë, bekannt für ihre Pyramiden und Tempel, wurde damals ein bedeutendes Handelszentrum und erlebte eine eigene kulturelle Entwicklung, die sich von Ägypten unterschied. Die Kuschiten verehrten den Gott Amun und pflegten eine verblüffende Schriftkultur, die heute in Form von Inschriften überliefert ist. Sie kontrollierten den Handel entlang des Nils und verarbeiteten Eisen, was sie technologisch auf eine Stufe mit anderen Hochkulturen der damaligen Zeit stellte.

Karthago, an der Küste des heutigen Tunesiens gelegen, wurde um das 9. Jahrhundert v. Chr. von phönizischen Siedlern gegründet und entwickelte sich zu einer der mächtigsten Städte des Mittelmeerraums. Zwischen dem 6. und 3. Jahrhundert v. Chr. wurde Karthago zu einer Handelsmacht und rivalisierte schließlich erbittert mit Rom. Die Karthager kontrollierten Handelsrouten, die sich über das Mittelmeer bis an die Westküste Afrikas erstreckten und betrieben Handel mit Gold, Silber, Zinn und anderen wertvollen Ressourcen. Nach den Punischen Kriegen wurde Karthago 146 v. Chr. von den Römern völlig zerstört. Doch die Legende und der Einfluss der Stadt leben weiter. Die Ruinen von Karthago sind heute eine touristische Attraktion, die jedes Jahr von zehntausenden Menschen besucht werden

Im heutigen Äthiopien und Eritrea lag das Königreich Aksum, das vom 1. Jahrhundert v. Chr. bis ins 7. Jahrhundert n. Chr. existierte und als eine der wichtigsten afrikanischen Zivilisationen gilt. Aksum wurde zu einem Zentrum des internationalen Handels, das mit Rom, Indien und sogar Persien in Verbindung stand. Die Monumente von Aksum, darunter die monolithischen Stelen und Grabstätten, sowie der Obelisk von Aksum, gehören noch heute zu den wohl beeindruckendsten archäologischen Zeugnissen dieser vergangenen Zeit. Aksum nahm das Christentum an und beeinflusste die spätere äthiopische Kultur erheblich. Noch heute ist der Einfluss dieser untergegangenen Hochkultur spürbar.

Im Herzen der Sahara, in der Region des heutigen Libyen, lebten die Garamanten, ein Volk, das etwa im 5. Jahrhundert v. Chr. bis zum 5. Jahrhundert n. Chr. bekannt war und ihre Region dominierte. Sie entwickelten ein komplexes Bewässerungssystem, das ihnen ermöglichte, in der Wüste Landwirtschaft zu betreiben und Städte wie Garama zu errichten. Die Garamanten handelten umfangreich mit dem relativ nahen Mittelmeerraum und trieben Karawanenhandel durch die Sahara, was sie zu einer einflussreichen Kultur in dieser Region machte.

Obwohl es erst später, im 11. Jahrhundert n. Chr., aufblühte, verdient auch Groß-Zimbabwe Erwähnung. Die Ruinen dieser steinernen Stadt im heutigen Simbabwe bestehen aus massiven Mauern und Türmen und stellen ein architektonisches Meisterwerk dar, das für die nachfolgenden afrikanischen Zivilisationen von zentraler Bedeutung wurde. Forscher und Wissenschaftler sind noch heute begeistert, über Funde, de dort gemacht werden und uns einen tieferen Einblick in diese Kultur geben können.

Diese Zivilisationen und Städte waren und sind Zeugnisse von Afrikas Reichtum und Vielfalt und belegen den Einfluss, den der Kontinent über Handelsrouten und kulturellen Austausch hinaus auf die Weltgeschichte hatte. Jede dieser Städte und Kulturen erzählt von einem besonderen Umgang mit den natürlichen Herausforderungen und den Ressourcen, die in einer Zeit der Blüte führten und danach in die Vergessenheit gerieten.

Unsere Geschichte basiert auf der Spekulation, ein Volk aus einer fernen Region sei in das finstere Herz von Afrika eingewandert und habe sich dort eine neue Heimat erschaffen. Dies wird sicherlich nicht immer nur friedlich geschehen sein. Die Kernelemente der Menschheit selbst jedoch sind seit Urzeiten vorhanden und wir finden sie auch heute.

Liebe, Lust und Leidenschaft !

Man sollte beim lesen dieses Romans jedoch nicht außer Acht lassen, dass zu den damaligen Zeiten völlig andere Vorstellungen von Moral existierten, als dies heute für uns geläufig ist. Ein Menschenleben war damals weniger Wert, in den Augen der Menschen.

1.

Asengard

Die ersten, schwachen Strahlen der Morgensonne brachen durch das dichte Blätterdach des Dschungels und tauchten dabei die Welt in ein goldenes Licht, als Olov und Matumba ihre Reise begannen. Der schwere Duft von Erde und feuchten Blättern lag in der Luft, vermischt mit dem fernen Ruf exotischer Vögel. Die Erinnerungen an die vergangene Nacht, an die sanften Worte, die anfänglich zögerlichen und noch vorsichtigen Berührungen, die danach folgende Vereinigung der beiden, in der sie sich ungehemmt ihrer Lust hingegeben hatten war beiden in ihren Gedanken. Olov hatte Matumba mit einem Lächeln begrüßt, als diese ihre Augen aufschlug. Sie hingegen hatte sich aufgesetzt und ihm einen wilden, fordernden und leidenschaftlichen Kuss gegeben, den er gerne erwiderte. Da sie beide wussten, dass eine weite Wegstrecke vor ihnen lag kam es an diesem Morgen jedoch nicht zu mehr, obwohl beide daran dachten. Schnell hatte Matumba ihre Kleidung angelegt und war marschbereit. Olov hatte bereits seine Trinkflasche am Teich gefüllt und wartete nun geduldig darauf, dass Matumba fertig wurde. Die flüchtigen Momente, der vergangenen Nacht, in denen sie sich beide so verletzlich gezeigt hatten schwebten wie ein zartes, unsichtbares Band zwischen ihnen. Doch keiner von ihnen sprach jetzt darüber … Dafür würde später noch genügend Zeit sein, wenn sie erst die Stadt Asengard erreicht hätten. Matumba war neugierig, wie die Stadt wohl aussehen könnte und was sie dort erwartete. Mit Olov an ihrer Seite fühlte sie sich jedoch sicher.

Olov dachte an seine Heimat und an Hela, die derzeit auf einer Mission war, die sie noch lange von Asengard entfernt halten würde. Der vergangene Abend kam ihm ins Bewusst sein. Wie sollte er sich gegenüber Hela, in der Zukunft verhalten? Hela hatte ihn in den vergangenen Monden stets ablehnend behandelt. Ein Umstand, der Olov schwer zu schaffen machte. Nun war ganz unerwartet Matumba in sein Leben getreten … und zu dieser fühlte er sich schon fast magisch hingezogen. Alles an dieser Frau raubte ihm schier den Atem und er konnte sich ihrer Gegenwart nicht entziehen.

13

Da die beiden Asengard schnell erreichen wollten, legten sie ein Tempo vor, welches kein Jäger nutzen würde, wenn er auf der Jagd wäre. So sollten sie die Stadt in drei Tagen erreichen. Unermüdlich trabten sie im Laufschritt durch den Wald, wobei sie stets nach Raubtieren Ausschau hielten. Vorsicht war eine unverzichtbare Regel im Dschungel. Matumba schritt mit erstaunlicher Leichtigkeit durch das Dickicht. Ihr schlanker Körper bewegte sich geschmeidig wie der einer Raubkatze, während Olov hinter ihr den Schweiß von seiner Stirn wischte. Obwohl er ein geübter Krieger war, forderte der feuchte Dschungel seine Kraft. Jedoch auch Matumba forderte das Tempo seinen Tribut ab. Jedes mal, wenn sie für kurze Zeit rasteten ließ sie sich keuchend auf den Boden fallen. Ihre Kräfte litten zusehends und ihr Körper war Schweißüberströmt. Als die Sonne an diesem tage unterging rasteten sie auf einer kleinen Anhöhe. Olov hielt die erste Wache, während Matumba nahezu sofort in einen erschöpften Schlaf fiel. Etwa in der Mitte der nacht weckte Olov sie, damit auch er eine Weile ruhen konnte. Matumba hatte Mühe wach zu bleiben und wäre beim Morgengrauen fast eingenickt. Erschrocken schreckte sie hoch, blinzelte kurz und weckte dann Olov. Sie tranken etwas Wasser, aßen eine Kleinigkeit aus dem nun bereits nahezu leeren Proviantbeutel von Olov und setzten dann ihren Weg im selben Tempo fort, wie am Vortag.

Die Wildnis um sie herum war erbarmungslos. Dichte Lianen schlangen sich wie lebendige Wesen über den Boden und die Luft war erfüllt vom Summen unsichtbarer Insekten. Gelegentlich erhaschten sie einen Blick auf Tiere. Ein Panther, dessen goldene Augen aus dem Unterholz blitzten, oder ein Schwarm bunter Vögel, der aufgeregt in die Höhe flog, als Matumba einen Ast beiseiteschob.

"Hier," sagte sie und blieb stehen, um eine Frucht von einem niedrigen Ast zu pflücken. Sie reichte sie Olov, der zögernd zugriff. Die Frucht war süß und erfrischend, doch er konnte den Blick nicht von Matumba abwenden. Ihr von Schweiß glänzender Körper war die pure Verlockung. Als er jetzt sah, wie sie ihn betrachtete, ihre Augen über seinen Körper wandern ließ und dabei ein lautloses Stöhnen von sich gab, wurde ihm bewusst, dass sie ähnliches empfand, wie auch er selbst. Die beiden tauschten ein vertrautes Lächeln, ehe sie ihren Weg fortsetzten.

Als die Sonne sich anschickte unterzugehen machten sie erneut Rast, für die Nacht. Sie waren gut voran gekommen. Olov kannte das Gelände. Er war bereits hier gewesen. Bald schon würden sie die Stadt erreichen. Nur noch ein Tagesmarsch lag vor ihnen. An diesem Abend waren beide zutiefst erschöpft. Wieder übernahm Olov die erste Wache und Matumba hielt in der zweiten Nachthälfte Wache. Auf eine wache zu verzichten würde an Selbstmord grenzen, denn der Dschungel barg Raubtiere, die nur auf ein schlafendes Opfer warteten. Als Olov am Morgen erwachte, gab Matumba ihm einen von Sehnsucht erfüllten Kuss. Einige zeit tanzten ihre Zungen miteinander, bevor sie von einander abließen. Der Dschungel war hier nicht sicher.

"Du bist still," bemerkte Matumba schließlich und warf ihm einen Blick über die Schulter zu. Ihre dunklen Augen glitzerten wie die Oberfläche eines tiefen, unergründlichen Sees.

"Ich denke nach," antwortete Olov ausweichend.

Doch in Wahrheit tobte ein Sturm in ihm. Seit Hela und er sich als Kinder geschworen hatten, einander niemals zu verlassen, war sie der Mittelpunkt seines Herzens gewesen. Ihre Freundschaft hatte sich zu einer tiefen Liebe entwickelt, die ihn durch die härtesten Zeiten getragen hatte. Und doch… Matumba war wie eine Flamme, die sich durch die Schatten seines Herzens fraß, ihre Wärme war gleichzeitig willkommen und beunruhigend aber auch ungewohnt und konnte die Gefahr bergen, Hela auf Dauer zu verlieren. Trotzdem fühlte er sich ungemein stark zu ihr hingezogen. Sowohl seelisch als auch körperlich.

"Du bist anders," murmelte er schließlich. "Ganz anders, als die Frauen, die ich kenne."

Sie lachte leise und Amüsiert. Ein Klang, der wie Musik zwischen den Bäumen widerhallte. "Und du, Olov, bist weit von deiner Geburtsheimat entfernt. Vielleicht macht uns das ein wenig seelenverwandt. Dies ist ein Land, dass Menschen wie dich niemals zuvor auf sich hat wandeln sehen."

Sie kamen an diesem Tag gut voran. Als es schließlich zu dunkel war, um den weg fortzusetzen wusste Olov, dass sie nicht mehr weit von Asengard entfernt waren. Jedoch war es zu gefährlich, den restlichen

Weg bei Nacht zurück zu legen. Sie würden am folgenden Tag nur noch wenige Stunden benötigen, um die Stadt zu erreichen. Als sie ihr Lager für die Nacht aufschlugen sprachen sie lange miteinander. Matumba erzählte von ihrer Kindheit, ihrem Volk und dem Leben dort. Olov hörte aufmerksam zu.

Die Dunkelheit der Nacht rundum war friedlich und still. Olov seufzte. Morgen würde er wieder in Asengard sein. Doch mit jeder Stunde, die verging, wuchs auch die Spannung in Olov. Hela schien mit jedem Schritt weiter entfernt und die Nähe zu Matumba brachte ihn aus dem Gleichgewicht. Er sah, wie sie lächelte, wie ihr Haar im Mondlicht glänzte und er spürte einen Sog des Verlangens nach ihr, den er kaum zu unterdrücken vermochte. Ihr Lächeln und der Blick ihrer Augen verrieten ihm, dass es Matumba nicht anders erging. Immer wieder streifte ihr Blick über seinen Körper. Wenn sie ihn danach ansah, dann erkannte er das Verlangen der Lust in ihren Augen.

Kurz nach dem Sonnenaufgang machten sie sich erneut auf den Weg. Da Matumba deutlich am Rande ihrer Kräfte angelangt war schlug Olov nun ein langsameres Tempo ein. Auch er bemerkte die Anstrengungen des schnellen Marsches, den sie in den vergangenen Tagen absolviert hatten. Hinzu kam der Schlafmangel, da jeder von ihnen nur wenige Stunden, in der Nacht, geschlafen hatte.

Immer vertrauter wurde Olov die Umgebung und er wusste, dass sie nun bald Asengard erreicht haben würden. Es war schon fast Mitte des Tages, als der ersehnte Moment endlich kam. Sie traten aus dem Dschungel und vor ihnen ragten die Mauern von Asengard auf.

Matumba stockte im Schritt und starrte fassungslos auf die Stadt Asengard, die sich etwas entfernt von ihnen erhob. Das war etwas ganz anderes, als sie es erwartet hätte. Ihre eigene, heimatliche Siedlung galt als eine uneinnehmbare Festung. Umgeben von einem Erdwall, der von einem fünfzehn Fuß hohen Palisadenwall gekrönt wurde. Etwas, was als Krone der Verteidigung galt und dies bereits dreimal bewiesen hatte. Die Stadt der Asen jedoch übertraf dies bei weitem.

Die hohen Mauern der Stadt erhoben sich direkt am steilen Abhang des Plateaus, welches wohl dreißig Fuß über das Land vor ihm aufragte. Die

Strahlen der Sonne leuchteten förmlich auf den hell verputzten Mauern, die keine Fugen zeigten. Zur linken Hand war ein Weg erkennbar. Weit zur rechten Hand hin plätscherte ein breiter Bach neben dem Plateau und verlief sich dann im dichten Dschungel. Eingerahmt wurde das Plateau von den steil aufragenden Wänden der Berge, die hier ein Seitental bildeten. Was hinter der Stadt lag konnte Matumba nicht erkennen.

Der Kontrast zwischen dem Dschungel und der Stadt, die so unvermutet sichtbar war, raubte Matumba nahezu ihren Atem. Mit vielem hätte sie gerechnet. Nicht jedoch, mit diesem Anblick. Die hohen Mauern, die sich direkt über dem Plateaurand empor türmten, wirkten fast auf sie fast wie das Werk von Göttern und waren ehrfurchtgebietend. Der Abhang des Plateaus ging am Grund in einen sanften Abhang über, dessen steiniger Boden den Wuchs von größeren Bäumen verhinderte. So entstand ein natürlicher Freiraum zwischen Dschungel und Plateau, von mehr als zweihundert Schritten. Matumba schüttelte fassungslos ihren Kopf.

Nch einem Moment schüttelte Matumba ihren Kopf. "Das kann nicht real sein. Das muss ein Trugbild sein."
Olov lächelte, ein Anflug von Stolz lag auf seinem Gesicht. "Das ist Asengard. Mein Zuhause. Hier lebe ich."

Die beiden beschritten den deutlich erkennbaren Weg, der seitlich am Plateau vorbei führte und zu einem mächtigen Tor führte. Olov stützte Matumba, die nun am Ende ihrer Kräfte war. Sie hielt sich an seinem Arm fest. Immer wieder wanderte ihr Blick zwischen Olov und der Stadt hin und her. Olov hatte Mühe ruhig zu bleiben und sich auf den Weg zu konzentrieren. Jede Berührung von Matumba ... sei es nun eine zufällige Berührung an seinen Arm oder aber das kurze Aufeinandertreffen ihrer Blicke ... schien ihn unsicherer zu machen. Auf der einen Seite stand Hela, die seit seiner Jugend die Flamme seiner Liebe war, auf der anderen Matumba, deren exotische Schönheit, Anmut und Leidenschaft in fest gepackt hatte und und eine neue, ungestüme und von Lust durchzogene Seite in ihm weckten.

Die beiden hatten kaum hundert Schritte auf der offenen Fläche zurück gelegt, als das Signalhorn eines Wächters ertönte, der auf einem der Festungstürme Wache stand. Tief und dröhnend erklang der Warnton.

Olov sah wie sich, etwas undeutlich erkennbar, einige Gestalten auf dem Festungsturm bewegten. Ihre Ankunft war also bemerkt worden. Es dauerte eine ganze Weile, bis sie endlich das Stadttor erreichten. Matumba blickte in dieser zeit immer wieder zu den hoch aufragenden Mauern empor, die sich neben dem Weg steil in den Himmel erhoben. Es war ihr unvorstellbar, dass dies von Menschenhand erbaut worden sein könnte.

Zwischen den weit offenen Torflügeln standen drei Krieger und blickten erwartungsvoll zu den Beiden. Einer der Wächter war Hrane, der mit zu den ältesten Kriegern des Clans zählte. Alle drei waren erstaunt, als sie Matumba an der Seite von Olov erblickten. Eine Frau mit schwarzer Haut gab es in der Stadt nicht. Olov erklärte schnell, wie er auf Matumba gestoßen war. Hrane nickte lediglich, ehe er Olov ansprach. "Der König wird sicherlich eine genaue Schilderung erhalten wollen. Ich bringe dich und deine Begleiterin zu ihm. Er ist, wie üblich, in der Festung."

Hrane lachte polternd, mit seiner tiefen, kratzigen Stimme. "Die Krieger, die dich auf der Jagd begleitet haben, sind bereits gestern hier in der Stadt eingetroffen. Seitdem befinden sich deutlich mehr Krieger auf Wache, als das sonst der Fall ist. Baldur versucht zwar seine Unruhe zu verbergen aber ich kenne ihn zu lange, um das nicht zu erkennen. Er wird froh sein, wenn du bei ihm eintriffst. Er hat sich große Sorgen um dich gemacht."

Hrane führte die beiden zur Festung. Das wäre eigentlich nicht notwendig gewesen, da Olov dort seien Gemächer bewohnte und sich in der Stadt hervorragend auskannte. Schließlich war er hier zuhause … Es war jedoch so, dass die Asen gegenüber Fremden misstrauisch waren und Matumba war ganz eindeutig fremd hier.

Balur befand sich, innerhalb der Festung, in dem weiten Saal, der sowohl als Empfangshalle, Thronsaal als auch Beratungsraum diente. Neben ihm waren auch Ephimos und Jasamin anwesend. Die drei hatten anscheinend gerade über anstehende Vorhaben diskutiert, als Hrane eintrat und die beiden Reisenden mitbrachte. Ephimos war fast jederzeit irgendwo in der Nähe von Baldur und war auch Mitglied des Rates der Stadt. Jasamin war von Baldur erst kürzlich zu seiner persönlichen Ratgeberin berufen worden, da Baldur jemanden benötigte, der ihm und dem Rat Einsichten

18

vermitteln konnte, die sich mit Medizin und der allgemeinen Gesundheit der Einwohner befassten. Seine Wahl war auf die ehemalige Sklavin Jasamin gefallen, die sich allgemeiner Beliebtheit erfreute und vor allem auch einen wachen Geist und Intelligenz besaß.

Die körperliche Erscheinung der drei Anwesenden hätte kaum größer sein können. Ephimos war gedrungen, mit einem kleinen Bäuchlein und einem dünnen, grauen Haarkranz auf seinem sonst kahlen Schädel. Jasamin hingegen war eine hoch gewachsene, hübsche junge Frau mit der Ausstrahlung eines Menschen, der über Wissen und Weisheit verfügt. Beide waren jedoch nur Schatten neben Baldur, der sie an Körpergröße weit überragte. Man sah Baldur sein Alter langsam deutlich an. Trotzdem hatte Baldur sich die Muskulatur eines Kriegers bewahre können und bewegte sich noch immer mit der Geschmeidigkeit eines Mannes von deutlich weniger Jahren.

Baldur packte Olov kurz an dessen Schultern und drückte ihn an sich. Die Zuneigung, die er Olov entgegenbrachte war deutlich erkennbar. Nun wandte er sich Matumba zu, musterte diese eindringlich und blickte danach Olov fragend an. Olov grinste, bevor er sein Wort an baldur richtete. "Das ist Matumba. Ich bin bei der Verfolgung einiger Spuren über sie gestolpert und habe beschlossen, sie hierher zu bringen. Ich denke, sie und ihr Volk könnten Hilfe benötigen. Es ist vielleicht besser, wenn sie ihre Geschichte selbst erzählt, Großvater. Sie spricht die Handelssprache."

Hrane hatte dem Wortwechsel aufmerksam zugehört. Nun lehnte er sich gegen eine der Stützsäulen und lauschte gespannt. Da er der Führer der Stadtwache war, konnte man dieses Interesse verstehen. Es war seine Aufgabe, für die Sicherheit der Stadtmauer und des Königs zu sorgen. Die knapp zwanzig jungen Krieger, die ihm dafür unterstellt waren, schätzten ihn und sein Können hoch ein.

Baldur musterte Matumba, die ihn direkt anschaute. Er war beeindruckt, von der Haltung, welche die junge und ausnehmend hübsche Frau zeigte. Auch wenn ihr die Umgebung fremd erscheinen musste, so ließ sie keine Unsicherheit oder gar Furcht erkennen, obwohl für Baldur klar erkennbar war, dass sie zutiefst erschöpft sein musste.

Baldur, König der Asen und Großvater von Olov

Er drehte sich um, und ging die wenigen Schritte bis zu seinem Thron wo er sich niederließ und Matumba weiterhin wortlos musterte. Schließlich nickte er. "Mein Enkel hat dich zu uns geführt und verbürgt sich damit für dich. So ist es Sitte und Gebrauch, bei unserem Volk. Wenn also der Prinz von Asengard dazu bereit ist, dies zu tun, dann ist es mir, als seinem Großvater und König eine Freude, dich anzuhören … Erzähle mir deine Geschichte, junge Frau. Ich werde dann entscheiden, was die Asen tun werden. Sollte es weitreichende Folgen haben, dann werde ich mich jedoch vorher mit meinem königlichen Rat beraten, bevor ich eine

Entscheidung fälle. Sei bitte so gut und versuche mir ein möglichst genaues Bild zu vermitteln und lüge nicht bei deiner Geschichte. Wir Asen mögen es nicht, wenn wir angelogen werden."

Matumba nickte zustimmend. Da Baldur in der Handelssprache geredet hatte, waren seine Worte einwandfrei verständlich für sie gewesen. Für einen kurzen Moment sammelte sie sich. "Ich heiße Matumba," sagte sie schließlich, ihre Stimme war fest und klar. "Ich bin die jüngere Tochter von Omoru, der Fürstin meines Stammes. Wir leben weiter im Westen, jenseits der Berge, in einem Land, das von dichten Wäldern umringt ist. Mein Stamm sind die Gomuna … Mein Volk blickt auf eine stolze Vergangenheit zurück. Wir waren einst ein stolzes Kriegervolk, dass vor unzähligen Generationen in dieses Gebiet kamen und es uns untertan machte. Anfangs musste mein Volk gegen die großen Waldaffen kämpfen, da diese die ganze Region als ihr Revier ansah und es auch verteidigte. Die Kämpfe waren hart. Die großen Waldaffen waren keine Beutetiere, sondern selbst Jäger, die nichts fürchteten. Ein einzelner Krieger hat keine Chance gegen eine dieser riesenhaften Kreaturen. Fast eine ganze Generation dauerte es an, bis wir die großen Waldaffen schließlich vertrieben. Heute leben sie an den Berghängen, die diesen großen Talkessel umgeben. Nur selten kommt es zu Kontakten mit diesen Kreaturen, da sie gelernt haben uns zu meiden. Wir hingegen meiden auch den Kontakt, da die Kreaturen einen tiefen Hass gegen Menschen entwickelt haben und sofort angreifen, wenn sie einen Menschen sehen. Der Pass, über den ich in diesen Talkessel gekommen bin ist das Revier einer großen Horde dieser Kreaturen. Allerdings sind sie derzeit weitergezogen und tun sich an den Feldern der Siedlung gütig, die um mein Heimatdorf herum liegen. In früheren Generationen wären unsere Krieger ausgezogen und hätten die Kreaturen getötet … Diese Zeiten sind jedoch schon lange vorüber. Heute ist mein Volk nur noch ein Schatten seiner selbst."

Sie senkte kurz ihren Kopf und holte tief Luft. Baldur sah ihr an, dass dieser Teil der Geschichte ihres Volkes ihr Unwohlsein bereitete. Er wartete stumm und Matumba schien noch zu zögern, nach den richtigen Worten zu suchen. Dann jedoch blickte sie Baldur wieder ins Gesicht, als sie weitersprach. "Vor sieben Generationen kam es in meinem Volk zu Kämpfen untereinander, die ihren Grund in der Herrschaftsfolge hatten.

Drei Prinzen kämpften um die Macht. Den alten Geschichten nach zu urteilen sollen die Kämpfe sich über fünf Jahre hinweg hingezogen haben. In dieser blutigen Epoche starb die Macht meines Volkes genauso, wie der Großteil unserer Bevölkerung. In Folge dieser Geschehnisse erlangten damals einige der von uns unterworfenen Nachbarstämme ihre Unabhängigkeit zurück. Sie kämpften erbittert für ihre Freiheit, was ich persönlich durchaus verstehe. Wer würde nicht so handeln? Am Ende blieb ein Prinz über, der seine beiden Brüder besiegt hatte und nun vor den Trümmern dessen stand, was die Kämpfe hinterlassen hatten. Mein Volk hat sich von den damals entstandenen Verlusten niemals wieder erholt. Einst waren wir zahlreich, wie die Bäume im Wald. Die alten Geschichten sprechen von zwanzigtausend Seelen, die damals in acht Dörfern lebten. Heute sind wir nur noch etwas mehr als achthundert Seelen … und wir werden beständig weniger, da wir um unser Überleben kämpfen."

Sie stockte erneut, sprach dann aber rasch weiter. "Vor vier Generationen kam der Stamm der Watambi in die Region, in der mein Volk lebt. Die Watambi waren einst ein Volk von nomadischen Hirten, die ihre alte Heimat nach mehreren Jahren von aufeinanderfolgender Dürrezeiten verließen. Mein Volk und auch die umliegenden, kleinen Stämme hießen die Neuankömmlinge willkommen und halfen ihnen, eine neue Heimat zu erschaffen. Schnell jedoch stellten wir fest, dass die Watambi weitaus zahlreicher waren, als wir zu Anfang angenommen hatten. Als schließlich alle von ihnen eingetroffen waren, zählten sie über sechstausend Seelen. Zu Anfang gab es kaum Probleme. Als jedoch immer mehr von ihnen kamen, wurden sie frech und fordernd. Damals hätte man reagieren müssen und sie wieder vertreiben sollen. Dies wurde jedoch unterlassen und einige Stimmen überzeugten die anderen, die Watambi würden sich in Not befinden und es wäre ein Zeichen unserer Güte, wenn wir ihnen gegenüber nachsichtig wären. Das war ein Fehler, für den wir später teuer bezahlen mussten. Sie wurden anmaßend und beanspruchten immer mehr. Sie sahen es als selbstverständlich an, von unseren Geschenken zu leben und forderten immer mehr davon. Sie lachten offen über unsere Güte und Barmherzigkeit, verspotteten uns und unsere Kultur."

Die Gesichtszüge von Matumba verhärteten sich. "Vor einer Generation eskalierte es dann schließlich, genauso, wie einige weise meines Volkes es schon vorher gesehen hatten. Die zahlenmäßig überlegenen, wilden Krieger der Watambi überrannten ihre benachbarten Stämme, die Onura und die Ulumara, wurden zu Sklaven der Watambi. Die meisten Männer dieser beiden Stämme wurden bei den blutigen Kämpfen getötet. Jeder Widerstand wurde innerhalb von nur wenigen Tagen brutal zerschlagen. Dann wurden die Überlebenden in kleine Gruppen aufgeteilt, die nun den ganzen Tag auf den Feldern für die Watambi arbeiten mussten. Wer sich weigerte oder versuchte sich zu widersetzen wurde getötet. So wurde jeder Widerstand gebrochen und die Watambi lebten fortan als Herren über ihre neuen Sklaven. Die Hälfte der männlichen Kinder wird den Müttern fortgenommen, wenn sie ein Alter von vier Jahren erreicht haben und von den Watambi dann als Sklavenkrieger erzogen, die keine Gnade kennen."

Die Augen von Matumba funkelten jetzt vor Zorn. "Kurz bevor ich geboren wurde erlitt mein Vater einen Jagdunfall. Er wurde bei einem Zusammenstoß mit den großen Waldaffen getötet. Zu diesem Zeitpunkt schwang sich Garuna zum Herrscher über die Watambi auf, indem er sich seiner vier Geschwister entledigte, nachdem der alte Stammesfürst starb und so den Platz für einen Nachfolger frei machte. Garuna nahm den Platz seines Vaters ein. Seine erste Handlung als neuer König bestand darin, den Stamm der Dulano zu überfallen und zu unterwerfen. Danach entsandte er Unterhändler zu unserem Stamm und forderte die Hand meiner Mutter, die seine Gefährtin werden sollte. Damit würde Garuna faktisch die Kontrolle über mein Volk erlangen … Meine Mutter lehnte dies ab und Garuna schwor daraufhin blutige Rache, für diese Schmach. Er schwor einen Bluteid, die Köpfe meiner Mutter und derer Kinder, auf Pfählen, vor seiner Stadt zur Schau zu stellen und unser Volk völlig auszulöschen … Zwischen den Watambi und unserer Stadt liegen die Gebiete von jetzt noch drei anderen Stämmen, die permanent unter Überfällen durch die Watambi leiden. Es ist vorauszusehen, dass diese Stämme in den kommenden drei bis vier Jahren, durch Garunu, unterworfen werden. Das liegt nicht nur an Mut oder Tapferkeit der Krieger, sondern auch an der Überlegenheit der Waffen, die den Watambi zur Verfügung stehen. Mein Volk und die anderen Stämme nutzen Waffen aus Kupfer. Die Watambi hingegen besitzen Waffen aus Eisen. Sie erlangen dieses Metall durch Handel mit weit entfernten Stämmen im

Norden … Meine Mutter hat mir gestanden, sie rechnet damit, dass unser Volk innerhalb der kommenden zehn Jahre vernichtet wird."

Matumba ließ einen Moment ihren Kopf sinken. Ihr Atem ging schwer. Dann hob sie erneut ihre Kopf und sah Baldur in dessen Augen. "Meine eigene Geschichte ist recht simpel. Ich befand mich in der Begleitung von drei Kriegern meines Volkes. Wir wollten einige Gazellen jagen, die im Wald unweit unserer Stadt leben. Wir hatten kaum die Ausläufer des Waldes erreicht, als wir von sieben Kriegern der Watambi angegriffen wurden, die anscheinend als Spähtrupp unterwegs waren. Sie überraschten uns, als wir gerade abgelenkt waren … wir waren auf einen der großen Waldaffen gestoßen, der uns unvermittelt angriff. Ich warf meine Lanze nach der Kreatur und verletzte sie schwer. Waffenlos wie ich war wich ich zurück aber es gelang den mich begleitenden Kriegern die Kreatur zu töten. Wir hatten keine Zeit zum jubeln, denn in diesem Augenblick griffen uns die Krieger der Watambi an. Die erste Warnung erhielten wir dadurch, dass einer der Krieger von einer Wurflanze in den Rücken getroffen wurde. Die beiden verbleibenden Krieger stellten sich zum Kampf. Da ich waffenlos war, ergriff ich die Flucht … Ich hörte noch, wie sie meine Begleiter töteten. Dann nahmen sie die Verfolgung von mir auf … Ich lief immer tiefer in den Urwald, in Richtung des Passes, der meine Heimatregion von dem großen Talkessel trennt. Lange Stunden lief ich und hörte meine Verfolger immer näher kommen. Sie verständigten sich durch rufe und so konnte ich sie ständig hören. Dann jedoch, als sie mich schon fast erreicht hatten stieß ich auf eine kleine Gruppe der großen Waldaffen. Wäre die Gruppe größer gewesen, dann hätten sie mich zweifellos getötet. Es waren zwei Weibchen und ein Männchen. Es gelang mir, diese zu passieren und direkt danach vernahm ich das wütende Brüllen der Waldaffen, als die Kreaturen mit meinen Verfolgern zusammentrafen. Ich nutzte die Gelegenheit und setzte meine Flucht fort."

Matumba holte tief Luft. Die im Saal Anwesenden hörten ihr fasziniert zu. "Auch als die Sonne schwand, setzte ich meine Flucht eine Weile fort, um so viel Raum zwischen meine Verfolger und mich zu bringen, wie nur möglich. Als der Mond aufging konnte ich mich nur noch langsam durch den Urwald bewegen. Im Morgengrauen erreichte ich den Pass und überquerte ihn. Danach rastete ich kurz auf einer kleinen Anhöhe, am

Fuß des Passes, brach jedoch bald wieder auf. Das muss der Ort gewesen sein, wo Olov meine Spuren entdeckte. Meine Verfolger folgten meinen Spuren, deshalb konnte Olov diese Spuren dort ebenfalls finden ... Der Rest ist schnell erzählt. Ich konnte hören, wie meine Verfolger mir immer näher kamen. Anscheinend hatten auch sie in der Nacht nicht geschlafen. Der Umstand, dass es nur noch vier waren bringt mich zu der Erkenntnis, dass sie im Kampf gegen meine Krieger und später gegen die Waldaffen auch Verluste hinnehmen mussten."

Matumba schwieg, nachdem sie ihre Geschichte beendet hatte. Baldur nickte nachdenklich. Dann sah er die junge Frau fragend an. "Warum hat dein Volk vorher noch keinen Kontakt mit uns gehabt? So furchtbar weit entfernt von einander leben wir nicht."

Matumba konnte sich ein Lachen kaum verkneifen, als sie antwortete. "Das hat zwei Gründe ... Zum ersten einmal die großen Waldaffen, die auf den äußeren Hängen leben und ihre Reviere mit aller Wildheit gegen jeden Eindringling verteidigen. Was jedoch noch entscheidenden ist, ist der Umstand, dass sich blutige Legenden um den großen Talkessel ranken. Sie künden davon, dass hier blutgierige Dämonen leben, die einen Ort bewachen, von dem aus die Götter diese Welt betreten, wenn sie Unheil über die Menschen bringen wollen ... In der Vergangenheit haben immer wieder Trupps von mutigen Kriegern versucht, den Talkessel zu erkunden. Niemand von ihnen ist zurück gekehrt. Ich persönlich denke, sie sind beim Überqueren des Passes von den großen Waldaffen getötet worden. Ich selbst habe großes Glück gehabt, den Pass zu überqueren ... und noch mehr Glück, dass Olov mich gerettet hat."

Nachdem Matumba ihre Geschichte beendet hatte, lag ein schweres Schweigen über dem Thronsaal. König Baldur saß in sich gekehrt auf seinem hohen Stuhl, während seine Finger nachdenklich über die Armlehne glitten. Seine Augen verrieten, dass er über jedes Wort, das sie gesprochen hatte, nachdachte. Schließlich hob er den Blick und sah Matumba nachdenklich an. "Deine Geschichte ist ebenso faszinierend wie beunruhigend," sagte er langsam. "Ich werde mit dem Rat der Stadt über dein Anliegen sprechen. Doch vorerst, ruhe dich aus, sammle deine Kräfte und sei gewiss, dass wir für deinen Schutz sorgen."

Matumba senkte dankbar ihren Kopf. "Ich danke euch zutiefst, König

Baldur. Das werde ich euch nie vergessen. Seid gewiss, dass auch meine Mutter dankbar sein wird, wenn sie davon erfährt."

Baldur nickte nachdenklich. Eine Weile herrschte Ruhe, dann sah er Ephimos an. "Wir müssen damit rechnen, dass die Watambi ebenfalls den Weg zu uns finden und die Stadt entdecken. Somit wären wir nicht mehr sicher. Lasse den Rat zusammenrufen. Wir müssen beraten, was zu tun ist."

Er sah Matumba in die Augen. "Der Rat hat sich zwar noch nicht beraten, aber ich denke, ich kenne die Entscheidung, die fallen wird … Wir werden deinem Volk unsere Hilfe anbieten. In welcher Form und wann genau kann ich jedoch noch nicht sagen. Darüber muss erst noch beraten werden … Bis dahin sei unser Gast. Du bist eine Prinzessin deines Volkes und es soll dir an nichts mangeln. Ich werde eine Unterkunft für dich vorbereiten lassen."

Matumba neigte demütig den Kopf. "Ich danke euch, mein König. Aber ich habe nur einen Wunsch ... lasst mich in Olovs Nähe bleiben. Er ist der Einzige, den ich hier kenne und nur bei ihm fühle ich mich sicher. Bitte vergebt mir meine Worte, wenn sie unangemessen sind."

Ein leises Murmeln ging durch die Halle, doch Baldur hob die Hand, um die Anwesenden zum Schweigen zu bringen. Sein Blick wanderte zu Olov, der mit geradem Rücken und verschränkten Armen dastand. Baldur nickte schließlich. "Es sei so. Olov, sie ist in deiner Obhut, bis wir eine Entscheidung getroffen haben. In deinen Gemächern ist genügend Platz und auch ein Raum für Gäste, wenn ich mich recht entsinne. Du bist für die Sicherheit von Matumba verantwortlich, solange sie unser Gast ist. Zeige ihr die Gastfreundschaft der Asen."

Matumba bedankte sich erneut, bevor sie sich an Olov wandte. Sie schien erleichtert, aber auch erschöpft. "Wohin gehen wir jetzt?" fragte sie leise.

"Ich bringe dich zu meinen Gemächern," antwortete Olov, mit leiser Stimme. "Folge mir, Matumba." Dann drehte er sich bereits um und schickte sich an, den Raum zu verlassen. Matumba folgte ihm eilig.

2.

Matumba

Die beiden suchten zuerst die Küche der Festung auf. Olov holte von dort einen mit Bast umwickelten Wasserkrug und einen kleineren Tonkrug mit Met. Der hoch geschätzte Met galt bei den Asen allgemein beinahe als Grundnahrungsmittel. Den dafür notwendigen Honig sammelten die Frauen von wilden Bienen, die an den nahen Berghängen ihre Nester hatten. Olov ließ sich von dem Festungskoch auch ein Stück kalten Braten sowie etwas Käse und Brot geben.

Dann gingen sie, nebeneinander zu den inneren Wällen und Olov zeigte ihr von dort die Stadt, die sich vor ihnen ausbreitete. Matumba war tief beeindruckt. Derartiges hatte sie noch nie zuvor gesehen. Die Gebäude waren alle aus Steinen erbaut und bei fast allen war die Außenmauer verputzt worden. Auch die Dächer der Gebäude waren aus etwas, dass aussah wie Stein. In ihrer Heimat erbaute man die Häuser aus Holz und deckte auch die Dächer mit Holz oder Stroh. Zudem waren die meisten der Gebäude viel größer, als Matumba dies kannte. Zuhause waren die Häuser viel kleiner. Olov lachte gutmütig, als sie ihm dies mitteilte. "Wir ziehen es vor, ein wenig Platz um uns herum zu haben. Enge sehen wir als nicht wünschenswert an."

Die Festung von Asengard war ein beeindruckendes Bauwerk, das sich am Rande der Stadt erhob und einen Teil der Verteidigungsmauer bildete. Matumba war bereits beim Eintreffen tief beeindruckt gewesen. Die steinernen Türme ragten hoch in den Himmel und boten einen weiten Blick über die Stadt, das umliegende Tal und den Dschungel, der im weiten Talkessel vor der Stadt lag.

Olov führte Matumba durch die breiten Flure der Festung, um zu dem Eckturm zu gelangen, wo er seine Gemächer hatte.

Schließlich erreichten sie die Wendeltreppe, die tief ins Innere eines der Türme führte. Die Stufen waren aus glattem Stein gehauen und wirkten auf Matumba, als hätten sie die Zeit selbst überdauert. Olov ging voran, während Matumba ihm folgte, den Blick immer wieder nach oben richtend, wo sich die Treppe scheinbar endlos in die Höhe wand.

"Wie oft steigst du diese Treppen hinauf?" fragte sie mit einem Lächeln, während sie versuchte, ihren Atem unter Kontrolle zu halten.

"Oft genug, um es nicht mehr zu bemerken," antwortete er, mit einem Lachen, ohne sich umzudrehen.

Als sie schließlich die Ebene des Turms erreichten, auf denen Olovs Gemächer lagen, stieß Olov die schwere Holztür auf, die in seine Gemächer führte. Ein leichter Duft nach Holz und frischer Luft strömte ihnen entgegen. Matumba blieb für einen Moment in der Tür stehen, ihre Augen weit vor Staunen.

Die Räume waren großzügig und voller Licht, das durch hohe Fenster einfiel. Die Fenster waren ursprünglich dazu gedacht gewesen, als Schießscharten für Bogenschützen zu dienen. Der Raum den sie betreten hatten besaß einen breiten Türbogen, der auf eine Terrasse hinaus führte. Die Wände waren aus hellem Stein und mit den Fellen erlegter Raubtiere sowie Waffen und Schilden behängt. Das Heim eines Kriegers. Was Matumba jedoch zutiefst erstaunte, war das große Badebecken, welches sich fast in der Raummitte befand und anscheinend in den Boden eingelassen war. Die Felle von erlegten Wildtieren waren auf dem Steinboden ausgelegt und wirkten wie die Teppiche aus Bast, die in ihrer Heimat verwendet wurden. Zwei mit Fellen behängte hölzerne Sessel standen vor einem kleinen Tischchen. Derartigen Luxus hatte sie nicht erwartet.

"Das… ist wunderschön," flüsterte Matumba. Olov lächelte leicht. "Das ist mein Zuhause. Komm, ich zeige dir die Räume."

Der angrenzende Raum war ein Schlafgemach, das Olovs Persönlichkeit widerspiegelte, wie Matumba kurz dachte. Das große Bett mit einem geschnitztem Rahmen war mit Fellen bedeckt, die von Tieren stammten, die er vermutlich selbst erlegt hatte. Neben dem Bett stand eine kleine Truhe, die mit feinen Metallbeschlägen verziert war. Ein großes Regal an der Wand bot Ablagemöglichkeit, für einige Leinentücher. Auch lederne Hosen und ebensolche Hemden lagen zusammengefaltet auf einem der Regalbretter. Ein hölzerner Eimer für die Notdurft, der mit einem Deckel verschlossen war, stand unter einem kleinen Tischchen, neben dem ein Holzschemel stand. Olov nahm sein Schwertgehänge vom Rücken und legte dieses auf das Regal. Dann reckte er sich und seufzte erleichtert.

Der dritte Raum war anscheinend Olovs persönlicher Rückzugsort. Auf einem Holzständer hingen eine Rüstung, für den Oberkörper und ein Helm. Beides aus Stahl gefertigt. Zwei kleinere Regale standen an der Wand, auf denen Rollen aus Papyrus und gebrannte Tontafeln lagen. Matumba erhaschte einen Blick auf die Tafeln, die mit fremdartigen Symbolen übersät waren. Sie hatte von fremden Schriftzeichen gehört und auch ihr Volk verwendete eine Form davon … aber die hier verwendeten Symbole waren ihr vollkommen fremd. An einer der Wände hing eine Karte, die aus Leder gefertigt war. Der Umriss des Talkessels und weite Gebiete davon waren hier detailliert in das Leder eingebrannt worden, erkannte Matumba. Sie nahm die Rüstung näher in Augenschein. Metallplättchen aus Bronze, von annähernd der doppelten Größe ihres Daumennagels, waren auf Leder aufgenäht worden und überlappten sich. An den Seiten konnte das Panzerhemd mit Lederschnüren dem Körper angepasst werden. Der Helm war aus Stahl und besaß einen Nasenschutz, der die Augen frei ließ, einen Wangenschutz und am hinteren Teil einen Schutz aus feinen Kettenglieder. Matumba musterte die Teile. Derartiges hatte sie nie zuvor gesehen.

Der letzte Raum war nur spärlich möbliert. Ein kleineres Bett stand an einer Wand. Ein einfacher Holzschemel und ein Tischchen standen an einer anderen Wand. Ein Eimer, mit Deckel, für die Notdurft stand unter dem Tischchen. An der Wand befand sich ein niedriges Regal, auf dem einige zusammengefaltete Leinentücher lagen. Dies also war das Zimmer für Gäste, von dem Baldur gesprochen hatte. Matumba trat vor das Bett. Nachdenklich hob sie die Felle an und stellte fest, dass diese auf einer Matratze lagen. Die Matratze war aus Leinen gefertigt und gesteppt. Sie fühlte, dass die Matratze mit Stroh ausgefüttert worden war. Die Matratze selbst lag auf breiten Lederriemen, die an den Seiten des Bettgestells mit Bronzenägeln befestigt worden waren. Probehalber setzte sie sich auf das Bett. Dann glitt ein Lächeln über ihr Gesicht, als sie bemerkte, wie die Matratze ein klein wenig nachgab und sich dem Körper anpasste. Derart bequem hatte sie selten gesessen. Matumba konnte sich vorstellen, dass ein Mensch hier weitaus angenehmer schlafen konnte als irgendwo, wo sie selbst bisher geschlafen hatte. "Du wohnst... wie ein König," bemerkte Matumba leise, ihre Stimme war von Bewunderung erfüllt, als sie Olov anschaute und mit ihrer Hand über die Felle strich.

Olov schüttelte den Kopf. "Nur wie ein Krieger, der Glück hatte. Ich habe viel gesehen, auf meiner Reise hierher und das eine oder andere ist von unseren Handwerkern kopiert worden, soweit wir es für sinnvoll erachteten. Die anderen Leute unseres Clans leben auch so … Zumindest wenn sie es wollen. Das ist jedem selbst überlassen."

Sie traten zurück, in den ersten Raum, den sie betreten hatten. Olov stellte die Speisen und Getränke auf das Tischchen. Matumba stand in dem Durchgang zur Terrasse und schaute fasziniert auf die Stadt, die von hier gut sichtbar war. Dann wandte sie sich um und nahm das Badebecken in Augenschein, das von Mosaiken aus blauem und weißem Stein umgeben war. Das Wasser war kristallklar. Auf der einen Seite konnte man über Steinstufen in den tieferen Teil gelangen oder aus dem Becken heraus kommen.

"Das … ist unglaublich," hauchte Matumba, während sie näher trat.

"Es ist ein Luxus," erklärte Olov. "Aber einer, den ich zu schätzen weiß."

Matumba kniete sich neben das Becken und ließ ihre Hand ins Wasser gleiten. "Es fühlt sich an wie ein Geschenk der Götter," sagte sie leise.

Olov beobachtete sie schweigend und spürte, wie sein Herz sich erneut schwer anfühlte. Ihre Bewunderung und die Freude in ihren Augen waren ehrlich und nahezu ansteckend ... und doch konnte er den Schatten von Hela in seinem Geist nicht abschütteln. Erneut dachte er daran, dass Hela ihn schon viele Monate abweisend behandelt hatte. Nicht mehr so, wie einst, als er sich in sie verliebt hatte, sondern eher wie eine Frau, die sich lediglich mit einem Mann unterhielt, der ihr jedoch prinzipiell egal war. Er dachte an die Aussage von Hela, seine Gefährtin zu werden, wenn sie zurück gekehrt war … und hegte nicht zum ersten mal Zweifel daran, ob sie dies wirklich tun würde, wenn die Zeit dafür kam. Dann schob er diese Gedanken beiseite und schaute Matumba an, deren Augen noch immer durch den Raum glitten und jede Einzelheit aufzusaugen schienen.

Nachdem Matumba das Badebecken ausgiebig bewundert hatte, führte

Olov sie hinaus auf die Terrasse. Die warme Luft empfing sie, und Matumba blieb sprachlos stehen, als sie den Ausblick sah.

Von hier oben konnte man die ganze Stadt überblicken. Die gepflasterten Straßen, die belebten Plätze, die rauchenden Schornsteine der Häuser. Hinter der Stadt waren Felder und Weiden erkennbar, die sich weit erstreckten und dann sehr weit entfernt in den allgegenwärtigen Wald übergingen, der den hinteren Teil des Seitentals ebenfalls bedeckte. Wie weit sich das Seitental erstreckte konnte Matumba nicht erkennen. Sie wandte ihren Kopf und sah den dichten Wald, der vor der Stadt lag. So weit sie sehen konnte erstreckte sich dort der allgegenwärtige Urwald, mit seinen großen Bäumen.

Matumba schüttelte fassungslos ihren Kopf. Sie fühlte sich, wie in einer fremden Welt. "Das ist… atemberaubend," flüsterte sie.

"Ja," stimmte Olov zu, während er sich auf die Brüstung lehnte. "Das ist Asengard."

Matumba trat neben ihn, ihre Hand ruht kurz auf seinem Arm. "Es fühlt sich an wie ein Ort, an dem man bleiben möchte," sagte sie leise.

Olov war still. Seine Augen waren auf den Horizont gerichtet, doch seine Gedanken beschäftigten sich momentan intensiv mit der Geschichte, die Matumba erzählt hatte, als sie im großen Saal vor Baldur stand. Wie würde Baldur entscheiden? Ihre Hand auf seinem Arm versetzte seinen Körper und seinen Geist erneut in Unruhe. Es viel ihm schwer, sich in ihrer Gegenwart wirklich zu konzentrieren.

Matumba bemerkte sein Schweigen und zog ihre Hand zurück, doch sie lächelte. "Danke, dass du mich hierher gebracht hast, Olov … und danke dafür, dass du mich gerettet hast." Sie blickte wieder auf die Stadt. "Wie lange soll ich hier bleiben? Ich muss meiner Mutter Bericht geben. Sie wird sich um mich Sorgen machen."

Olov schwieg eine Weile. "Es ist nur vorübergehend," sagte er dann schließlich. "Aber solange du hier bist und ich in deiner Nähe bin, bist du sicher. Sobald Baldur eine Entscheidung getroffen hat wird er es dir mitteilen. Dann sehen wir weiter."

Er wandte seinen Kopf und sah sie an. "Lasse uns doch erst einmal etwas

Essen und Trinken. Möchtest du drinnen sitzen, oder soll ich uns die Sessel und den Tisch hierher, auf die Terrasse, holen.?"

"Hierher bitte," sagte Matumba sofort. Sie lächelte ihn begeistert an und Olov fühlte erneut, wie sehr ihn dieses kurze Lächeln berührte. "Ich helfe dir, mit dem Tragen, Olov."

Sie huschte bereits in die Räumlichkeiten. Olov folgte ihr langsamer. Er trug die beiden Sessel und dann das Tischchen auf die Terrasse. Matumba hatte derweil die Speisen und Getränke auf die Terrasse getragen. Nun blickte sie Olov fragend an. Dieser grinste wortlos und ging zurück in seine Räume. Aus der Truhe in seinem Schlafraum holte er zwei Kupferbecher und kehrte dann auf die Terrasse zurück. Matumba blickte ihn amüsiert an und setzte sich bereits auf einen der Sessel. Mit einem Seufzer lehnte sie sich zurück und schloss für einen kurzen Moment die Augen.

Die beiden ließen sich viel Zeit beim Essen. Sie genossen die Ruhe und nahmen nur kleine Happen. Zwischendurch tranken sie das Wasser aus dem größeren Krug. Lange Zeit unterhielten sie sich über viele Dinge des täglichen Lebens, diskutierten über Probleme, die in der Vergangenheit aufgetreten waren und wie man diesen begegnet war und was man daraus gelernt hatte. Matumba erzählte sehr eindrucksvoll wie ihr eigenes Volk lebte. Olov hörte aufmerksam zu und stellte bisweilen kurze Fragen. Irgendwann gingen sie dazu über, sich Geschichten aus ihrer Kindheit zu erzählen.

Irgendwann im Verlauf des Gespräches sah Matumba sinnend auf die Stadt, bevor sie ihren Blick Olov zuwendete. "Baldur ist der König, eures Clans. Zugleich ist er auch dein Großvater … Er wirkt wie ein Krieger in den besten Jahren. Vielleicht ein klein wenig älter … Wie alt ist er denn eigentlich?"

Olov lehnte seinen Kopf zurück und sann einen Moment nach, ehe er antwortete. "Er müsste jetzt dreiundsechzig Sommer alt sein."

Matumba sah ihn erstaunt an. König Baldur hatte die Statur und auch die Muskulatur eines Kriegers, der weit jünger erschien. "Das kann ich kaum glauben, Olov. Männer in einem derartigen Alter, sind in meinem Volk gebrechlich. Kaum einer der Leute aus meinem Volk wird älter als vielleicht siebzig Jahreswechsel.Wir haben in meiner Heimat nur zwei derart alte Männer, die unserem Volk als Ratgeber dienen und ihre gesammelte Lebensweisheit für unser Volk einsetzen."

Olov grinste gutmütig. "Das Volk der Asen ist schon immer bekannt dafür gewesen, lange zu leben … sofern man nicht vorher im Kampf stirbt, was bei meinem Volk durchaus die übliche Todesart ist. Ich kann mich noch an einen Stammesältesten erinnern, der die hundert Sommer erreicht hatte, bevor er auf unserer langen Reise starb."

Die Zeit verging für die Beiden fast wie im Fluge. Sie lachten über Scherze, die der andere machte und Olov fühle, wie entspannt er sich, in der Gegenwart von Matumba, fühlte. Als die Sonne sich anschickte langsam am Horizont unterzugehen gingen sie dazu über, der Krug mit Met zu trinken. Matumba hustete bei ihrem ersten Schluck und blickte erstaunt auf ihren Becher. "Das wird aus Honig gemacht? Bei den Göttern, das würde ich nie vermuten." Sie kicherte leise und nahm einen weiteren Schluck. Dabei zwinkerte sie Olov fröhlich zu. Olov lehnte sich in seinem Sessel zurück und lachte herzhaft.

Eine Weile unterhielten sie sich noch und lachten viel dabei. Dann gähnte Matumba. Sie blickte Olov, mit einem Lächeln, an. "Ich würde gerne baden. Das Badebecken ist viel zu schön, um es nicht zu nutzen. Wenn es dir recht ist, werde ich danach dann schlafen. Die vergangenen Tage waren doch anstrengender, als ich gedacht hatte. Jetzt habe ich das erste mal seit Tagen die Möglichkeit, satt und in Sicherheit, meine Augen zu schließen."

Olov nickte zustimmend. "Natürlich … Ich hole dir ein Tuch, damit du dich abtrocknen kannst." Damit stand er auf und wollte bereits in das Innere gehen, als Matumba ihn sanft am Arm festhielt. Sie blickte ihn nachdenklich an und rümpfte dann ihre Nase. "Du solltest dich beizeiten auch waschen, Olov. Die Zeit im Urwald hat auch an dir ihre Spuren hinterlassen." Dabei klimperte sie mit ihren Augen und kicherte.

Olov hob seinen Arm und schnupperte an seiner Achsel. Angewidert verzog er sein Gesicht. "Damit hast du wohl Recht … Das ist wirklich etwas überfällig. Bei den Göttern, ich rieche vermutlich, wie ein Stall voller Tiere." Matumba lachte schallend.

Olov ging in die Innenräume und legte, in seinem Schlafgemach seine Kleidung ab. Dann wickelte er sich ein Leinentuch um seine Hüften und griff zu zwei weiteren, größeren Tüchern. Als Olov mit den Tüchern zurückkehrte war Matumba bereits im Wasser des Badebeckens. Olov hörte sie seufzen, verhielt im Schritt und sah ihr schweigend zu.

Ihre Bewegungen waren anmutig, fast tänzerisch und für einen Moment schien der Rest der Welt stillzustehen, als Olov sie betrachtete. Er sah die Zufriedenheit auf ihrem Gesicht. Dann öffnete Matumba ihre Augen und sah ihn an. Ein strahlendes Lächeln glitt über ihr Gesicht. Ein Ausdruck der Geborgenheit und des Vertrauens … und noch etwas anderes, das auch Olov tief in sich spürte. Das Gefühl der grenzenlosen Vertrautheit.

Sie lachte und zwinkerte ihm schelmisch zu. "Komm endlich in das Wasser herein und steh da nicht herum, Olov. Ich weis bereits, wie du aussiehst." Sie grinste ihn an. Verlangend lagen ihre Blicke auf ihm, als er die beiden Tücher auf den Boden legte und dann das Hüfttuch fallen ließ. Sie folgte ihm mit ihren Augen, als er in das Wasser kam. Nie zuvor hatte Matumba sich so sicher und geborgen gefühlt, wie in der Nähe von Olov. Er sprach sie nicht nur körperlich an, sondern auch emotional und geistig. Sie hatte festgestellt, dass er über weit mehr Wissen verfügte, als die meisten der weisen Männer ihres Volkes. Anfangs hatte sie dies erstaunt aber nun nahm sie es als natürlich hin und genoss die Intelligenz die er verströmte, wenn sie mit ihm diskutierte, wie vorhin auf der Terrasse.

Die beiden wuschen sich gründlich und ließen sich viel Zeit dabei. Olov genoss es, Matumbas Nähe zu fühlen, während sie nur einen Schritt von ihm entfernt im Wasser stand und sich bedächtig wusch. Matumba erging es nicht anders. Seine Gegenwart war für sie berauschend, wie das Met, von dem sie getrunken hatte. Süß, trotzdem Herb und stark. Sie spürte, wie ihr Körper immer stärker auf seine Nähe reagierte. Sie sehnte sich danach, von ihm im Arm gehalten zu werden und sanfte Worte ins Ohr geflüstert zu bekommen. Gleichzeitig wollte sie ihm zu verstehen geben, wie viel er ihr bedeutete.

Das Baden ging langsam in ein fröhliches Planschen über. Dann trat Matumba auf die unterste Stufe des Badebeckens. Nun konnte sie Olov in dessen Augen sehen, ohne ihren Kopf beständig zu ihm erheben zu müssen. Matumba lachte begeistert und legte Olov ihre Arme um den Hals. Sie legte den Kopf an seine Schulter und genoss die Nähe des jungen Mannes. Olov schloss seine Augen. Er umarmte sie sanft und strich ihr zart über ihre Haare. Lange standen sie, dicht aneinander geschmiegt, im Wasser. Jeder von ihnen genoss diesen Moment der Nähe, das Spüren des Körpers des anderen und die Wärme, die davon ausging. Matumba hob ihren Kopf und küsste ihn sanft auf seine Lippen. Olov erwiderte den Kuss mit der selben Zärtlichkeit. Sie tauschten Küsse aus, die bald schon in ein wildes Zungenspiel übergingen.

Matumba schob ihn ein klein wenig von sich weg. Ihr Atem ging schwer. Sie hatte bereits beim Baden gespürt, wie ihr Körper auf die Nähe von Olov reagierte. Ihre Brustwarzen standen hart von ihren Brüsten ab und sie spürte an ihren Beinen, dass auch der Körper von Olov reagierte. Die Berührung ließ warme Schauer durch ihren Körper strömen. Fest drückte sein Penis gegen ihre Hüfte. In seinen Augen stand das gleiche Begehren zu lesen, welches auch in ihren eigenen Augen zu lesen sein musste.

Matumba seufzte entsagungsvoll. Dann blickte sie Olov ernst an. "Ich will heute Nacht nicht alleine schlafen … Verstehst du das, Olov?" Er nickte nur stumm.

Sie drehte sich um und stieg aus dem Badebecken heraus. Dann nahm sie eines der Tücher und schlang es sich um ihren Leib. Matumba warf einen Blick über ihre Schulter und grinste Olov an. "Ich gehe schon einmal. Ich hoffe, du bist jetzt auch schon sauber … Bleibe bitte nicht mehr so lange im Wasser … Ich warte auf dich." Mit einem leisen Kichern ging sie in Richtung von Olovs Schlafgemach.

Olov blickte ihr schmunzelnd nach. Einen kurzen Moment blieb er noch im Wasser stehen und dachte über den Tag nach. Er war sich uneins, ob er Matumba sagen sollte, was er für sie empfand. Dann seufzte er und stieg ebenfalls aus dem Badebecken. Er würde es ihr sagen, wenn er den richtigen Zeitpunkt dafür fand. Olov fragte sich, wie Matumba darauf reagieren würde. Er war unsicher, glaubte jedoch, dass sie ähnlich empfand.

Er stieg, mit langsamen Schritten, aus dem Badebecken und trocknete seinen Körper ab, bevor er das kleinere Tuch nahm und es sich um seine

Hüften schlang. Dann ging er gemächlich zu seinem Schlafgemach. Olov hatte angenommen, dass Matumba bereits schlafen würde. Die junge Frau saß jedoch auf der Kante seines Bettes und schien ihn zu erwarten.

Olov blieb einen Schritt von ihr entfernt stehen. Matumba lächelte ihn an und stand auf. Sie ließ ihr Tuch herab fallen und stand nun wieder nackt vor ihm, wie bereits im Badebecken. Olov konnte kaum seinen Blick von ihrem Körper abwenden. Er spürte, wie sein Körper erneut auf Matumba reagierte. Auch Matumba schien erregt zu sein. Ihr Atem ging schwer und etwas schneller, als sonst. Unter dem Blick von Olov verhärteten sich ihre Brustwarzen und standen steil von ihren Brüsten ab. Olov stöhnte, kaum hörbar, vor Verlangen. Er schaute in ihr Gesicht. Matumba lächelte sanft. Ihr Blick war verlangend und auch fordernd.

Sie griff an das Tuch, welches er um seine Hüften geschlungen hatte und löste es. Als das Tuch herab fiel, schaute sie triumphierend auf seinen Penis, der sich bereits wieder aufrichtete. Matumba trat direkt vor ihn und blickte zu ihm empor. Ihre Stimme war ein Flüstern, in dem Wärme und Zuneigung lagen. "Ich will heute Nacht bei dir sein, Olov. Ich will deine Haut auf meiner spüren. Ich will deine Hände an meinem Körper fühlen und deine Küsse genießen … Ich will mich dir hingeben und mit dir alle Freuden des Körpers teilen. Ich kann nicht mehr ohne dich sein. Du bist mein Krieger, mein Leben und auch meine Liebe. Nie zuvor habe ich einen Mann so begehrt und geliebt, wie dich, Olov." Mit einem leisen Schluchzen senkte sie ihren Kopf.

Olov nahm ihren Kopf zwischen seine Hände und hauchte ihr einen sanften Kuss auf ihre geöffneten Lippen. "Matumba, du bist die Frau, die ich glücklich machen will. Ich werde immer für dich da sein. Ich kann mir nicht vorstellen, ohne dich zu sein … Ich liebe dich, du kleine wilde Raubkatze."

Sie lehnte sich an ihn, hielt ihn fest umklammert und behielt ihre Augen geschlossen. Matumba genoss in diesem Moment einfach nur die Nähe des Mannes, dem sie die Liebe gestanden hatte … und der in diesem Moment diese Liebeserklärung ebenfalls an sie ebenfalls gegeben hatte. Ein Gefühl des Glücks überkam sie. Sie glaubte seinen Worten. Mit fest geschlossenen Augen genoss sie seine starken Hände, die sanft ihr Haar streichelten.

Die Nacht in Asengard

Matumba wich einen Schritt zurück und sah ihn verlangend an. Dann setzte sie sich auf den Bettrand und zog Olov, an dessen Hüften etwas mehr zu sich heran. Sein Penis schwoll schon wieder an, als sie ihn zart streichelte und die Hoden in ihrer Hand wog. Olov hatte seinen Kopf zurück gelegt und seine Augen geschlossen. Er stöhnte lustvoll auf, als er ihre Berührungen genoss. Matumba lächelte. Sanft rieb sie seinen Penis mit ihrer Hand und sah zu, wie er sich zwischen ihren Fingern, noch mehr versteifte und langsam aufrichtete.

Sie beugte ihren Kopf nach vorne und hauchte einen Kuss auf die Spitze. Ein Stöhnen von Olov erklang, welches ihr signalisierte, wie sehr ihm dies gefiel. Matumba lächelte. Langsam und genussvoll leckte sie über seine Eichel, schleckte dann die gesamte Länge seines Penis, an dessen Unterseite ab und sah, wie er sich vollends aufrichtete. Sanft und doch fordernd strichen ihre, zu einer Röhre geformten Finger und Hände über seinen harten Penis. Dann öffnete sie ihre Lippen. Zuerst nahm sie nur die Spitze seines Penis zwischen ihre Lippen. Dann jedoch beugte sie sich etwas vor und nahm ihn weiter in ihren Mund. Ihre Zunge spielte mit dem harten Penis, der tief in ihrem Mund steckte.

Sie hörte das tiefe, lustvolle Stöhnen von Olov, der seine Hände auf ihre Schultern gelegt hatte. Matumbas rechte Hand arbeitete nun schneller, an seinem Schaft. Mit ihrer Linken massierte sie sanft seine Hoden, die das enthielten, was sie begehrte. Sie ließ den Penis aus ihrem Mund gleiten und sah zu Olov empor. Ihre Stimme war heiser, mit einem Unterton von Rauch und Wärme. "Ich will deinen Saft bekommen. Heute Nacht und in allen Nächten die folgen … ich begehre dich und will dir Lust bereiten."

Der Körper von Olov spannte sich an. Lächelnd spürte Matumba, wie seine Hoden sich zusammenzogen. Sie nahm seinen harten Penis zwischen ihre Lippen und bearbeitete die Spitze mit ihrer Zunge. Dann fühlte sie, wie er in ihrem Mund zuckte und sich ergoss. Schub um Schub verspritzte er seine Samenflüssigkeit. Obwohl Matumba versuchte, die leicht salzig schmeckende Flut zu schlucken gelang es ihr nicht gänzlich. Sie zog ihren Kopf zurück und sah Olov an. Ein dünnes Rinnsal seiner Flüssigkeit rann aus ihrem Mundwinkel und tropfte von ihren Lippen. Matumba grinste triumphierend. Sie hatte ihn melken wollen und war zufrieden, mit dem Ergebnis. Den Rest des Abends würde er viel Ausdauer besitzen … Genau das also, was sie für diesen Abend erreichen wollte. Heute Nacht wollte sie ihre Begierden auskosten, bis Olov nicht mehr in der Lage war, mehr zu geben.

Matumba krabbelte auf die Felle des Bettes, sah ihn an und winkte ihn zu sich. "Komm zu mir, mein Krieger ... Der Abend ist noch lang und die Nacht ist noch viel länger. Mach mich glücklich und zeige mir deine Manneskraft. Sei zärtlich und gebe mir, wonach ich so sehr verlange. Ich brauche es heute ganz besonders nötig."

Olov ließ sich neben ihr nieder. Sie küssten sich. Erst zart, dann immer wilder. Matumbas Hände fuhren an seinem Körper entlang, während sie mit geschlossenen Augen seine Küsse genoss, die er auf ihren Körper drückte. Als seine Zunge mit ihren Brustwarzen spielte, er sanft daran knabberte, stöhnte sie laut und lustvoll auf. Die Wärme, die zwischen ihren Beinen entfacht worden war schob Wellen des Wohlbehagens durch ihren Körper. Sanft drückte sie seinen Kopf zwischen ihre Schenkel, die sie weit öffnete. Ein leiser Schrei der Lust drang aus ihrem Mund, als Olov mit seiner Zunge ihre Lustperle verwöhnte. Er ließ sich Zeit und Matumba wand sich schon bald unter ihm, spürte einen Orgasmus heraufziehen, der dann ihren Körper zum Erbeben brachte und ihr leise Lustschreie entlockte. Sie sank ermattet zurück, auf die Felle. Ihr Körper zitterte unter den Nachwirkungen des soeben erlangten Höhepunktes.

Olov lag neben ihr, streichelte sanft ihre Haare und lächelte sie an. Er war zufrieden damit, ihr das gegeben zu haben, was er davor von ihr erhalten hatte. Matumba öffnete die Augen und küsste ihn. Schnell waren ihre Zungen erneut in einem Tanz der Lust und Begierde gefangen. Sie stöhnte zufrieden, als sie erneut seine Hände über ihren Körper streichen fühlte. Ihre tastende Hand glitt zwischen seine Beine und fand seinen aufgerichteten, harten Penis. Matumba lächelte zufrieden. Sie spreizte ihre Beine, zog ihn über sich und sah ihm in seine Augen. "Ich will dich in mir spüren ... Komm und stoße mich, Olov." Dabei dirigierte ihre Hand sein Organ zu ihren Schamlippen, die sich beinahe von alleine öffneten, um ihm Einlass zu gewähren.

Olov ließ ein grunzendes Geräusch hören, als er jetzt tief in sie eindrang. Wärme und Feuchtigkeit umfingen eng seinen Penis. Mit langsamen und sanften Bewegungen drang er gänzlich in sie ein. Zog sich dann etwas zurück, um erneut tief in ihren Lustkanal einzudringen, der sich eng um seinen Penis schmiegte. Matumba klammerte sich an seine Schultern. Erst genoss sie nur seine Bewegungen. Leise stöhnend tat sie ihre Lust kund, ließ ihn die Arbeit tun und sich von ihm zu neuen Höhen der Lust stoßen. Dann jedoch, als sie erneut einem Orgasmus entgegen schwebte wurde auch sie aktiver. Sie erwiderte seine Stöße mit immer heftiger werdenden Bewegungen ihrer Hüften, umfasste seine Schultern fester und stöhnte ihm ihre Lust und ihr Verlangen in sein Ohr. "Stoß mich fester, Olov … Komm und stoß fester … mach schneller … Ja! So ist es gut!"

Olov merkte, dass er nicht mehr lange brauchen würde um erneut einen Orgasmus zu bekommen und kannte Matumba nun gut genug, um zu spüren, dass auch sie an der Klippe eines Höhepunktes stand. Er stieß jetzt schneller und fester in sie hinein, keuchte dabei in ungezügelter Lust. Matumba krallte sich an seinen Schultern fest, bog ihren Kopf weit zurück und hatte ihre Augen geschlossen. Ein leises Stöhnen drang ihr von den Lippen, das sich dann zu einem Schrei der ungezügelten Lust steigerte, als der Höhepunkt sie durchströmte. Ihr Körper wurde von einem Beben der Lust geschüttelt und ihr Lustkanal zog sich etwas um seinen stoßenden Penis zusammen, massierte ihn förmlich. Jetzt konnte auch Olov seinen eigenen Höhepunkt nicht mehr herauszögern. Mit einem leisen Schrei ergoss er sich in ihr. Matumba fühlte, wie er seinen Samen, wild zuckend, tief in ihr verspritzte.

Eine Weile lagen sie nur schweigend nebeneinander. Matumba genoss die sanften Finger von Olov, der zart ihre Schultern streichelte. Dann beugte sie sich zu ihm und küsste ihn zärtlich. Schon nach kurzer Zeit waren ihre Zungen im wilden Wettstreit, miteinander. Ihre tastenden Hände spürten seinen erneut erstarkten Penis, der nichts von seiner Härte und Größe verloren zu haben schien. Sie schwang sich auf seine Hüften und senkte ihr Becken langsam herab. Fast wie von selbst drang Olov in sie ein. Erst nur ein Stück, dann jedoch als sie anfing sich langsam zu bewegen immer weiter. Matumba riss ihre Augen weit auf und öffnete ihren Mund zu einem lautlosen Stöhnen, als er schließlich gänzlich in ihr steckte. Wilder und wilder wurde ihr Ritt, während Olov ihre Hüften umfasste und sie von unten Stieß. Sie warf ihren Kopf zurück, schüttelte ihre langen Haare und verkrampfte sich dann, als ein neuer Höhepunkt durch ihren Körper floss. Sie ließ sich kraftlos neben ihn fallen und keuchte. Olov grinste sie liebevoll an. Matumba konnte nicht anders, als in ein leises Kichern auszubrechen, das erst endete, als sie ihn über sich zog und ihre Schenkel weit für ihn spreizte. Sie fasste nach unten, dirigierte seinen Penis zwischen ihre Schamlippen und schloss ihre Augen, genussvoll. Sanft drang er in sie ein. Langsam glitt sein Penis ein und aus, womit er Matumba leise Laute der Lust entlockte. Schon bald verlangte es Matumba jedoch nach mehr und sie erwiderte seine Stöße mit hektischen Beckenbewegungen. Als sie erneut einen Orgasmus herauf ziehen fühlte begann auch Olov keuchend zu atmen. In dem Moment, als Matumba, mit einem schrillen Lustschrei, ihren Höhepunkt erreichte und sich an seinen Schultern festklammerte, erlebte auch Olov seinen Höhepunkt. Laut stöhnend spritzte er seinen Samen in den sich aufbäumenden Leib von Matumba.

Eine Weile lagen sie nur still aufeinander und ließen das Gefühl der eben erlangten Höhepunkte abklingen. Dann wälzte Olov sich von Matumba herunter und legte sich neben sie. Sie schmiegte sich in seine Arme und schloss ihre Augen. Schweigend lagen sie auf den Fellen, während der Schweiß auf ihren Körpern langsam trocknete und sie langsam in das Land der Träume hinüber dämmerten.

Der mächtige Thronsaal von Asengard hallte wider von den schweren Schritten, als Baldur, König der Asen, seinen Platz auf dem kunstvoll geschnitzten Thron einnahm. Die gewaltigen Holzsäulen, verziert mit Runen und Darstellungen der glorreichen Geschichte seines Volkes, warfen lange Schatten in das flackernde Licht der Fackeln. Die Luft war erfüllt von einer spürbaren Spannung, einer Mischung aus Erwartung und Dringlichkeit. Einige bewaffnete Wachen standen nahe der Eingangstür und lauschten neugierig. Der erwählte Rat der Asen stand an der Seite des Throns. Lage war am Vorabend diskutiert worden … nach der Art der Asen, bei der es nicht nur leise zuging sondern auch emotional und teils sehr laut.

Vor Baldur standen jetzt sein Enkel, Olov, der Prinz von Asengard, der ihm einst auf den Thron nachfolgen würde, sowie Matumba, die jüngere Tochter der Fürstin Omoru, vom Volk der Gomuna. Zwei Menschen, die vom Äußeren nicht unterschiedlichen sein könnten.

Baldur erhob sich langsam und die goldene Brosche, die seinen Mantel zusammenhielt, funkelte im Licht. Seine Stimme erhob sich wie ein Donnerschlag und durchdrang die Stille des Saals.

"Matumba, ich habe eine Entscheidung getroffen, die wohl das Schicksal unserer beiden Völker entscheidend und langfristig beeinflussen wird."

Baldur nickte knapp. Sein Blick wanderte zu Olov, der unsicher auf den Boden blickte, bemüht, seine Nervosität zu verbergen.

"Matumba," begann Baldur, seine tiefe, polternde Stimme klang ernster werdend, "deine Erzählungen von den Nöten eures Volkes haben mich tief berührt. Hunger, Krieg und das drohende Ende eurer Zivilisation dürfen nicht unbeantwortet bleiben. Die Asen als Clan haben, in der Vergangenheit, stets Stärke bewiesen … nicht nur im Kampf, sondern auch in der Hilfe für jene, die unserer Unterstützung würdig sind. Das ist ein Brauch unseres Clans, der uralt ist und einen Grundpfeiler unserer Gesellschaft darstellt."

Ein leises Raunen ging durch die Reihen der Wachen, die entlang der Eingangswand standen. Die Entscheidung des Königs war keine leichte, doch niemand wagte, seine Weisheit infrage zu stellen. Ein kurzer Blick von Baldur brachte die Wachen zum Schweigen.

Baldur fuhr entschieden fort: "Ich werde eine Truppe von fünfzig unserer besten Krieger entsenden. Sie werden in das Reich eurer Mutter reisen, der Fürstin eures Volkes. Wir, als Volk der Asen, werden Kontakt zu ihr aufnehmen. Diese Männer werden mit ihr sprechen und eine Strategie erarbeiten, um euer Volk und Land zu stärken und die Ordnung wiederherzustellen, die derzeit zu zerbrechen droht. Die Ordnung, die von barbarischen Nachbarn bedroht wird."

Matumba hob den Kopf und für einen Moment flammte Hoffnung in ihren Augen auf. Doch Baldur war noch nicht fertig.

"Doch diese Reise kann nicht sofort beginnen," sagte der König und seine Worte waren wie ein Messer, das durch die Luft schnitt. "Unsere Jagdtrupps sind noch unterwegs, und wir dürfen ihre Rückkehr nicht verpassen … Wir benötigen diese Krieger, hier, in der Stadt. Ebenso steht die Ernte bevor. Die Getreidefelder von Asengard müssen abgeerntet werden. Wir brauchen dafür jede helfende Hand."

Er ließ seinen Blick auf Olov ruhen. "Die Vorbereitungen für die Reise werden mindestens acht bis zwölf Tage dauern. Bis dahin, Matumba, wirst du als Gast in Asengard verbleiben. Und du, Olov," fügte er mit einem strengen Blick hinzu, "wirst dafür sorgen, dass Matumba sich in dieser Zeit wohl fühlt."

Olov schluckte hörbar. "Ja, mein König," brachte er schließlich hervor, seine Stimme war leise, aber entschlossen.

"Das ist keine bloße Aufgabe," fuhr Baldur fort, seine Stimme härter werdend. "Du trägst die Verantwortung für unseren Gast und wirst auch die Vorbereitungen koordinieren, die notwendig sind, damit unsere Krieger nach Gomuna ziehen können. Jeder Fehler, jedes Zeichen von Nachlässigkeit wird nicht nur dich oder Matumba betreffen, sondern den Namen der Asen in Verruf bringen. Enttäusche mich nicht."

Olov kniete nieder, die Faust über das Herz gelegt. "Ich werde euch nicht enttäuschen, mein König."

Baldur nickte zufrieden. Er wandte sich an Matumba, deren Gesicht jetzt vor Respekt und Erleichterung strahlte. "Matumba, du wirst in den kommenden Tagen unser Leben, unsere Stärke und unsere Traditionen kennenlernen. Die Asen werden dich als Gast ehren, wie ich es befohlen habe. Doch erwarte keine einfache Zeit. Hier wird gearbeitet, und jeder trägt seinen Teil bei."

Matumba trat einen Schritt vor. Ihre Haltung war ehrerbietig, aber nicht unterwürfig. Sie war zu Gast in dieser Stadt, hatte viel verloren, doch ihre Würde war ungebrochen. "König Baldur," begann sie, ihre rauchige Stimme hallte sanft im Raum, "mein Volk und meine Mutter werden eure Gnade niemals vergessen. Was immer ihr beschließt, ich werde es tragen und meine Mutter wird es euch danken. Sie ist eine Frau von Ehre, die nie vergisst, wem sie etwas schuldig ist. Die Ehre ist meinem Volk wichtig."

Der König erhob sich und trat einen Schritt näher, sein Blick ruhte auf Matumba und Olov. schwer wie eine Bürde. "Diese Reise wichtig. Sowohl für das Volk der Gomuna, als auch für das Volk der Asen. Ich werde mitreisen, um persönlich mit der Fürstin sprechen zu können. Es kann nicht von Nachteil sein, wenn man persönlich solche Gespräche führt."

Baldur wandte sich ab und setzte sich wieder auf den Thron, als würde er das Gewicht der Verantwortung neu schultern. Seine Stimme erklang ein letztes Mal. "Geht nun. Bereitet euch vor. Die Tage, die kommen, werden von uns allen viel verlangen. Je besser wir vorbereitet sind und je schneller die Ernte eingebracht ist, desto schneller können wir danach aufbrechen."

Matumba und Olov verneigten sich tief, bevor sie beide sich langsam zurückzogen. Der Klang ihrer Schritte hallte durch den Thronsaal und die großen Türen schlossen sich hinter ihnen mit einem dumpfen Schlag.

Olov zwinkerte Matumba aufmunternd zu. Sie erwiderte dies mit einem triumphierenden Grinsen. Während Matumba, voller Sehnsucht, an ihre Heimat dachte, waren die Gedanken von Olov bei der Getreideernte und den vielen Vorbereitungen, die nun unbedingt für den Auszug der Krieger getroffen werden mussten. Die Erfahrung hatte den Asen gezeigt, dass man seine Krieger tunlichst vorbereiten sollte, wenn man zu einer Mission aufbrach, bei der man auch mit Kämpfen rechnen muste.

Im Gegensatz zu Matumba bereitete Olov die Situation, in Matumbas Heimat, viel Kopfzerbrechen. Sein Instinkt sagte ihm, dass der kleine Trupp der Krieger, die Matumba und ihre Begleiter angegriffen hatte, möglicherweise erst ein Vorgeschmack sein könnte, auf das, was noch kommen würde. Man entsendete keinen Trupp von Kriegern, weit in das Land seiner Gegner, wenn man nicht etwas plante. Kein Gegner, der nur einen Funken von Erfahrung besaß würde derartiges tun und der König der Watambi besaß die Ausbildung eines Kriegers und Führers von Kriegern. Zumindest hatte Olov dies aus den Erzählungen von Matumba heraus gehört. Daraus ergab sich für Olov die Konsequenz, dass man etwas gegen das Volk von Matumba plante, was möglicherweise nicht allzu weit in der Zukunft liegen mochte.

Olov zog seine Augenbrauen zusammen. Sein nachdenklicher Blick war finster und entschlossen. Matumba jedoch bemerkte dies nicht. Sie dachte lediglich voller Vorfreude, an ihre Heimat.

3.

Entwicklungen die niemand ahnte

Die folgenden Tage waren angefüllt mit vielen Stunden der Arbeit, für Olov. Mit Begeisterung stellte er sich der Aufgabe. Matumba stellte dabei erstaunt fest, dass Olov sich von einem einfühlsamen Mann zu einem Krieger wandelte, der sich auf einen harten Kampf vorbereitete. Wenn er seine täglichen Vorbereitungen erledigt hatte, dann übte er sich im Kampf, zusammen mit anderen Kriegern, die ebenfalls mitkommen sollten. Matumba fühlte sich vernachlässigt und ausgeschlossen. Ihr tag bestand darin, bei der Feldarbeit zu helfen, die sich vom Sonnenaufgang bis zum Sonnenuntergang hinzog. Wenn sie, zusammen mit den anderen Frauen, von den Feldern zurückkehrte, dann war Olov noch immer damit beschäftigt, die anderen Krieger auf die bald bevorstehende Mission vorzubereiten.

Die Abende ließen jetzt wenig gemeinsame Zeit für die beiden. Matumba vermisste es, mit Olov lange Diskussionen zu führen. Am Tage ging sie der Feldarbeit nachdenklich nach und grübelte still vor sich hin. War es richtig, sich an einen Krieger wie Olov zu binden? Je näher der Tag der Abreise kam, desto unsicherer wurde sie. Die Nächte, die sie zusammen verbrachten, waren erfüllt von Leidenschaft und Lust. Matumba wollte jedoch mehr. Sie wollte mehr Zeit zusammen mit Olov verbringen, dem dies jedoch anscheinend nicht auffiel. Er war gänzlich mit seiner Aufgabe beschäftigt. Im Stillen war sie enttäuscht davon, sagte aber nichts.

Neun Tage nach der Ankündigung von Baldur kam der Tag der Abreise. Bereits kurz nach dem Morgengrauen versammelten sich die Krieger, vor der Festung. Baldur prüfte die Ausrüstung eines jeden, mit den erfahrenen Augen eines Kriegers, der bereits oft in die Schlacht gegangen war. Olov hatte für Matumba, zwei Tage zuvor, eine leichte Lederrüstung und einen Speer aus der Waffenkammer geholt. Matumba fühlte sich in der Lederrüstung unwohl. Ihr Volk trug so etwas nicht. Es fühlte sich für sie ungewohnt und beinahe falsch an. Letztlich hatte sie die Ausrüstung jedoch wortlos akzeptiert.

Baldur war in einen Schuppenpanzer gehüllt. Genauso, wie auch Olov und die anderen Krieger. Die Männer wirkten auf Matumba wie uralte Kriegsgötter eines vorzeitlichen Volkes und nicht wie die Männer, die sie nun bereits kennen gelernt hatte. Schon ihre Helme mit Nasenschutz und Wangenschutz gaben ihnen etwas dämonisches, was sie nicht zu beschreiben vermochte. Baldur stellte sich vor die Krieger und blickte sie an. Stolz war in seinen Augen erkennbar. "Krieger der Asen," begann Baldur mit seiner tiefen, donnernden Stimme, die selbst die entferntesten Ohren erreichte, "heute brechen wir auf, um einem Volk zur Seite zu stehen, das unsere Hilfe dringend benötigt. Jeder Schritt, den wir tun, soll nicht nur unsere Stärke beweisen, sondern auch unsere Ehre. Ihr seid nicht nur Männer des Krieges ... ihr seid Boten unseres Clans und von Asengard. Wenn es zum Kampf kommt, dann denkt daran, dass die Augen der Götter auf euch liegen."

Ein tiefes, fast schon zorniges, Brummen der Zustimmung ging durch die Reihen, als die Krieger ihre Waffen an ihre Schilde schlugen. Dumpf, dröhnend und beängstigend klang es für Matumba, die nun erschrocken die Entschlossenheit in den Augen dieser mächtigen Krieger sah.

"Die Reise wird lang und beschwerlich sein," fuhr Baldur fort, sein Blick von einem zum anderen wandernd. "Wir werden durch dichten Urwald ziehen und später durch ein Land, das nicht das unsrige ist. Wir können Gefahren begegnen, die uns unbekannt sind ... Doch ich habe keinen Zweifel an eurem Mut. Ihr seid Krieger der Asen. Heute werden wir ein weiteres Kapitel unserer Geschichte schreiben." Zustimmendes Gebrüll antwortete ihm.

Dann verließen sie Asengard. Olov hatte errechnet, dass sie sieben Tage benötigen würden, um die heimatliche Siedlung von Matumbas Volk zu erreichen. Matumba zweifelte zwar nicht daran, dass Olov mit seiner Schätzung richtig lag, war jedoch erstaunt von dem kurzen Zeitraum, den Olov als wahrscheinlich eingeplant hatte. Sie selbst hätte drei bis vier Tage länger für diese Strecke veranschlagt.

Der Urwald erstreckte sich wie eine undurchdringliche Wand vor ihnen. Alte, knorrige Bäume erhoben sich in die Höhe, ihre Äste wie Arme, die den Himmel zu umklammern suchten. Das Sonnenlicht, das anfangs noch durch die Blätter drang, wurde bald von einer dichten Decke aus Laub verschluckt. Die Welt rundum versank in dem Dämmerlicht des Urwalds. Eine feuchte, schwere Wärme legte sich auf die Haut der Krieger, und das Summen der Insekten füllte die Luft. Bis zum Sonnenuntergang marschierten sie durch den Wald. Baldur hatte Matumba erklärt, man würde erst rasten, wenn das Schwindende Licht es nicht mehr zuließ den Weg sicher zu erkennen.

Die Reise verlangte Matumba alles ab. Der Boden des dichten Waldes war uneben und teils schlammig. Jeder einzelne Schritt erforderte Aufmerksamkeit. Manchmal mussten sie dichte Büsche durchschneiden oder umgefallene Bäume erklimmen, die ihren Weg blockierten, wenn es zu umständlich war, diese zu umgehen. Das Marschtempo der Asenkrieger trieb Matumba bis an die Grenzen ihrer Leistungsfähigkeit. Abends war sie kaum noch in der Lage, etwas zu essen, bevor sie erschöpft einschlief. Wenn am Abend das Nachtlager aufgeschlagen wurde, saß Olov mit Baldur und Hrane zusammen, um den kommenden Tag zu besprechen. Skald, der ebenfalls zu den Kriegern gehörte brachte Matumba abends das Essen, welches sie müde verschlang und wechselte dabei stets einige aufmunternde Worte mit ihr. Es tat Matumba gut, dass der Bruder von Olov sich um sie kümmerte, während Olov am Rande des Nachtlagers Wache schob oder seiner Verpflichtung als Führer der Krieger nachging. Baldur hatte bestimmt, dass Olov dies tun solle, um sich gegenüber den anderen Kriegern als würdig zu erweisen. Derartiges wurde von einem Führer und ganz besonders einem Prinzen erwartet, hatte Baldur brummend zu Olov gesagt.

Da Olov den Weg kannte, ging er stets an der Spitze der Marschkolonne. Matumba würde die Führung übernehmen, sobald sie aus dem großen Talkessel heraus waren. Das Land hinter dem Talkessel war ihre Heimat und nur ihr vertraut. Bis dahin bewegte sie sich in der Mitte der Marschkolonne, wobei Skald sich in ihrer Nähe aufhielt. Die beiden sprachen viel miteinander, während dieser Tage. Dabei stellte Matumba fest, dass die Interessen von Skald erstaunlich weit gespannt waren. Der Bruder von Olov interessierte sich nicht nur intensiv für den Ackerbau und die Viehzucht sondern vor allem für die Baukunst. Matumba selbst war stets stark eingebunden gewesen, in Landwirtschaft und Viehzucht, da diese beiden Dinge, seit einigen Generationen, die Grundpfeiler der Existenz ihres Volkes waren. Olovs Interessen lagen deutlich mehr auf dem Gebiet der Krieger, der Kriegsführung und der Verwaltung der Stadt Asengard. Als zukünftiger König von Asengard waren dies notwendige Fähigkeiten … und das verstand Matumba auch. Trotzdem hatte sie das Gefühl, Olov und sie würden sich von einander entfernen.

Am dritten Tag begann die wahre Prüfung. Der Urwald wurde noch dichter und die Nächte brachten eine drückende Dunkelheit, die selbst die wärmenden Flammen ihrer Lagerfeuer teilweise kaum zu durchdringen vermochten. Das leise Rascheln von Tieren im Unterholz hielt die Männer wachsam, die auf nächtlicher Wache standen. Mehr als einmal griff ein Krieger instinktiv nach seinem Speer, wenn ein Schatten im Mondlicht tanzte.

Sie lagerten am Rande des Talkessels. Morgen würde Matumba die Führung übernehmen. Baldur, Olov und Skald saßen dich beieinander an einem der Feuer und verzehrten ihr Abendmahl. Baldur blickte Olov nachdenklich an. "Du bist so ruhig, Olov. Hast du Sorgen?"

Olov schwieg einen Moment, ehe er den Kopf schüttelte. "Eigentlich nicht, Großvater. Ich bin nur innerlich etwas verwirrt. Ich weis nicht, was ich in der Zukunft tun werde … oder tun soll."

Baldur schmunzelte kaum merklich. Dann blickte er zu Skald hinüber. "Skald bringe Matumba etwas zu essen. Sie wird hungrig sein aber sie hat sich heute Abend nichts von dem Braten genommen, den wir über dem Feuer geröstet haben … Unterhalte dich ein wenig mit ihr. Das wird Matumba gut tun. Sie fühlt sich unter uns Asen etwas unwohl, auch wenn sie dies nicht bewusst bemerkt. Ihr fehlt ihr eigenes Volk."

Skald erhob sich und ging langsam zu Matumba, die unweit des Feuers an einen Baum gelehnt vor sich hin döste. Baldur sah ihm nach und wandte dann seinen Kopf wieder zu Olov. "Sprich mit mir, Enkelsohn. Ich glaube ich weis was dich bedrückt … Es ist wegen Hela, oder?"

Olov sah Baldur erstaunt an. Dieser schmunzelte verhalten. "Olov, ich bin gut dreimal so alt wie du. Seitdem die Großmutter, bei der Geburt deines Vaters starb habe ich keine Gefährtin mehr gehabt … jedoch hatte ich danach viele andere Frauen, die eine Zeit lang in meinem Leben eine wichtige Rolle spielten. Das entscheidende ist der Unterschied zwischen verliebt sein und Liebe. Verliebt zu sein ist eine wunderschöne Sache.

Eine Erfahrung, die ich jedem Menschen zutiefst gönne. Wahre Liebe jedoch ist etwas ganz anderes … Diese teils schmerzhafte Erfahrung machst du auch gerade. Ich werde dich nicht kritisieren, da ich erlebt habe, wie es zwischen dir und Hela in der vergangenen Zeit verlief. Wenn ich jedoch du wäre, dann würde ich sie nicht einfach aufgeben. Du solltest ein klein wenig Vertrauen, in das Urteilsvermögen eines Mannes mit deutlich mehr Lebenserfahrung haben. Jedoch ist es egal, wie du dich entscheidest … ich werde dich stets unterstützen und dir beistehen, wenn du mich um Hilfe bittest."

Olov sah Baldur erstaunt an. Dann nickte er nachdenklich. "Ich danke dir, Großvater. Ich wusste nicht, dass man meine Gefühle derart klar sehen kann. Ich muss mir selbst erst klar werden, was das Beste für mich ist … und für Matumba … und für Hela. Obwohl Hela und Matumba das selbst entscheiden werden."

Baldur grinste. "Glaube mir, Matumba und ganz besonders Hela werden dir zum richtigen Zeitpunkt ganz klar sagen, was sie wollen und denken."

Olov kicherte leise. "Ja, daran habe ich auch keinen Zweifel, Großvater."

Baldur blickte kurz zu Matumba und Skald hinüber. Seine Stimme war leise aber eindringlich. "Matumba ist eine Schöpferin und Bewahrerin. Du hingegen bist ein Krieger … und tief in deinem Herzen ein Barbar. Du wirst dich auf einem Schlachtfeld immer am wohlsten fühlen. Du bist ein Zerstörer deiner Gegner und kennst keine Gnade, wenn du gegen die Gegner kämpfst … genau wie Hela." Baldur sah Olov in die Augen. "Ich weis, dass du und Matumba nicht nur miteinander geredet habt, sondern in den Nächten auch eure Körperlichen Gelüste miteinander geteilt habt. Ich glaube nicht, dass es jemand außer mir bemerkt hat … Es ist ganz alleine eure Sache und ich werde mich nicht einmischen und es niemals irgendwem erzählen."

Baldur schüttelte mitfühlend seinen Kopf. "Es mag eine schöne Zeit für euch gewesen sein aber sie wird nicht von langer Dauer sein. Dafür seid ihr beiden zu verschieden … Ich mag Matumba. Sie ist feinfühliger als es ihr eigentlich gut tut und hat im Grunde ein sanftes Gemüt. Sie erinnert mich sogar ein klein wenig an Skald. Er ist ihr sehr viel ähnlicher, als du es je sein könntest. Auch er ist ein Schöpfer. Ein Denker … und nur

49

zwangsweise ein Krieger, weil die Zeit es jetzt von ihm verlangt. Wenn ich nicht darauf bestanden hätte, das er uns begleitet würde er wohl wieder mit Ephimos an irgend etwas basteln … Ich bin froh, dass wir ihn haben. Er hat, zusammen mit Ephimos, viele kleine Dinge entworfen, die uns das Leben angenehmer machen. Ephimos sieht ihn als seinen Schüler an und gibt sich alle Mühe, ihm alles Wissen zu vermitteln, welches er selbst besitzt."

Olov nickte nachdenklich, als er jetzt ebenfalls zu Matumba und Skald hinüber blickte. Nachdenklich musterte er Skald, den er stets nur als seinen jüngeren Bruder gesehen hatte. Ihm wurde bewusst, dass Skald mittlerweile den Körperbau eines Kriegers entwickelt hatte und beinahe so hoch gewachsen war, wie er selbst. Im Geiste jedoch war Skald ein Denker und Gelehrter, der das Wissen von Ephimos in sich aufsaugte und dabei dann selbst, beständig nach Verbesserungen oder Vereinfachungen suchte. Die kleine Windmühle am südlichen Rande der Getreidefelder hatte Skald zusammen mit Ephimos entworfen und danach größtenteils selbst errichtet. Olov senkte nachdenklich seinen Kopf. Baldur hatte durchaus Recht, mit seiner Einschätzung.

Skald war leise an Matumba heran getreten. Sie öffnete ihre Augen, als er sich neben ihr auf seine Knie setzte und ihr ein Stück von dem Braten reichte. "Du musst etwas essen, Matumba ... Morgen überqueren wir den Pass und sind dann bald in deiner Heimat. Sicherlich werden deine Leute froh sein, dich zu sehen. Vor allem deine Mutter wird sich große Sorgen gemacht haben."

Matumba nahm das Fleisch dankbar aus den Händen von Skald und nickte diesem zu. Sie biss ein Stück davon ab und kaute es mit Genuss. Skald grinste und reichte ihr seine Wasserflasche. Leise sprachen die beiden über den vergangenen Tag. Matumba machte einen Scherz und Skald kicherte derart herzhaft, dass Matumga ebenfalls kichern musste. Während sie das Fleisch aß, musterte sie ihn unauffällig. Was wäre geschehen, wenn sie nicht von Olov sondern von Skald gerettet worden wäre?

Er legte seinen Helm auf den mit kurzem Gras bewachsenen Boden und lächelte. Matumba blickte kurz auf den Helm. Ein Schaudern lief ihr über den Rücken. Der Helm wirkte fast bösartig und strahlte zugleich Macht,

Kraft als auch eine Drohung aus. Alle der Asenkrieger trugen diese Art von Helm. Er war bereits in ihrer alten nordischen Heimat das Zeichen eines Kriegers gewesen.

Asenhelm

Eine kurze Zeit sprachen sie noch leise miteinander. Dann stand Skald auf, um zu seinem Großvater zurück zu kehren. Matumba blickt kurz zu Baldur hinüber. Olov war bereits aufgestanden, um nach den Wachen zu schauen ... Genau so, wie man es vom Anführer eines Kriegervolkes erwarten würde ... einem Krieger. Sie seufzte. Erneut dachte sie an Skald. Der Bruder von Olov war eine halbe handbreit kleiner als sein älterer

Bruder, hatte aber im Vergleich der Proportionen einen nahezu fast identischen Körperbau. Er schien jedoch sehr viel sanfter zu sein, als Olov. In den Tagen vor der Abreise aus Asengard hatte Matumba einige male mit Skald gesprochen und war beeindruckt gewesen, von dessen wachen Geist. Sie schaute kurz zum Feuer hinüber und betrachtete Baldur, der vom Körperbau und der Wuchshöhe, wie eine ältere Ausgabe von Olov wirkte … allerdings machte er den Anschein, als würde er trotz seines Alters Bäume ausreißen können. Wenn Baldur sich bewegte, so wirkten seine Bewegungen geschmeidig und zeugten von einer nahezu unbändigen Kraft, die fast schon archaisch erschien. Auf Matumba wirkte Baldur, wie der Fleisch gewordene Kriegsgott eines alten Volkes, aus den Nebeln der Zeit. Erneut seufzte sie, bevor sie ihre Augen schloss und langsam in einen unruhigen Schlaf hinüber dämmerte. Ein Schlaf, in dem sie davon träumte, zusammen mit Skald in einem Teich zu baden.

Bei Sonnenaufgang setzten sie den Marsch fort. Sie verließen den Talkessel und überquerten den pass. Stets waren sie wachsam, da dies das Revier der großen Waldaffen war. Die Kreaturen zeigten sich zwar nicht, jedoch wiesen Spuren darauf hin, dass die Kreaturen vor nicht allzu langer zeit hier ebenfalls gewesen sein mussten. Sie drangen in den Wald ein, der bereits hinter dem Pass lag und kamen zügig voran. Matumba kannte diese Gegend, seit ihrer frühen Jugend. Als die Sonne unterging, erreichten sie die Ausläufer des dichteren Waldes, der hier in ein ebenes Terrain überging, das bereits teilweise von Feldern ihres Volkes bedeckt war. Näher an der heimatlichen Siedlung lagen diese Felder dicht an dicht. Hier jedoch, in einiger Entfernung von der Siedlung gab es nur Felder, die zum größten Teil nicht mehr von ihrem Volk bewirtschaftet wurden. Es fehlte Matumbas Volk an Arbeitskräften dafür.

Bei Sonnenuntergang hielten sie am letzten Rand des Waldes an. Die Siedlung von Matumbas Volk lag in der Nähe. Das Gelände bis dorthin bestand nun zumeist aus Weiden oder Feldern, die von kleinen Baumgruppen durchzogen waren. Wenn sie am kommenden Tag, kurz nach dem Sonnenaufgang aufbrechen würden, dann sollten sie Matumbas Heimatort kurz vor der Tagesmitte bequem erreichen können, ohne sich beeilen zu müssen. Baldur hatte Matumba befragt und diese hatte ihm dazu geraten, bei Tageslicht einzutreffen. Das Eintreffen der Asenkrieger, in der Dunkelheit, könnte zu Missverständnissen führen.

Mitten in der Nacht wurde Matumba wach, weil Olov sie sanft an der Schulter rüttelte. Sein Gesicht war ernst. Matumba setzte sich auf und blickte ihn fragend an. Wortlos bedeutete er, sie solle ihm folgen. Erst jetzt bemerkte sie, dass die Krieger der Asen sich ausnahmslos am Waldrand versammelt hatten.

Olov führte sie zu Baldur, der sich bei ihrem Eintreffen zu ihr umdrehte. Dann deutete Baldur in die Ferne. Der Widerschein eines großen Feuers war in der dunklen Nacht zu erkennen. Die Stimme von Baldur war leise. "Es begann erst vor sehr kurzer Zeit und ist von unseren Wachen sofort bemerkt worden. Liegt dort deine Heimat?"

Matumba starrte, wie gebannt, auf den Widerschein der Flammen, die dort lodern mussten, wo sich die Siedlung ihres Volkes befand. Angst machte sich in ihr breit. Für einen Moment war sie nicht dazu fähig zu sprechen. Baldur betrachtete angespannt ihr Gesicht. Er erkannte die Angst, die sich dort abzeichnete.

Baldur wandte sich an seine Krieger. "Bereitet euch für den Aufbruch vor. Wenn wir die Entfernung im Laufschritt zurücklegen, dann werden wir nur ein Viertel der Zeit benötigen, die wir ursprünglich eingeplant haben. Wir sollten die Siedlung dann noch während der Nacht erreichen können."

In Windeseile bereiteten sie sich auf den Abmarsch vor. Olov überprüfte kurz die Verschnürung der leichten Lederrüstung, die Matumba trug. Dann nickte er ihr zufrieden zu und stellte sich neben Baldur. Matumba sah sich um. Rings um sie herum erschienen jetzt die Asenkrieger. Auch vier Frauen waren unter den Kriegern. Schildmaiden nannten die Asen ihre weiblichen Krieger. Die vier Frauen trugen ähnliche Rüstungen, wie auch die Männer. Alle warteten jetzt angespannt darauf, dass Baldur das Signal zum Abmarsch gab. Baldur wandte sich um, musterte die Krieger und deutete dann nach vorne. Im Laufschritt legten sie den Weg zu der Heimatsiedlung von Matumba zurück, die mit jedem Schritt unruhiger werden zu schien. Fest umklammerte sie den Speer, den sie in Asengard erhalten hatte. Ihr war klar, dass ihre Heimat angegriffen wurde. Nun stellte sich ihr nur noch die Frage, ob die Asen rechtzeitig eintreffen könnten, um noch Hilfe zu leisten. Matumba hätte laut schreien mögen, vor Verzweiflung und Angst.

Endlich gelangten sie auf die Fläche mit den Viehweiden, die rund um die heimatliche Siedlung von Matumba lag. Die Asenkrieger verhielten am Rande einer Baumgruppe, weniger als vierhundert Schritte von den Mauern der Siedlung entfernt. Im Licht des Mondes war deutlich zu erkennen, dass die Verteidiger sich heftig gewehrt haben mussten. Dicht vor der Palisadenmauer lagen hier die reglosen Körper von mindestens zweihundert fremden Kriegern. Das hölzerne Tor stand weit offen. Eine improvisierte ramme lag in dem Torgang, ebenfalls umgeben von vielen leblosen Körpern. Feuerschein erleuchtete den nächtlichen Himmel und dichte Rauchschwaden zogen über den Boden. Schreie gellten schwach zu den Asenkriegern herüber. Die blutigen Kämpfe hielten also noch an. Allerdings jetzt im Innern der Siedlung.

"Nein!" Matumba schrie auf und rannte einige Schritte nach vorne, bevor Baldur sie zurückhielt. "Warte!" befahl er streng, seine Augen funkelten vor Zorn. "Wir müssen sie Überraschen. Die Angreifer sind anscheinend weitaus zahlreicher, als wir."

Baldur wandte sich zu seinen Begleitern. "Keilformation bilden. Haltet Stille, bis wir auf die ersten Gegner treffen … DANN werden wir ihnen zu verstehen geben, dass die Asen in den Kampf ziehen … So wie es schon unsere Vorväter getan haben. Keine Gnade für unsere Feinde!"

Die Asen formierten sich zu einer dichten Keilformation. Ihre runden Schilde mit den Metallverstärkten Kannten wiesen nach außen. Baldur hielt eine doppelschneidige Axt in seiner Hand, während Olov, Skald und die meisten anderen ihre Schwerter gezogen hatten. Matumba sah sich kurz um. Nur wenige hielten noch ihre langen Speere in der Hand und nahmen jetzt ihren Platz am Rand der Formation ein. Dann gab Baldur ein kurzes Handzeichen und sie setzten sich im Laufschritt in Marsch. Ihr Ziel war das offene Tor. Matumba, die nun bereits vor Erschöpfung leise keuchte befand sich in der Mitte der dichten Formation. Baldur hatte die Schildmaiden dazu abgestellt, sie zu schützen. Die Kriegshelme der Asen verbargen deren Gesichter zwar teilweise aber Matumba konnte in den Gesichtern doch Kampfeslust und tödliche Entschlossenheit lesen.

Die Tore der Siedlung standen weit offen, ein grauenvolles Zeugnis der Übermacht der Angreifer. Feuerzungen leckten an den Holzpalisaden, gespeist von den noch immer glimmenden Brandpfeilen. Funken tanzten wie unheilvolle Sterne in den Nachthimmel. Sie erreichten das Tor, wurden etwas langsamer und betraten die Siedlung. Überall lagen Leichen. Olov schaute sich kurz um, während er seinen Platz in der Kampfformation beibehielt. Es war ersichtlich, dass der Kampf gnadenlos und verbissen geführt worden war. Die Körper der Verteidiger waren aufgrund ihrer Statur und ihrer Gesichtszüge von den Angreifern gut zu unterscheiden. Während das Volk von Matumba feinere Gesichtszüge aufwies, besaßen die schwächlicher wirkenden Angreifer die typischen Merkmale der Eingeborenen. Viele der Verteidiger wiesen mehr als nur die letztlich tödlichen Verletzungen auf. Bei vielen von ihnen fehlten die Hände und Olov dachte für einen winzigen Moment daran, dass einer der Krieger, die er bei der Rettung von Matumba bekämpft hatte, eine getrocknete Hand an seinem Gürtel getragen hatte. Eine fremdartige Sitte, die hier jedoch für die Angreifer ganz normal erscheinen musste. Die Gesichtszüge von Olov verhärteten sich, vor Abscheu. Ein kurzer Seitenblick zu Baldur zeigte ihm, dass dieser ebenso empfand. Die Verstümmelung von gefallenen Feinden war etwas, was die Asen grundlegend ablehnten und als primitiv betrachteten. Sie drangen weiter in die Siedlung vor. Ringsum brannten die Häuser. Olov konnte die Leichen der Bewohner erkennen, die sich bis zum Ende verzweifelt gewehrt haben mussten, da auch viele tote Angreifer in den brennenden Trümmern lagen. Der erste Eindruck von der Siedlung war ein Labyrinth aus Zerstörung. Niedergebrannte Hütten, Leichen in verdrehten Positionen, und plündernde Krieger, die sich wie Schatten bewegten und in der Ferne bereits erkennbar waren. Doch vorerst boten die Straßen keine Widerstände.

Die düstere Nacht hing wie ein schweres Tuch über dem Land, doch der volle Mond goss sein kaltes, silbernes Licht gnadenlos auf die verwüstete Siedlung. Dichte Rauchschwaden tanzten in der kühlen Brise, die den Gestank von verbranntem und Fleisch mit sich trug. Schreie hallten wie geisterhafte Echos durch die Nacht, Vermächtnisse des Schreckens, der über die Heimat von Matumba hereingebrochen war. Doch inmitten dieses Chaos formierte sich eine unaufhaltsame Kraft ... die Krieger der Asen, deren Anblick allein wie eine göttliche Vergeltung, auf Matumba, wirkte. Ein kurzes Frösteln lief ihr den Rücken herab, wenn sie die Gesichter der Asen betrachtete.

König Baldur, aufrecht und furchtlos, mit nahezu versteinert wirkendem Gesicht, führte die Spitze der Keilformation an. Sein Schild und sein Schuppenpanzer glänzten im Mondlicht. Hinter ihm marschierten seine Krieger, schwer bewaffnet und voller Entschlossenheit. Ihre Rüstungen knackten leise, die Klingen schimmerten und ihre Schritte hallten auf dem harten Boden wider. Ein Marsch des Zorns, der bald die Reihen der Angreifer treffen würde.

Die erste Begegnung mit den Feinden kam so plötzlich, dass selbst die abgehärteten Krieger der Asen einen Moment der Überraschung verspürten. Eine Gruppe von Marodeuren, fünf an der Zahl, stürzte aus einer kleinen Gasse. Ihre Augen waren rot vor Gier, die Klingen ihrer Speere waren noch blutverschmiert. Doch sie waren unorganisiert und schlecht vorbereitet ... eine tödliche Schwäche gegen die Disziplin der Asen, die von Kind auf für den Kampf trainierten.

Mit einem markerschütternden Kriegsschrei stürzte Baldur vorwärts. Seine Axt beschrieb einen tödlichen Bogen und schlug die Waffe des ersten Angreifers zur Seite, bevor es mühelos durch dessen Brustkorb schnitt. Die übrigen Krieger der Asen folgten mit einem Donnern aus Schilden und Speeren. Innerhalb von Sekunden lagen die Marodeure am Boden, zerschmettert und gebrochen. "Kein Halt! Wir dürfen keine Zeit verlieren!" rief Baldur und trieb seine Männer voran.

Der Pfad durch die Siedlung wurde immer gefährlicher. Die Angreifer waren zahlreich, und ihre Brutalität kannte keine Grenzen. Die Asen mussten sich mit jeder Muskelfaser und jedem Herzschlag ihren Weg freikämpfen. Olov, der mittlerweile über und über mit dem Blut seiner Gegner bespritzt war, kämpfte mit der Wildheit eines Sturms. Neben ihm hielt Skald, sein jüngerer Bruder, stand, dessen Mut ihm eine fast übermenschliche Stärke verlieh.

"Schließt die Reihen!" rief Olov und warf sich mit seinem Schild gegen einen Angreifer, dessen Speer an seinem Schild abprallte. Mit einer schnellen Bewegung ließ Olov seine eigene Klinge aufblitzen, und ein weiterer Feind fiel.

Doch trotz ihres Fortschritts schien das Chaos um sie herum niemals zu enden. Baldur führte die Männer, angeleitet von Matumba, die ihm den

Weg wies, durch die verwüsteten Straßen, immer näher an den Sitz der Fürstin heran. Die Schreie aus dem Zentrum der Siedlung wurden lauter, durchsetzt mit dem Klirren von Metall. Dort schien sich der Endkampf abzuspielen.

Endlich lag der Fürstensitz vor ihnen. Eine große, hölzerne Struktur, die wie eine letzte Bastion inmitten der Flammen stand. Rechts davon befand sich ein freier Platz, auf dem sich die scheinbar letzten der Verteidiger zusammen gefunden hatten und erbittert Widerstand leisteten. Links vom Herrschersitz befand sich ein Tempelgebäude, welches teils aus Steinen erbaut worden war. Flammen schlugen aus allen Öffnungen des Tempels, vor dessen breitem Tor einige dutzend verkrümmte Leichen lagen. Die Sicht war stark eingeschränkt, von dichten Rauchschwaden. Ringsum brannte die Siedlung. Es herrschte das ungezügelte Chaos eines verzweifelten Kampfes, ohne jede Gnade.

Baldur stoppte seine Krieger für einen Moment. Er hob seine Stimme. "Keilformation! Bereitet euch vor! … Lasst die Kriegshörner erschallen!" rief er. Die Männer rückten noch enger zusammen, ihre Schilde formten eine unüberwindbare Wand. Mit einem donnernden Kriegsschrei stürmten sie vorwärts. Aus der Mitte ihrer Formation erklangen die tiefen dröhnenden laute der Hörner … Immer und immer wieder. Ein völlig unbekanntes Geräusch in diesen Breiten der Erde.

Die Eingeborenen Marodeure waren weitaus zahlreicher, doch sie hatten keine Chance gegen die überlegenen Waffen und die Kampfdisziplin der Asen. Hinzu kam der Überraschungsmoment, als die Asen mit tiefem Gebrüll aus den dichten Rauchschwaden hervor brachen. Über allem lagen die verängstigenden Töne der Kriegshörner, die nicht enden wollten. Die Asen prallten mit der Urgewalt eines Sturmes auf die zuerst verblüfften, dann jedoch zutiefst erschrockenen Angreifer. Erste Schreie der Panik stiegen von den überraschten Angreifern auf, als die Krieger der Asen sie rücksichtslos niedermachten. Gnade war ein Begriff, der hier nicht vorkam. Die Speere der Eingeborenen prallten von den Schilden und Schuppenrüstungen ab oder aber ihre Schäfte zerbrachen einfach. Die stählernen Klingen der Asen hingegen schnitten durch die mit Leder überzogenen Schilde der Eingeborenen, als wären diese überhaupt nicht existent. Rüstungen oder Helme schien man auf Seiten der Eingeborenen nicht zu kennen. Dies machte sich nun blutig bezahlt. Unaufhaltsam war das Vordringen der Asen, die keinen lebenden Gegner zurück ließen. Die Rache, für die Grausamkeit, mit der die Angreifer in der Siedlung gewütet hatten, wurde nun vollzogen.

Matumba drängte sich eilig neben neben Baldur, stach dabei einem der Marodeure ihren Speer tief in dessen Brust. "Meine Mutter und meine Schwester … Ich kann sie nirgends sehen. Sie sind sicherlich im Fürstenhaus." Baldur zögerte nicht. Er rief rasch Olov und Skald zu sich, bedeutete dann Matumba und zwei der Schildmaiden ihm zu folgen und lief zu der zertrümmerten Eingangstür des Fürstensitzes.

Mit Baldur an der Spitze drangen sie in das Gebäude ein. Auch hier lagen überall dichte Rauchschwaden in der Luft. Matumba wies ihnen den Weg, der durch lauten Kampflärm angezeigt wurde. Die Eingangstür zum Hauptsaal war zertrümmert. Die kleinere Seitentür jedoch war noch intakt und verschlossen. Wie ein Rammbock sprang Baldur gegen die Tür, die in einem Hagel von Splittern zerbarst und ihnen den Weg in den Hauptsaal freigab.

Auf den Stufen, vor ihrem Thronsitz, stand Fürstin Omoru. Gekleidet war sie in eine archaische Lederrüstung und hielt eine zerbrochene Lanze in den Händen. Zwei Schritte hinter ihr lag Matumbas Schwester auf dem Boden. Anscheinend war die junge Frau verletzt worden und bemühte sich nun verzweifelt darum, sich wieder zu erheben. Vor der Fürstin lagen zwei ihrer Soldaten und mehr als ein dutzend der Marodeure tot auf dem blutverschmierten Boden. Etwa ein weiteres dutzend rückte gerade gegen die Fürstin vor, um diesen Kampf zu beenden.

Beim Zersplittern der Seitentür wandten alle Anwesenden sich dieser zu. Baldur, Olov, Skald, Matumba und die beiden Schildmaiden drangen nun in den Raum ein, wobei Baldur einen raubtierhaften Schrei ausstieß, der von den Wänden reflektiert und zurück geworfen wurde. Die Marodeure waren wie erstarrt und in mehr als einem der Augenpaare stand jetzt eine Angst, die man nur mit Panik beschreiben konnte.

Matumba eilte auf ihre Mutter zu, die wie erstarrt auf den Stufen stand. Baldur und die anderen Asen waren mit wenigen Schritten unter den Marodeuren und machten diese innerhalb weniger Augenblicke nieder.

Fürstin Omoru, Matumbas Mutter

Die Fürstin blickte fassungslos auf die eindringenden Asen, hinter denen dichter Rauch in den Raum quoll. Sie benötigte einige Momente, bis sie Matumba erkannte, die ihre Mutter an den Armen gefasst hatte und schüttelte. Immer wieder blickte sie ängstlich zu den Asen hinüber, die jetzt langsam zu ihr hinüber geschritten kamen. Omoru umklammerte den zerbrochenen Lanzenschaft, gab ihrer Tochter Matumba einen Kuss auf die Stirn und schob sie dann hinter sich.

Mit stolz erhobenem Haupt blickte Fürstin Omoru jetzt den mit Blut bespritzten Gestalten entgegen, die nun näher kamen. Dann kniete sie nieder und beugte kurz ihr Haupt. Die Gedanken von Omoru rasten geradezu durch deren Kopf. Dies mussten die alten Kriegsdämonen ihrer Stammesgottheit sein, von denen die alten Legenden kündeten. Der Tempel brannte jetzt. Die Priester waren alle getötet worden und es war ihr klar, dass die Gottheit nun Rache für diese Entweihung haben wollte. Alleine schon das Erscheinungsbild dieses riesenhaften Dämonenfürsten, der einen so traumhaften Körperbau besaß, gekleidet war in funkelndes Metall und aus dem Feuer und Rauch, ihres brennenden Herrschersitzes, in den Saal gekommen war, wie die pure Inkarnation einer Naturgewalt sagten ihr alles, was sie wissen musste. Das Blut der getöteten tropfte noch immer von seiner funkelnden Axt, die zweifelsfrei aus Göttermetall gefertigt worden war. Die Fürstin war entschlossen, selbst in den Tod zu gehen, wenn sie damit ihre Töchter und möglicherweise den einen oder anderen ihres Volkes noch retten konnte … Hierbei stellte sich ihr die Frage, ob Matumba noch wirklich lebte oder nur ein kurzfristig herbei beschworener Geist war.

Tief senkte Omoru ihren Kopf und hob voller Verehrung ihre Arme. "Fürst der Dämonen, nehmt mein Leben aber verschont diejenigen meines Volkes, die jetzt noch am Leben sind … Ich bitte euch inständig. Ich werde alles tun, was ihr von mir verlangt. Ich gebe euch meinen Körper und meinen Geist aus freien Stücken hin. Tut mit mir, was immer ihr wollt und wonach euch gelüstet, oh Fürst der Dämonen."

Die Erscheinung kniete unvermittelt vor ihr nieder und nahm seinen Helm ab, den er achtlos auf den Boden fallen ließ. Dann nahm die dämonische Kreatur ihre Hände, mit einer Sanftheit, die für Omoru zutiefst verwirrend war. Sie hatte damit gerechnet, dass dieses Wesen sie sofort töten würde oder in das Reich der Dämonen zerrte.

Omoru blickte auf und sah in graublaue Augen. Wie durch einen Nebel drang eine Stimme zu ihr, die sich anhörte, als käme sie tief aus dem Innern der Berge. "Habt keine Furcht, Fürstin Omoru. Mein Name ist Baldur. Ich bin der König der Asen, eines Volkes, welches im großen Talkessel lebt. Eure Tochter Matumba wurde von meinem Enkel gerettet und war zu Gast bei uns. Sie erzählte uns von euren Nöten und so kamen wir, um euch zu helfen. Matumba hat uns hierher geführt … Leider kamen wir um einen Tag zu spät. Es tut mir unsagbar leid."

Ein Krieger hastete herein und flüsterte Baldur einige Worte ins Ohr, bei denen unbändiger Zorn über das Gesicht von Baldur zog. Er stand auf, setzte seinen Helm auf und wandte sich an die anderen Asen, im Raum. "Skald, du bleibst hier und beschützt Matumba, deren Schwester und die Fürstin. Die Schildmaiden bewachen die Eingänge des Raumes. Niemand kommt hier herein oder heraus, wenn ich es nicht befehle. Die Sicherheit der Fürstenfamilie liegt jetzt in euren Händen ... Verteidigt sie mit eurem Leben!"

Der Bote war bereits wieder aus dem Raum geeilt. Baldur wandte sich an Olov, der schweigend neben ihm stand. "Komm mit mir. Wir bringen das jetzt zu einem Ende."

Die beiden eilten aus dem Raum. Vor dem Fürstensitz waren die Kämpfe nahezu beendet. Die wenigen noch lebenden Marodeure wurden von den Asen gnadenlos niedergemacht. Die Überlebenden von Matumbas Volk hatten sich zusammengedrängt und verfolgten das Blutbad mit weit aufgerissenen Augen. Baldurs Blick ruhte kurz auf den Überlebenden, die auch jetzt noch, nahezu alle, eine Waffe in den Händen hielten. Erst jetzt fiel ihm auf, dass es sich fast ausschließlich um jüngere Frauen handelte. Lediglich eine Hand voll Kinder war zu erkennen, die im Alter zwischen einem Säugling und etwa vier Sommern zählen mochten. Sofort wurde ihm die Bedeutung klar … Die Älteren und die Männer hatten sich geopfert, um den Frauen das Entkommen zu ermöglichen. Wären jedoch die Asen nicht erschienen, dann wäre auch dieses selbstlose Opfer umsonst gewesen. Diese Erkenntnis schmerzte Baldur, der die Tapferkeit der Verteidiger anerkannte.

Baldur ließ seinen Blick schweifen. Rundum brannte die Siedlung. Die Flammen hatten sich zu einem umfassenden Meer vereint, aus dem es jetzt nur noch einen einzigen Weg gab, der ein Entkommen ermöglichen konnte. Eine Straße führte, neben dem brennenden Tempel, zum hinteren Teil der Siedlung, der noch nicht vollständig in Flammen stand. Baldur zögerte nicht länger. Er entsandte einen seiner Krieger in das Innere des Fürstensitzes, um die dort noch verweilenden heraus zu holen.

Die Flammen trieben jetzt auch die Letzten der Marodeure auf den Platz. Einzeln oder in kleinen Gruppen hasteten diese jetzt die breite Straße entlang, auf der auch die Asen den Platz vor dem Fürstensitz erreicht hatten. Alle anderen Straßen und Wege waren durch das Feuer bereits unpassierbar, mit Ausnahme des Weges neben dem Tempel. Hinter ihnen vereinten sich die einzelnen, lodernden Feuer, der brennenden Gebäude, zu einer mächtigen Wand aus Flammen und Hitze.

Zwei der Asenkrieger beruhigten die Überlebenden Siedlungsbewohner. Der Rest der Krieger, mit Baldur in der Mitte, hatte einen Schildwall am Zugang zum Platz gebildet und verwehrte den Marodeuren den Zugang. Etwa hundert Schritte von Baldur entfernt taumelten einige der Marodeure auf diesen letzten freien Weg, der ihnen die Flucht vor den Flammen ermöglichte. Sie waren schwer beladen, mit Beutestücken. Neben ihnen stürzte eines der Häuser, in einem Funkenregen zusammen und begrub die raffgierigen Marodeure unter sich. Baldur blickte mit steinerner Mine auf die Krieger, die verzweifelt versuchten, den Wall der Asen zu durchbrechen. Viele waren es nicht mehr. Nur noch knappe zwanzig warfen sich jetzt erneut gegen den Schildwall und taumelten dann zurück, während sie fast die Hälfte ihrer Mitstreiter blutend und zuckend vor dem Schildwall der Asen zurück ließen. Baldurs Augen verengten sich zornerfüllt. Einer der Krieger, die noch standen, trug fünf Hände an seinem Gürtel, die augenscheinlich noch frisch waren. Die grausigen Trophäen konnten aufgrund ihrer geringen Größe kaum von erwachsenen Gegnern stammen. Mit einem Wutschrei machte Baldur einen Schritt auf den Marodeur zu. Seine Axt beschrieb einen Bogen und der Kopf des Marodeurs flog, in einen dichten Blutnebel gehüllt, von dessen Schultern. Baldurs Angriff war der Auslöser, um auch die Krieger neben ihm vorrücken zu lassen. In einem Hagel von Schwerthieben starben jetzt auch die letzten der Marodeure. Die unerträgliche Hitze trieb die Asenkrieger zurück, auf den Platz. Zwei weitere der Häuser stürzten brennend zusammen und begruben die Leichen, die auf dem Weg lagen, unter sich.

Baldur musste wegen der Hitze bereits nach Luft ringen. Er wandte sich zu seinen Kriegern um. "Schnell jetzt! Treibt die Überlebenden aus der Siedlung zusammen. Wir müssen hier weg, bevor der letzte Fluchtweg ebenfalls versperrt ist."

Im Innern des Fürstensitzes war es Matumba gelungen, ihre Mutter aus deren Schockstarre zu rütteln. Innerhalb eines Augenblickes wandelte sich Omoru wieder, von der soeben noch handlungsunfähigen Frau, zu der Fürstin ihres Volkes. Ein Blick zu ihrer Tochter Anschi genügte ihr, um zu sehen, dass diese bereits wieder auf den Beinen stand. Skald, der ihr geholfen hatte stand neben ihr und stützte sie. Ein Krieger der Asen erschien in dem Durchgang der kleineren Tür. "Baldur sagt, wir sollen schnell heraus kommen! Die Siedlung brennt und wir müssen uns eilen, um noch vor den Flammen zu entkommen!"

Omoru wandte sich an ihre beiden Töchter. "Kommt mit! Wir müssen aus der Schatzkammer etwas von unserem Reichtum mitnehmen, wenn wir für unser Volk eine neue Heimat schaffen wollen … SCHNELL!"

Mit diesen Worten eilte sie zu der kleinen Tür, am Kopfende des Saals und öffnete diese. Dahinter lag eine kleine Kammer, in der mehrere Truhen standen. Eilig öffnete Omoru eine der Truhen. Hier in dieser Kammer wurde der Schatz der Gomuna verwahrt. Omoru griff sich einen der ledernen Tragebeutel, die auf dem Boden neben einer der Truhen lagen und stopfte eilig mehrere große Beutel hinein. Ihre beiden Töchter taten es ihr nach. Schnell waren die Truhen entleert und die drei Frauen schwangen sich die Tragebeutel auf ihre Rücken. Dann eilten sie aus dem Raum heraus, zurück in den Saal und verließen, zusammen mit den anwesenden Asen den Fürstensitz, dessen Dach bereits lichterloh brannte.

Vor dem Gebäude stießen sie auf Baldur, der soeben eintreten wollte, jedoch nun stoppte, Omoru am Arm packte und mit sich zog. Die anderen hatten den Platz bereits verlassen und bewegten sich auf dem Weg, der neben dem brennenden Tempel entlangführte. Omoru warf einen kurzen Blick auf den Tempel. Der Priester des Tempels war von den Angreifern, mit Speeren, an die Tempeltür gespießt worden. Flammen schlugen aus dem Tempelinneren. Omoru stöhnte leise. Der Tempel war ein Heiligtum. Hier hatten schon ihre Vorfahren der Gottheit Ash-Hantu gehuldigt, der als die höchste Gottheit ihres Volkes galt und nicht nur von den Gomuna sondern auch von den Nachbarstämmen verehrt worden war.

Als Omoru strauchelte hob Baldur, der sich seinen Schild und die Axt auf den Rücken geschnallt hatte, sie einfach auf und legte sie über seine Schulter, ohne im Schritt langsamer zu werden. Der gewundene Weg aus der Siedlung heraus, war erfüllt von Rauch und Funken. Teilweise musste Baldur über brennende Balken hinweg springen, die auf dem Weg lagen. Hinter ihnen stürzten Brennende Häuser zusammen. Die panischen Laute der Rinder, in den Stallungen, brach schlagartig ab, wenn die Dächer einstürzten.

Endlich gelangten sie durch das Seitentor ins frei. Baldur legte noch etwa hundert Schritte zurück. Dann hielt er an und setzte Omoru ab. Hinter ihnen stand die Siedlung in Flammen und erhellte den Nachthimmel. Ein Scheiterhaufen, der das Ende eines einst mächtigen Volkes anzeigte.

Omoru saß auf dem Boden. Tränen liefen ihr über das Gesicht. Ihr Körper bebte, als sie lautlos weinte … in dieser Nacht starb ihr Volk. Ein Krieger trat an Baldur heran und flüsterte ihm einige Sätze ins Ohr. Baldur nickte und gab flüsternd Antwort. Der Krieger hastete davon und Baldur berührte sanft die Schulter von Omoru. "Wir müssen weiter. Der Morgen zieht herauf und die Dunkelheit wird uns nicht mehr lange schützen … Komm mit mir, Fürstin."

Die folgende Zeit nahm Omoru nur wie durch einen Nebel wahr. Sie bemerkte jedoch, dass sie die lodernden Flammen der Siedlung in weitem Bogen umrundeten und dann die Richtung auf den dichten Wald einschlugen. Baldur und sie hielten sich am Ende der Kolonne. Immer wieder musste Baldur sie stützen. Die Kämpfe der vergangenen Nacht hatten die Kräfte von Omoru bis an die Grenzen belastet. Hinzu kam nun der Untergang ihrer Heimat, der mit einer Endgültigkeit geschehen war, die Omoru noch immer nicht fassen konnte. Die Sonne stand bereits einige Zeit am Himmel, als sie endlich rasteten.

Baldur reichte Omoru seine Trinkflasche. Erst jetzt fand sie zu ihrer alten Stärke zurück. Sie blickte sich um. Rund um sie saßen Überlebende ihres Volkes und teilten Wasser mit den Kriegern der Asen. Sie schaute kurz zu Baldur, der sich neben ihr niederließ und seinen Helm abnahm. Die Stimme von Baldur war nicht lauter, als ein Flüstern. "Mit dir und deinen beiden Töchtern haben wir vierundneunzig Seelen retten können. Drei davon sind kleine Kinder … Es tut mir wirklich leid, dass wir nicht früher gekommen sind … Bitte erzähle mir, was sich in den Beuteln befindet, die du und deine Töchter tragen und erzähle mir vor allem, was geschehen ist, bevor wir eintrafen."

Omoru nickte und blickte Baldur eine Weile nachdenklich an, bevor sie ihm antwortete. "In den Tragebeuteln befinden sich Lederbeutel mit Edelsteinen und auch einige Beutel mit Gold. Mein Volk besaß in der Vergangenheit viel Macht und Reichtum … Dieser Schatz ist alles, was wir noch besitzen, um uns eine neue Heimat zu erbauen. Ich bezweifel jedoch, dass uns der Schatz in der Tiefe des Waldes von Nutzen sein wird. Wir haben kaum Waffen und keine Nahrung … Unsere Krieger sind alle tot und mein Volk wird in einer Generation ausgestorben sein, befürchte ich. Einst waren wir Krieger und Kaufleute … Dann waren wir Hirten, Farmer und Handwerker … Jetzt sind wir Flüchtlinge."

Omoru senkte ihren Kopf. Eine Träne der Wut und Hilflosigkeit lief ihr die Wange herab, als sie weitersprach. "Es begann damit, dass wir entdeckten, dass die beiden Dörfer unserer Nachbarn brannten. Der Feuerschein ließ keinen Zweifel darüber, dass es große Feuer sein mussten. Mir war sofort klar, dass es sich um einen Angriff der Watambi handeln musste … Der Herrscher der Watambi hatte anscheinend entschieden, es wäre an der Zeit endgültig die Kontrolle über alle anderen Völker des Waldes an sich zu Reißen. König Garuna ist ein blutgieriger Barbar, der geschworen hat, meinen Kopf und die meiner Kinder auf Pfählen vor dem Eingang seiner Siedlung zur Schau zu stellen. Er hat bei den Göttern geschworen, dass er mein Volk auslöschen wird … An den Beginn der Nacht erinnere ich mich mit quälender Präzision. Die Flammen, die wir am Horizont gesehen hatten, waren mehr als nur ein Omen. Sie waren ein Versprechen, ein Vorbote des Untergangs. *Zwei Nächte* lang hatten wir sie beobachte, diese feurigen Mahnmale, die über den Ruinen unserer Nachbarn tanzten. Zwei Tage und zwei Nächte lang war die Luft erfüllt vom Rauch, den der Wind zu uns trug ... und dem Wissen, dass unser Feind näher rückte. Mir war bewusst, dass die Watambi uns als nächste angreifen würden. Wir haben unsere Vorbereitungen getroffen, so gut es die Umstände zuließen. Die Palisaden, die die Siedlung umschlossen, waren alt, aber stark. Jeder Mann und jede Frau, die eine Waffe führen konnte, wurde auf die Mauern beordert. Unsere Kundschafter hatten keine Zahl der Angreifer nennen können, doch wir wussten, dass sie zahlreich und wild sein würden. Unser Volk, obwohl kleiner an Zahl, war bereit. Jeder wusste, was auf dem Spiel stand. Gnade hatten wir nicht zu erwarten. Ich beriet mich mit dem Ältestenrat und drängte darauf, zu fliehen. Der Ältestenrat entschied jedoch anders und überstimmte mich … Wir bereiteten uns vor und hofften, den Angreifern so schwere Verluste zuzufügen, dass diese wieder abzogen und uns in Ruhe ließen … Eine Hoffnung, die völlig unsinnig war, wie wir feststellen mussten … Der erste Ansturm begann kurz nach Mitternacht. Sie kamen in Wellen, mit Leitern, die so primitiv gefertigt waren, dass einige unter ihrem eigenen Gewicht zerbrachen, bevor sie die Mauern erreichten. Unsere Bogenschützen leisteten hervorragende Arbeit. Die Pfeile flogen in dichtem Hagel, durchbohrten Fleisch und ließen viele der Angreifer zu Boden stürzen, noch bevor sie auch nur eine Sprosse erklommen hatten."

Omoru stockte und holte tief Luft, ehe sie weitersprach. "Sie waren so zahlreich wie die Bäume im Wald und für jeden, der fiel, schien ein anderer seinen Platz einzunehmen. Einige erreichten die oberen Ränder der Palisaden, wo unsere Männer und Frauen sie mit Speeren und Keulen empfingen. Viermal warfen wir ihren Ansturm zurück. Der Kampf auf den Wällen war grausam und eng. Blut rann in Strömen, und die Schreie der Verwundeten erfüllten die Nacht. Dennoch hielten wir stand, Stunde um Stunde. Der Feind, so roh und barbarisch er erscheinen mochte, zeigte eine grausame Art von Zielstrebigkeit. Als sie merkten, dass die Palisaden nicht so leicht zu überwinden waren, richteten sie ihre Aufmerksamkeit auf das Tor. Ihre Ramme, ein massiver Baumstamm, war mit Seilen versehen, damit die Krieger ihn Tragen konnten. Sie brauchten Zeit, um den Rammbock an Ort und Stelle zu bringen, doch als sie begannen, damit gegen das Tor zu schlagen, wusste ich, dass es nur eine Frage der Zeit war. Zudem lag die mauer unter einem beständigen Pfeilhagel und Speerhagel der Angreifer. Viele meines Volkes starben dort und so wurden die Verteidiger immer weniger. Wir unternahmen alles, um sie aufzuhalten. Unsere besten Schützen konzentrierten ihr Feuer auf die Männer, die die Ramme trugen, doch der Feind schickte immer neue Trupps nach. Unsere Verteidiger am Tor kämpften mit verzweifeltem Mut, stachen durch die Ritzen des Holzes, während das Tor mit jedem Schlag mehr nachgab."

Tränen der Wut liefen Omoru über ihre Wangen. Für einen Moment stockte ihre Stimme. Dann jedoch berichtete sie weiter. "Als das Tor schließlich brach, war es, als würde die Nacht selbst auseinandergerissen.

Der Feind strömte herein wie eine Flut, ihre Schreie wurden lauter, ihre Angriffe wilder. Wir formierten uns neu, um sie in den engen Gassen der Siedlung aufzuhalten, doch ihre schiere Zahl überwältigte uns … Ich selbst führte eine Gruppe von Kriegern, die als letzte Linie gedacht war, um die Verteidiger in der Mitte der Siedlung zu unterstützen, wohin wir uns zurückziehen wollten. Doch wir wurden bald von den anderen Kriegern meines Volkes abgeschnitten, die nach und nach niedergemacht wurden. Ich hörte ihre Todesschreie und sah, wie die Angreifer jeden meines Volkes tötete, den sie überwältigten … Die Angreifer hatten uns eingekreist und trieben uns zurück, Schritt um Schritt. Die Flammen, die sie gelegt hatten, verbreiteten sich schnell, und bald war die Luft so dick mit Rauch, dass jeder Atemzug brannte … Wir zogen uns zurück zum Fürstensitz, einer der wenigen Orte, die noch nicht vom Feuer erfasst waren. Hier sammelten wir die letzten meines Volkes. Der Priester von Ash-Hantu ließ alle Kinder in den Tempel bringen, in der Hoffnung, dass die angreifenden Watambi den heiligen Ort respektieren würden. Bevor ich, zusammen mit einigen anderen in das Innere des Fürstensitzes abgedrängt wurde sah ich die ersten Brandpfeile und Fackeln auf dem Dach des Tempels landen … Ich gestehe, ich hätte nicht damit gerechnet, dass die watambi den Tempel entweihen würden, da auch sie Ash-Hantu anbeten … Wir kämpften um jeden Schritt aber wir wurden immer weiter in das Innere des Fürstensitzes zurück gedrängt. Der Thronsaal, unser letzter Zufluchtsort, wurde zum Schauplatz eines letzten Kampfes. Wir verschanzten uns, blockierten die Türen mit allem, was wir finden konnten, und bereiteten uns auf den finalen Angriff vor. Ich wusste, dass wir keine Gnade zu erwarten hatten. Unsere Feinde waren erbarmungslos und grausam, und ihr Ziel war nicht nur unsere Niederlage, sondern unsere völlige Auslöschung. Dennoch schworen wir, uns so teuer wie möglich zu verkaufen. Jeder von uns wusste, dass dies unser letzter Kampf sein würde. Meine Erinnerung an diese Zeit ist geprägt von den Geräuschen des Kampfes … das Splittern von Holz, das Klirren von Klingen, das Heulen der Verwundeten und Sterbenden. Es war ein Tanz des Todes, eine Schlacht, die uns bis an unsere Grenzen und darüber hinaus forderte … und dann kamt ihr. Als ich euch erblickte, glaubte ich einen Dämonen zu sehen, der den Frevel rächen wollte, der durch die Schändung des Tempels gegangen worden war."

Sie sah Baldur an und in ihrem Blick lag nackte Angst. "Matumba hat mir erzählt, ihr würdet aus dem großen Tal kommen … Unsere alten Sagen erzählen davon, dass dort die Dämonen wohnen und das Tor der Götter zur Unterwelt bewachen. Seid ihr Menschen oder Dämonen?"

Baldur lächelte. "Ich bin ein Mensch, wie du. Auch wenn ich für dich fremdartig wirken mag … Ich habe entschieden, dass wir euch zu unserer Stadt bringen. Dort mögt ihr ein neues Leben beginnen … Wenn du magst und zustimmst. Die Entscheidung liegt bei dir, Fürstin Omoru."

Omoru schluckte krampfhaft. Ihre Augen blickten kurz zum Himmel, der durch die Blätter der Bäume nur teilweise sichtbar war. "Hier endet eine Ära," flüsterte sie, ihre Stimme war kaum hörbar.

Baldur legte ihr eine Hand auf die Schulter. "Und eine neue Ära wird beginnen," sagte er. "Euer Volk wird weiterleben und ihr werdet eine neue Heimat finden, wo eure Kinder sicher sind … das schwöre ich dir, Fürstin."

Omoru musterte Baldur einen Moment und fühlte tief in sich etwas, dass sie schon lange nicht mehr gefühlt hatte. Ein Verlangen, das so alt wie die Menschheit war … dann sah sie den Blick von Baldur und erkannte dort ein kurzes Aufblitzen ähnlicher Gefühle. Etwas, wozu es schon seit Urzeiten weniger Worte bedurfte. Schnell wandte sie ihren Blick ab. Dies war weder der richtige Ort noch die richtige Zeit für derartiges.

Die Kolonne brach wieder auf. Die Tage zogen sich dahin, während die Kolonne langsam immer weiter in den großen Talkessel vorrückte. Bei Sonnenuntergang rasteten sie stets. Die Krieger der Asen erlegten während des Marsches einige der kleinen Waldgazellen, die am Abend über einem Feuer geröstet wurden. Die Nachtruhe war jedoch kurz, da die Asen bemüht waren so schnell wie möglich ihr Ziel zu erreichen.

Olov hielt sich stets an der Spitze der Kolonne oder war ihr ein Stück voraus, um die eine oder andere Gazelle zu erlegen. Skald hielt sich oft in der Nähe von Matumba auf. Die beiden sprachen in diesen Tagen viel miteinander und Matumba war erstaunt darüber, wie sehr sie die Gegenwart von Skald zu schätzen lernte. Einmal fragte sie ihn, ob er bereits eine Gefährtin ausgewählt habe. Die Antwort überraschte sie. Skald zog seine Augenbrauen zusammen und sprach deutlich leiser, als sonst, in ihrer Gegenwart. "Es gibt da eine Frau … Ihr Name ist Liv. Ich dachte, sie wäre die richtige für mich aber ich habe mich geirrt … Es ging ihr nur darum, mich als Gefährten zu bekommen, damit sie selbst ein Leben frei von jeglicher Arbeit leben kann. Ich gestehe, ich war ihr eine Zeit verfallen … sie kann sehr überzeugend sein und weis die Waffen einer Frau zu nutzen. Letztlich jedoch habe ich bemerkt, dass sie nur mit mir gespielt hat." Skald seufzte. "Seit kurz vor unserer Abreise ist sie mit einem der Jäger zusammen, der derzeit in der Stadt geblieben ist um dort die unseren zu schützen … Ich muss oft an sie denken, wenn ich am Abend einschlafe. Wer weis, wen die Götter einst für mich aussuchen werden. Ich hoffe, ich werde ein guter Gefährte für diese Frau sein, wer immer es auch werden sollte."

Matumba schwieg. So hätte sie Skald nicht eingeschätzt. Der junge Mann war sichtlich verunsichert und ratlos … etwas, was er wohl wirklich nicht sein musste. Zumindest aus der Sichtweise von Matumba nicht, die ihn immer interessanter fand.

Baldur hielt sich nahezu ständig in der Nähe von Omoru auf. Wenn sie dachte, er würde es nicht bemerken, dann musterte sie ihn eindringlich. Er mochte älter sein, als sie … aber seine reine Präsenz zog Omoru an, wie der Honig eine Biene anzog. Er war ein Mann, der seinesgleichen suchte. Von Statur und Haltung eine lebende Verkörperung der uralten Mythen aus der Vergangenheit ihres Volkes. Omoru fühlte sich von Tag zu Tag mehr zu Baldur hingezogen. Wenn sie am Abend rasteten, dann konnte sie bisweilen einen kurzen Blick von ihm erhaschen, der ihr mehr als deutlich zeigte, dass sie ihm als Frau wohl nicht gänzlich egal war. Omoru lächelte innerlich, zeigte es jedoch nach außen hin nicht. Wenn die Zeit dafür gekommen war, dann würde sie mit Baldur sprechen müssen.

Olov hing in diesen Tagen oft seinen Gedanken nach. Er dachte an Hela, an seine Zeit mit Matumba und daran, was wohl kommen würde. Er war sich mit jedem Tag unsicherer, ob Hela ihn noch wollte.

Weit entfernt von ihnen zog eine lang gezogene Kolonne von Asen in Richtung Swenu … Der Handelsstadt, die das Ziel von Orm, Hela und den anderen Asen war, die Baldur ausgesendet hatte.

69

4.

Zurück in Asengard

Nach einer langen und entbehrungsreichen Reise hatten Matumba, ihre Mutter Omoru, die Fürstin der Gomuna, und die letzten Überlebenden ihres Volkes endlich Asengard erreicht. Die stolzen Mauern der Stadt erhoben sich vor ihnen wie ein Versprechen auf Schutz und einen Neuanfang. Die wenigen Überlebenden der Gomuna, gezeichnet von den Schrecken, die sie hinter sich gelassen hatten, betraten die Stadt mit einer Mischung aus Erleichterung und Unsicherheit. Die Stadt schien ihnen, wie ein Ort an dem die Götter auf die Erde getreten waren. Schon die unglaublich hohen Mauern aus Stein, die sich hier fugenlos in die Höhe erhoben waren für die Leute aus dem Volk der Gomuna etwas, das eine fremdartige macht verkörperte.

Angekommen in der Stadt ließ er die Eingetroffenen sich alle auf dem Platz vor der Festung versammeln. Seine Stimme hallte über den Platz, an dessen Rand sich nahezu die gesamte Stadtbevölkerung eingefunden hatte. "Ihr sollt in Asengard ein neues Zuhause finden," erklärte Baldur vor der versammelten Menge. "Euer Volk soll hier sicher sein und mit uns zusammen wachsen. Ich habe einen Boten voraus gesendet, um eure Ankunft anzukündigen. Bis ihr eigene Unterkünfte habt werdet ihr als Gäste bei unserem Clan wohnen und leben. Schon Morgen werden wir mit den Arbeiten beginnen."

Es wurde beschlossen, etwas mehr als achtzig neue Häuser zu bauen, die entlang des Randes der Stadtmauer errichtet werden sollten. Ephimos war bereits damit beschäftigt, die Baupläne auszuarbeiten und wurde von Skald dabei unterstützt. Zeitgleich fingen die Menschen damit an, die ersten Fundamente auszuheben. Die notwendigen Arbeiten sollten jetzt möglichst schnell abgeschlossen werden. Für Omoru war es ein bittersüßer Moment. Die Sicherheit von Asengard bot Hoffnung, doch der Verlust ihrer alten Heimat wog schwer. Dennoch verspürte Omoru eine leise Entschlossenheit. Sie würden nicht nur überleben, sondern auch gedeihen. In dieser fremden, aber einladenden Stadt lag die

Möglichkeit, das Volk der Gomuna neu zu formen. Für die Überlebenden der Gomuna war es wohl die beste Hilfe überhaupt, wenn sie sahen, wie die vielen kleinen Kinder des Clans lachend und kreischend miteinander spielten. Es zeigte ihnen, dass es eine Zukunft geben konnte … Trotz aller Verluste, die sie erlitten hatten. Die Gomuna waren ein stolzes Volk, das sich seiner Kriegervergangenheit bewusst war. Jetzt war es an der zeit, den alten Geist erneut zu beleben.

Die Tage in Asengard verstrichen in einer Mischung aus harter Arbeit und leisen Momenten der Besinnung. Matumba hatte sich auf der Baustelle der neuen Siedlung gut eingelebt. Sie verbrachte fast jede freie Minute dort, begleitete die Bauarbeiter, half beim Ziehen der Balken und dem Mauern der Häuser. Doch es war nicht nur die Arbeit, die sie an diesen Ort zog … es war Skald. Der junge Krieger, der ebenfalls viel Zeit auf der Baustelle verbrachte, zog sie immer mehr an. Jeden Tag bemerkte Matumba, wie ihre Gefühle für ihn wuchsen, und es war schwer, ihre Gedanken von ihm abzuwenden. Matumba versuchte möglichst viel in seiner Nähe zu sein … und Skald war jedes mal nahezu begeistert, wenn er Matumba sah.

Skald war unaufdringlich, aber mit einer entschlossenen Präsenz. Er half den Bauleuten, zeigte ihnen die besten Techniken und stimmte sich mit den anderen Asen ab, während er Matumba oft mit einem Blick beobachtete. Wenn ihre Blicke sich trafen, fühlte sie sich wie von einem unsichtbaren Draht gezogen, der sie zu ihm zog. Skald, der stets ruhig und zurückhaltend war, schien nicht zu bemerken, dass Matumba ihm immer näherkam. Aber Matumba spürte es. Jedes Mal, wenn sie neben ihm stand, wenn ihre Hände sich kurz berührten, als sie zusammen die Baustelle inspizierten, war da eine prickelnde Spannung in der Luft.

Während Matumba in der Nähe der Baustelle und von Skald verweilte, wohnte ihre Mutter, Fürstin Omoru, innerhalb der Festungsmauern. König Baldur hatte darauf bestanden, dass Omoru eine Unterkunft erhielt, die ihrem Rang und ihrer Stellung entsprach. Die Festung war ein Ort des Wohlstands und der Macht. Omoru fühlte sich dort sicher und geborgen … Nicht nur wegen der festen Mauern, sondern vor allem, weil sie so in der Nähe von Baldur war. Es war ein Ort, an dem sie immer mehr Zeit mit Baldur verbrachte. Die beiden trafen sich oft, um die

Bauplanung zu besprechen, die Ausrichtung der Gebäude zu diskutieren und über die besten Materialien nachzudenken. Ihre Gespräche waren sachlich aber von einer tieferen Verbindung durchzogen, die Omoru nicht unbemerkt blieb.

Omoru, die in der Vergangenheit ihr Leben lang die Balance zwischen Pflicht und persönlicher Begierde gewahrt hatte, spürte eine magische Anziehungskraft zu Baldur, die sie nicht erklären konnte. Es war nicht nur seine fast greifbare Macht und Präsenz, die sie faszinierte, sondern auch seine Stärke und die Art, wie er mit ihr sprach ... als wäre sie mehr als nur ein Gast, wenn auch eine Fürstin. Als wäre sie die Frau, die er in seinen Gedanken nicht abwenden konnte. Sie bemerkte es in seinen Augen, wenn er sie ansah. Die Art, wie sich seine Blicke auf ihre Haut hefteten, die Wärme, die von ihm ausging. Baldur war nicht gut geübt darin, seine Gefühle vor Frauen zu verbergen. Sie war nicht nur geschmeichelt von seiner Aufmerksamkeit, sondern sog diese in sich auf, wie ein berauschendes Getränk. Sie hatte es zuerst nur gehofft, dann jedoch zweifelsfrei erkannt ... er hielt sich ihr gegenüber zurück. Doch die Leidenschaft, die zwischen ihnen kochte, war offensichtlich und ließ sie kaum ruhig schlafen. Omoru gab sich nach außen hin kalt und sachlich. Stets wie die Fürstin, die sie war und schaffte es Baldur nicht zu zeigen, was sie für ihn empfand. Diese Sehnsucht, die sie an den Abenden nicht zur Ruhe kommen ließ und sie nahezu verzehrte.

Baldur, auf der anderen Seite, fühlte sich ebenso von Omoru angezogen, doch er kämpfte eisern dagegen an, seine Gefühle zu offensichtlich werden zu lassen. Als König war er stets bedacht darauf, in seiner Rolle als Herrscher unnahbar zu bleiben, vor allem gegenüber der Fürstin der Gomuna, deren Volk eine schwere Zeit durchgemacht hatte und in Asengard Zuflucht suchte. Und doch, wenn er bei ihr war, konnte er die Spannung in der Luft nicht leugnen. Es war nicht nur ihre Schönheit, die Anmut ihrer Bewegungen und ihre Weisheit, die ihn fesselten, sondern auch die Art, wie sie die Dinge ansah ... entschlossen, aber mit einem gewissen Zauber, der ihm fast den Atem raubte.

In den Momenten, in denen sie zusammenarbeiteten, spürte Baldur, wie schwer es ihm fiel, den Abstand zu wahren. Als sie zusammen auf der Baustelle standen, ihre Hände im Schmutz und Staub des Bauprojekts, war es, als ob die Welt um sie herum verschwamm. Ihre Gespräche über die gemeinsame Zukunft des Volkes der Gomuna und des Clans der Asen, die besten Techniken für die Errichtung der Häuser, Landwirtschaft und Viehzucht, wirkten wie ein Vorwand, ihre Nähe zu genießen.

Omoru war nicht nur klug, sie hatte auch Lebenserfahrung. Sie spürte die Spannung, genauso wie Baldur es tat. Es war ein unausgesprochenes Wissen, das sie teilten und es war unmöglich, es zu ignorieren. Omoru fragte sich oft, wie lange Baldur noch seine Gefühle zurückhalten konnte, wie lange er den Blicken ausweichen konnte, die sie ihm schenkte, die immer intensiver wurden. Sie konnte es kaum erwarten, dass der Moment kam, in dem sie sich beide ihrer Anziehung nicht mehr entziehen würden.

Trotz der flimmernden Spannung zwischen den beiden, war es der unschuldige Blick auf Matumba und Skald, die in der Ferne gemeinsam an der Baustelle arbeiteten, die die beiden zurückhielt. Wie sich alles weiterentwickeln würde, war ungewiss, doch der Magnetismus zwischen den beiden, zwischen Omoru und Baldur, wuchs mit jedem Tag, in dem sie zusammenarbeiteten.

Die Arbeiten schritten voran, Nahezu jeder in der Stadt half beim Bau mit, um das gesteckte Ziel zu erreichen. In den späten Abendstunden, als der Arbeitstag hinter ihnen lag, spürten sowohl Omoru als auch Baldur die Erschöpfung der anstrengenden Stunden, die sie zusammen verbracht hatten. Doch gleichzeitig war da auch eine unerklärliche Leichtigkeit, die sich in der Luft breitgemacht hatte. Die Gespräche, die sie geführt hatten, waren nicht nur von praktischer Natur, sondern auch von einer tiefen, unausgesprochenen Verbindung zwischen ihnen geprägt. Beide wussten es, auch wenn sie es nie ausgesprochen hatten ... sie waren unglücklich ohne die Gegenwart des anderen ... und zugleich zogen sie fast eine unsichtbare Mauer um sich herum, wenn der andere dann endlich in der Nähe war. Omoru war aufgefallen, dass Baldur sich seit einiger Zeit mehr um sein äußeres kümmerte. Er hatte seinen Bart sauber gestutzt, trug seine Haare gekämmt und achtete offenbar darauf, jeden Tag zu baden. Es schien so, als wolle er sich in der Gegenwart von Omoru möglichst positiv erscheinen lassen. Eine Tatsache, die Omoru zum Lächeln zwang.

Omoru hatte ihre einfach eingerichteten Gemächer im Wohntrakt der Festung, direkt angrenzend an Baldurs, mit einer Verbindungstür, die es ihnen ermöglichte, ungestört zu sein, wann immer es notwendig war. An diesem Abend, nach einem langen und harten Tag auf der Baustelle, hatte Baldur sie gebeten, mit ihm zusammen zu essen und sie hatte nicht widerstehen können. Die Entscheidung, in seiner Nähe zu sein, war nicht nur aus Höflichkeit oder Notwendigkeit, sondern auch aus einem unbestimmten Verlangen, das zwischen den beiden schwebte.

Die Mahlzeit war bescheiden, bestehend aus frischem Brot, geräuchertem Fleisch und Gemüse, doch es war der Met, den Baldur mitgebracht hatte, der die Atmosphäre in etwas anderes verwandelte. Der goldene Trunk, der süß und doch kräftig zugleich war, ließ sie sich entspannen und ihre Zurückhaltung langsam fallen. Die Worte flossen leichter, unbeschwerter, der Blickkontakt wurde intensiver, als ihre Gespräche sich von der Arbeit hin zu persönlichen Themen bewegten. Es war ein langsamer Tanz aus Worten, der sie beständig näherbrachte, ohne dass einer von ihnen es sich vollständig eingestand.

"Du hast viel in dieser Stadt aufgebaut, Baldur", sagte Omoru nach einer Weile und nahm einen weiteren Schluck Met. "Nicht nur Mauern aus Stein, sondern auch ... Beziehungen, Vertrauen, Hoffnung. Ich war beeindruckt, als du mir die Geschichte des Clans erzählt hast. Kaum ein anderer Mensch hätte vollbracht, was du hier geschaffen hast."

Baldur nickte langsam, doch seine Antwort war von einer anderen Tiefe durchzogen. "Es ist schwer, Vertrauen zu schenken, wenn so viel auf dem Spiel steht ... so viel getan werden muss", sagte er, die Stirn leicht gerunzelt. Doch als er zu ihr sah, verflog die Schwere in seinen Augen. "Aber mit dir fühlt es sich... anders an."

Der Moment verflog nicht, und die Luft zwischen ihnen schien sich zu verdichten. Baldur war sich der Nähe durchaus bewusst und obwohl er sich niemals so weit gegangen wäre, ahnte er, dass Omoru ebenso diese Spannung fühlte. In ihren Blicken lag mehr als nur ein einfaches Gespräch.

"Vielleicht sollten wir uns erfrischen", schlug Omoru schließlich vor. "Du besitzt ein Badebecken in deinem Gemach, wie es auch Olov hat. Matumba hat mir davon erzählt. Sie beschreibt es als Geschenk der Götter. Es ist eine gute Möglichkeit, den Staub des Tages abzuwaschen oder die Wirkung des Met ein wenig zu lindern." Sie grinste Baldur fröhlich an. Es war ein unaufdringliches Angebot, doch die Intensität ihres Blickes ließ es wie einen Vorschlag klingen, der weitaus mehr verbarg, als nur die Worte.

Baldur nickte. Auch er spürte den Einfluss des Met. "Dann werde ich einmal zwei Leinentücher holen, damit wir uns nachher abtrocknen können. Wo das Badebecken sich befindet ist dir ja bekannt. Du hast es schon einmal gesehen, wie ich mich erinnere."

Omoru nickte ohne Zögern. Sie hatte die Anspannung in Baldurs Stimme gehört, das unbestimmte Zögern, das auch sie fühlte. "Das ist eine gute Idee", sagte sie mit einem Lächeln, das sowohl Erleichterung als auch ein leises Versprechen in sich trug.

Als sie den Raum betraten, war es ein vertrauter Ort, der jedoch heute Abend anders wirkte. Das schwache Licht einer einzelnen Kerze tanzte auf dem Wasser des Beckens, Der Raum wurde von dem langsam flackernden Licht nur wenig beleuchtet. Omoru war bereits einmal hier gewesen. Etwa zehn Schritte von dem Badebecken entfernt stand das Bett, in dem Baldur für gewöhnlich schlief. Weich aussehende Felle lagen auf dem breiten Bett. Dies war sein persönlichster Raum. Es war ein einfacher Luxus, doch in diesem Moment schien er viel mehr zu bedeuten. Baldur füllte das Becken mit weiteren Kannen Wasser, während Omoru sich in der Nähe des Beckens niederließ und ihre Sandalen abstreifte. Wie auch Baldur, so trug sie nur eine einfache Tunika, die bis zur Mitte der Oberschenkel reichte und die Arme frei ließ.

Die Atmosphäre war ruhig, fast ehrfürchtig, während sie sich in die Nähe des Beckens bewegten, ohne viele Worte zu verlieren. Das leise Plätschern des Wassers war alles, was den Raum erfüllte. Omoru streifte die Tunika ab, zog sie einfach über ihren Kopf und ließ sie dann auf den Boden fallen. Dann schritt sie die breiten Stufen hinab in das Becken und ließ sich ins Wasser sinken, das ihre Haut umhüllte und die Erschöpfung des Tages fortspülte. Baldur stand am Beckenrand, wie angewurzelt. Seine Augen lagen auf dem Körper von Omoru. Sie lächelte ihn an. "Komm herein, Baldur. Das Wasser ist wunderbar … Keine Sorge, ich habe in meinem Leben weitaus mehr als nur einen Mann gesehen." Sie klimperte mit ihren Augen und kicherte leise.

Baldur streifte seine Sandalen ab und entledigte sich seiner Tunika. Als er unschlüssig am Beckenrand stand sah er den verlangenden Blick von Omoru. Sein Körper reagierte auf den Anblick der nackten Frau, den er trotz des schwachen Lichts deutlich erkennen konnte. Omoru leckte sich verlangend die Lippen. Es war lange her, dass sie das letzte mal einen Mann hatte. Ihr Verlangen nach Baldur war in diesem Moment schier grenzenlos. Sie stand auf. Das Wasser reichte ihr bis knapp unter den Bauchnabel. Sie streckte ihre Arme nach Baldur aus. "Bitte komm zu mir, Baldur … Bitte."

Mit langsamen Schritten trat Baldur in das Becken. Er näherte sich ihr und verhielt dann einen Schritt von ihr entfernt. Es war ein Moment der Stille, bevor Baldur den Atem anhielt und sich schließlich überwand, die Distanz zwischen ihnen zu verringern. Ihre Lippen trafen sich in einem Kuss, der sanft begann, aber in seiner Intensität schnell wuchs. Es war kein hastiger Kuss, sondern einer, der von einer schon langwährenden Sehnsucht zeugte. Die zarten, aber festen Berührungen, die ihre Hände fanden, sprachen von etwas, das viel tiefer war als flüchtige Anziehung. Omoru reagierte ebenso, wie Baldur. Ihre Hand glitt über seinen Arm, zog ihn näher zu sich, bis ihre Haut vollends auf der seinen war. Erneut küssten sie sich. Omoru legte ihren Kopf zurück und stöhnte leise, als Baldur mit seinen Lippen an ihrem Hals entlang fuhr. Sie wandte sich um, blickte über ihre Schulter und lächelte ihn an. Dann lehnte sie sich etwas zurück, spürte seine Nähe hinter sich und seine Erregung.

Ihr Körper erbebte, als er jetzt dicht hinter ihr stand und seine Hände sanft über ihren Körper streichen ließ. Er küsste sanft ihre Schultern. Sie erschauderte, als er seine Hände nach vorne wandern ließ, die Seiten ihrer Brüste streichelte. Omoru spürte seine Männlichkeit, die hart gegen ihren Hintern drückte. Sie griff hinter sich und umfasste seinen Penis, rieb ihn sanft. Baldur ließ ein leises Keuchen, voller Lust, hören. Seine Hände wanderten jetzt ganz nach vorne, umfassten ihre Brüste. Seine Finger umkreisten sanft ihre aufgerichteten, harten Brustwarzen. Omoru legte ihren Kopf in den Nacken, schloss die Augen und stöhnte leise. Nie hätte sie vermutet, dass Baldur derart sanft sein könnte. Sie war wie gefangen in einem Traum von Zärtlichkeit, Lust und Verlangen. Lange standen sie einfach nur im Badebecken und genossen die Hände und die Zärtlichkeit des anderen.

Im Badebecken

Omoru wandte sich um. Sie schaute Baldur in die Augen, lächelte und küsste ihn dann sanft auf seine Lippen. Sie tat einen Schritt zurück, lächelte erneut und stieg dann aus dem Becken heraus. Baldur sah ihr verdutzt nach. Omoru blickte kurz über ihre Schulter, schritt dann zu Baldurs Bett hinüber und setzte sich in dessen Mitte. Ihr Stimme war nicht mehr als ein Flüstern, schien jedoch in der Stille des Raums laut nachzuhallen. "Komm zu mir, Baldur … Ich begehre dich, schon seit wir uns das Erste mal getroffen haben. Komm zu mir, ich vergehe vor Lust, auf dich." Niemals zuvor war Baldur derart schnell aus dem Badebecken heraus gekommen, wie in diesem Moment. Als er vor dem Bett stand, lebte Omoru sich zurück und spreizte ihre Beine. Er setzte sich ebenfalls auf das Bett, zwischen ihre Beine und hauchte einen zarten Kuss auf ihre feuchten Schamlippen. Dann leckte er langsam entlang der Lippen und entlockte Omoru damit ein lustvollen Stöhnen. Baldur spreizte mit seinen Fingern die Schamlippen von Omoru. Beständig leckte er entlang der Lippen, drang mit seiner Zungenspitze etwas in den Lustkanal ein oder vollführte nahezu ein Stakkato von Zungenschlägen an der Lustperle.

Omoru hielt seinen Kopf abwechselnd fest zwischen ihre Beine gedrückt oder massierte sich ihre Brüste, während sie ihren Kopf in Ekstase und Lust, von einer Seite zur anderen warf. Baldurs Tun wurde beständig von leisen Lauten der Lust beantwortet. Dann kam für Omoru der Moment, den sie herbeigesehnt hatte. Ihr Körper verkrampfte sich, sie bäumte sich auf und stieß einen spitzen Schrei aus, als der erlösende Orgasmus sie durchströmte.

Baldur ließ ab von ihr, setzte sich auf und lächelte zufrieden. Schon seit er wieder zurück in Asengard war, hatte er sich danach gesehnt, mit Omoru zusammen zu sein und die Lust mit ihr zu teilen. Jetzt lag sie vor ihm, schnappte nach Luft und sah ihn lüstern an. Sie streckte ihre Arme nach ihm aus, zog ihn an seinen Schultern zu sich. Lange Zeit küssten sie sich. Erst sanft und vorsichtig, dann jedoch schnell fordernder. Omoru griff nach unten, ertastete seinen harten Penis und dirigierte ihn in die richtige Position, zwischen ihren Beinen. Sie leckte sein Ohrläppchen, knabberte spielerisch daran. "Stoße mich Baldur. Ich halte es nicht mehr aus, vor Verlangen."

Baldur kam dieser Aufforderung nur zu gerne nach. Langsam drang er in sie ein. Zuerst nur mit der Eichel, dann etwas mehr, bis Omoru ihre Beine hinter seinen Hüften verschränkte und ihn mit einem Ruck in sich zog. Sie öffnete weit ihre Augen und ihrem Mund entflog ein kurzes Keuchen, als Baldur nun gänzlich in ihr war. Langsam fing Baldur an sie zu stoßen, wurde dabei von Omoru unterstützt, die ihm mit ihren Beinen, die sie noch immer hinter seinen Hüften verschränkt hatte, das Tempo vorgab. Schon bald wurde der Takt schneller. Omoru krallte sich jetzt in seinen

Rücken, stöhnte ihre Lust nun laut und ungehemmt heraus, während Baldur nun kraftvoll und schneller werdend in sie stieß. Er hatte seine Augen geschlossen, keuchte und gab sich ganz der Gefühle hin, die er empfand. Das pure Gefühl tief in ihr zu stecken, umfangen von dieser feuchten Wärme, die ihn förmlich zu melken schien, war überwältigend. Er wurde noch schneller und kraftvoller mit seinen Stößen, als er bemerkte, dass Omoru einem weiteren Höhepunkt entgegen schwebte. Als sie schließlich, mit einem schrillen Schrei der Lust kam und sich an ihn klammerte, war auch für ihn der Moment der Erlösung gekommen. Stöhnend kam er zum Höhepunkt, verspritzte seinen Samen, in mehreren kraftvollen Fontänen, tief in ihr … und sank dann über Omoru zusammen. Schwer atmend lagen die beiden auf dem Bett. Baldur zog sich aus ihr zurück und legte sich neben Omoru. Zufrieden schmunzeln strich er mit seinen Fingern über ihren schweißnassen Körper. Bereits bei ihrer allerersten Begegnung war er von dem hoheitsvollen Antlitz der Fürstin angetan gewesen. Es war für ihn nur schwer vorstellbar, dass sie die Mutter von Matumba war. Omoru wirkte weitaus jünger, wenn man nicht die kaum sichtbaren Fältchen an ihrem Hals und in ihren Augenwinkeln bemerkte. Ihr Körper hätte durchaus der einer Frau sein können, die erst etwa zwanzig Sommer erlebt hatte. Durchtrainiert wirkende Muskulatur unter einer festen Haut und mit Brüsten, die fest und groß waren, wie Baldur es nur selten erlebt hatte. Was er jedoch besonders an ihr schätzte, war ihr scharfer Intellekt und ihr Humor. Leise seufzte er. Sein ganzes Leben hatte er nach einer solchen Frau gesucht. Gefunden hatte er sie nun weit von seiner Geburtsheimat entfernt.

Omoru wälzte sich auf den Bauch und räkelte sich wohlig. Dann blickte sie zu Baldur und lächelte ihn liebevoll an. Sie beugte sich zu ihm hinüber und küsste ihn sanft auf die Lippen. Baldur erwiderte den Kuss. Für eine Weile tauschten sie nur schweigend Küsse aus. Dann jedoch glitt Omoru langsam mit ihren Lippen tiefer. Sie küsste Baldurs Schultern, seine Brust und seine Brustwarzen, an denen sie sanft knabberte. Baldur hatte seine Augen geschlossen und genoss die Liebkosungen. Immer tiefer wanderten die Lippen und die Zunge von Omoru. Langsam drehte sie ihren Körper, um ihn nun auch am Bauchnabel zu küssen und dann, mit ihrer Zunge, ein Stück tiefer zu gelangen. Baldur stöhnte lustvoll auf, als er ihre Lippen an seinem bereits wieder harten Penis verspürte.

Omoru nahm seinen aufgerichteten Penis in ihre Hand, massierte mit der anderen Hand sanft seine Hoden und blickte, zufrieden und voller Verlangen, auf das harte Stück Männlichkeit. Zutiefst befriedigt stellte sie fest, dass Baldur zwischen seinen Beinen genauso kraftvoll und groß gewachsen war, wie an seinem gesamten restlichen Körper. Sanft fuhr ihre Hand auf und ab, als sie ihre Kopf senkte, seinen Penis erst küsste und mit ihrer Zunge über die Eichel schleckte, um dann ihren Mund zu öffnen und an ihm zu saugen begann. Unablässig ging ihr Kopf auf und ab. Baldur stöhnte voller Genuss. Dann zog er ihren Unterleib über sein Gesicht und vergrub seine Zunge zwischen ihren Schamlippen. Ein tiefes Stöhnen von Omoru war die Antwort darauf.

Mit der Erfahrung, die ihnen ihr Alter beschert hatte, widmeten sich die Beiden ihren Zungenspielen. Eigentlich war es nur eine Frage der Zeit, bis einer von Ihnen nun zum nächsten Höhepunkt kommen musste. Es war Omoru, deren Körper plötzlich zu zucken begann. Sie setzte sich auf, Drückte ihr Lustzentrum fest auf das Gesicht von Baldur und lehnte sich weit zurück. Dann stieß sie einen leisen Schrei aus, bevor sie bebend zur Seite kippte. Ihr Körper bebte, noch immer, von den Nachwirkungen eines starken Orgasmus. Baldur lächelte, als er zu ihrem Gesicht schaute. Sie hatte ihre Augen geschlossen und atmete stoßweise. Als sie ihre Augen wieder öffnete, funkelten diese geradezu, im schwachen und flackernden Kerzenlicht. Sie kuschelte sich neben Baldur und griff an seine immer noch harte Männlichkeit. Sie lächelte Baldur an, dann glitt sie tiefer und fing an, seine harte Männlichkeit sanft zu reiben. Stöhnend genoss Baldur ihre Fingerfertigkeit. Immer wieder leckte sie über seine Eichel und massierte dabei fortwährend seine Hoden. Als Baldur lauter stöhnte beschleunigte sie ihre Handbewegungen und nahm in in ihren Mund auf. Bald schon spürte sie, wie sich die Hoden von Baldur zusammenzogen. Sie saugte stärker, bewegte ihren Kopf nun auch schneller und wurde damit belohnt, dass Baldur mit einem keuchenden Stöhnen der Lust zum Orgasmus kam. In mehreren kräftigen Schüben spritzte er sein Sperma in ihren Mund.

Omoru hatte leichte Probleme, die ganze Flüssigkeit zu schlucken, die aus Baldur heraus gespritzt war. Als sie sich aufsetzte lief ein dünnes Rinnsal aus ihrem Mundwinkel herab. Sie lachte, wischte dies mit ihrem Zeigefinger ab und leckte diesen dann genießerisch sauber. Mit einem zufriedenen Schnurren kuschelte sie sich neben Baldur. Genau so einen Mann hatte sie immer gewollt. Eine Weile streichelten sie den Körper des anderen noch und dämmerten dann langsam in die Traumwelt hinüber. Eng umschlungen, zufrieden und zutiefst befriedigt schliefen die beiden und schnarchten dabei beide, als wenn es kein Morgen geben könnte.

Die Sonne stand bereits am Himmel, als Baldur verschlafen seine Augen öffnete. Omoru lag, noch immer schlafend, neben ihm und schnarchte leise. Baldur grinste. Dann stand er leise auf, zog sich eine leichte Tunika über und schlich aus dem Raum. Er suchte die Küche der Festung auf, ließ sich dort von einem der Bediensteten Essend und Getränk auf ein Holztablett stellen und ging, leise eine alte Melodie pfeifend, zurück, zu seinen Räumen. Zufrieden stellte er fest, dass Omoru noch immer schlief. Er stellte das Tablett auf ein kleines Tischchen, welches er neben das Bett stellte. Dann beugte er sich vor und küsste Omoru sanft auf ihre Schulter. Sie gab ein wohliges Geräusch von sich und öffnete langsam ihre Augen. Als sie feststellte, dass es bereits heller Tag war, setzte sie sich auf.

Baldur schmunzelte. "Guten Morgen, Omoru … Ich habe mir erlaubt etwas zu Speisen und Trinken zu besorgen. Ich meine mich zu entsinnen, dass wir beide heute die Felder und Wiesen begutachten wollten. Es wird kaum schaden, wenn wir dort erst etwas später auftauchen." Mit diesen Worten reichte er ihr einen Keramikbecher, mit Tee.

Während Omoru durstig von dem Tee trank ging baldur in den benachbarten Raum, um sich zu erleichtern und sich frisch zu machen. Er kam zurück und Omoru tat es ihm, mit einem Grinsen gleich. Baldur bemerkte belustigt, dass sie es wohl eilig hatte, ihre Notdurft zu verrichten. Mit einem erleichterten Gesichtsausdruck kehrte Omoru zurück und setzte sich neben Baldur auf das Bett. Schweigend verzehrten sie das Frühstück. Baldur musterte dabei immer wieder bewundernd den Körper von Omoru. Diese tat, als würde sie dies nicht bemerken. Endlich jedoch wandte sie sich Baldur zu und schubste diesen rücklings auf das Bett.

Sie kicherte leise, bevor sie sich zu ihm herab beugte und an seinem Ohr knabberte. "Ich fühle mich so wohl, wie schon seit vielen Jahren nicht mehr, Baldur. In deiner Nähe fühle ich mich sicher, geborgen und fast wie ein junges Mädchen, das zum ersten male verliebt ist."

Baldur lachte leise, umarmte sie sanft und gab ihr einen Kuss. "Es geht mir selbst nicht viel anders, Omoru … Am liebsten würde ich jetzt den ganzen Tag, zusammen mit dir, im Bett verbringen." Er seufzte leise, ehe er fortfuhr. "Unsere Verpflichtungen lassen das jedoch nicht zu."

Omoru nickte nachdenklich, wobei sie ein gespielt bedauerndes Gesicht aufsetzte. "Ich beuge mich deiner Weisheit, Baldur." Dann grinste sie ihn lüstern an. "Wir sollten uns beeilen, um unser gestecktes Pensum zu erfüllen … dann haben wir heute am Abend um so mehr Zeit."

Kurze Zeit später machten die beiden sich, Hand in Hand, auf den Weg. Insbesondere die Abwassergräben und die dort angelegten Brunnen fanden das besondere Interesse von Omoru, die Baldur auf einige Details hinwies, wie man den Feldertrag möglicherweise erhöhen konnte. Auf dem Rückweg von den Feldern und Wiesen besuchten sie die Baustellen, wo jetzt bereits einige der neuen Häuser ihrer Vollendung entgegen gingen.

An einer der Baustellen war Olov damit beschäftigt, zusammen mit zwei anderen Männern einen Dachbalken einzuziehen. Da Baldur und Omoru etwas abseits standen bemerkte man sie nicht. Als sie diese Baustelle verließen sah Baldur Omoru kurz von der Seite an, ehe er sie in leisem Ton ansprach. "Ich hatte anfänglich gedacht, Olov und Matumba würden etwas für einander empfinden. Seit wir euch nach Asengard gebracht haben scheint sich jedoch einiges verändert zu haben … Ich habe Olov darauf noch nicht angesprochen und er hat mir gegenüber auch nichts gesagt."

Omoru nickte. "Ja … Matumba mag Olov, sehr gerne. Sie hat aber erkannt, dass er nicht der richtige Gefährte für sie sein wird. Als sie ihn erlebt hat, bei dem Kampf in unserem alten Heimatdorf, war sie entsetzt. Sie sagte mir, sie habe richtige Angst verspürt, als er dort über und über mit Blut seiner Gegner bespritzt durch die Reihen der feindlichen Krieger gebrochen ist. Matumba meinte, sie würde ihn nicht wiedererkennen und von seiner sonst so anziehenden Sanftheit wäre nichts mehr vorhanden gewesen. Er wirkte auf sie, wie ein Dämon aus der tiefsten Unterwelt, der ohne Gnade alles tötete. Sie war entsetzt von seinem Wandel … und dabei erkannte sie, dass er in seinem tiefsten Innern ein Krieger ist. Das hat sie nachdenklich gemacht. Matumba ist im Grunde genommen eine sanfte Seele. Sie interessiert sich für Bildung, Architektur, Staatswesen und Kunst sowie Wirtschaft." Omoru seufzte leise. "Eigentlich ist sie in dieser harten Zeit völlig falsch. Vielleicht würde sie in einer großen Metropole glücklicher werden ... jedoch scheint es mir, als wenn sie in Skald jemanden gefunden hat, der zumindest ähnlich empfindet. Skald hat zwar auch gekämpft aber Matumba hat nicht direkt erlebt, wie dieser seine Feinde derart abgeschlachtet hat, wie Olov es getan hat. Matumba und Olov haben sich lange unterhalten, bis sie entschieden jeder eigene Wege zu gehen. Sie sind aber im guten Einvernehmen auseinander gegangen."

Baldur nickte langsam und bedächtig. Sein Gesicht hatte dabei einen nachdenklichen Ausdruck bekommen. "Das erklärt mir nun auch, warum Matumba und Skald in den vergangenen Tagen, seit eurer Ankunft, so oft zusammen gearbeitet haben. Im Prinzip sehe ich es ähnlich, wie auch du. Matumba passt nicht wirklich zu Olov ... bei Skald hingegen ist das eine ganz andere Sache. Ich glaube Matumba ähnelt ihm in vielen Dingen und Ansichten. Skald ist viel mehr ein Wissenssucher und Gelehrter, als ein Krieger." Er grinste. "Ich glaube, Skald weis noch gar nicht wirklich, was da auf ihn zukommt. Matumba hat meiner Meinung nach einen festen Willen und starken Geist. Sie wird sich gegenüber Skald sehr viel leichter durchsetzen können, als gegen Olov."

Omoru lachte laut und herzhaft. Genauso beurteilte sie die Situation zwischen Skald und Matumba ebenfalls. Sie kannte ihre Tochter Matumba genau und wusste von deren fast schon eiserner Willenskraft, die sich vor allem äußerte, wenn Matumba etwas erreichen wollte, wobei andere Leute ihr im Wege standen. Prinzipiell betrachtet war Matumba jedoch in ihrer Seele ein sanftes und verletzliches Wesen.

Kurze Zeit später erreichten sie einen anderen Teil der Baustelle, wo Skald, zusammen mit Matumba über ein Lederstück gebeugt stand, in welches Baupläne eingebrannt worden waren. Die beiden diskutierten leise und Skald deutete dabei immer wieder auf die Baupläne. Matumba hing förmlich an seinen Lippen und antwortete nur selten. Als Baldur und Omoru näher kamen wandten die beiden jungen Leute sich um. Matumba umarmte ihre Mutter und lachte fröhlich. "Stelle dir vor, Mutter, Skald hat mit Ephimos einen Plan ausgearbeitet, um die Straßen und Wege bei

Regen besser passierbar zu machen. Sie wollen die Wege erst zwei Fuß tief ausheben und dann mit Kieseln auffüllen. Wenn ich daran denke, wie in unserer alten Heimat die Wege in der Siedlung sich regelmäßig in tiefe Schlammgruben verwandelt haben, wenn es regnet, dann finde ich diese Idee geradezu berauschend."

Slald blickte schüchtern auf den Boden. Das Lob war ihm sichtlich peinlich. "Ich persönlich hätte lieber Steine genommen und die Wege gepflastert … Ephimos war jedoch der Ansicht, der Kies würde es dem Wasser erleichtern zu versickern. Zudem ist die Beschaffung einfacher. Am Ufer des Baches und des Flusses liegen geradezu Unmengen von kleinen Kieselsteinen, die wir nur aufsammeln müssen. Das geht problemlos mit Schaufeln. Danach brauchen wir die Kiesel nur noch hierher bringen und abladen … So zumindest der Ansatz und der größte Teil der Arbeit, die notwendig ist. Ephimos ist der Meinung, dass wir etwa zwei Monde für diese Arbeiten einplanen müssen, wenn genügend Leute mitarbeiten."

Baldur blickte kurz auf die Zeichnung und nickte dann zustimmend. "Das sieht für mich sehr vielversprechend aus. Davon abgesehen hat Ephimos mir bereits vor einigen Tagen von diesem Plan erzählt und ich halte ihn für sinnvoll. Zuerst müssen jedoch alle der neuen Häuser fertig gestellt sein. Das hat Priorität. Wir wollen allen ein Dach über dem Kopf bieten, die in Asengard leben."

Er wandte sich an Omoru und zwinkerte ihr verstohlen zu. "Gehen wir zurück, in die Festung … Wir beiden haben heute noch einiges, was wir erledigen wollen."

Omoru nickte, mit ernster Miene. Dabei viel es ihr schwer, ein Lachen zu unterdrücken. Seite an Seite schritten Baldur und Omoru zur Festung zurück. Aus ihren Augenwinkeln sah Omoru, unauffällig, zu Baldur hinüber. Sie kicherte leise. "Bei den Göttern … Ich bin froh, wenn wir in der Festung sind. Ich kann es kaum erwarten, bis du mich besteigst."

Baldur grinste still vor sich hin. Ähnliches ging ihm auch gerade durch den Kopf. Es verlangte ihn mit jeder Faser seiner Seele und seines Körpers danach, mit Omoru Zärtlichkeiten auszutauschen. Schon der Gedanke, an ihre festen Brüste, machte ihn fast irre, vor Begierde.

Es war ein milder Nachmittag, als Olov den verletzten Arbeiter zur Heilerin Jasamin brachte. Es war zwar nur eine Schnittverletzung aber Olov fühlte sich verantwortlich, weil der Mann unter seiner Obhut gearbeitet hatte. Die Baustelle, an der sie beschäftigt gewesen waren, hatte an diesem Tag ihre Tücken gehabt und die Anstrengung hatte Spuren hinterlassen. Sowohl auf den Arbeitern als auch auf Olov. Der Mann, den er auf seinen Schultern, zum Haus von Jasamin getragen hatte, war mit einer heftig blutenden Wunde am Oberschenkel auf die Seite gefallen und Olov hatte nicht gezögert, ihn zu Jasamin zu bringen, die in Asengard als die beste Heilerin bekannt war.

Jasamin empfing die beiden in ihrer kleinen, gut geordneten Heilerstube, die mit Kräutern, Salben und Tinkturen überhäuft war. Ihre ruhige, fast unaufgeregte Art war genau das, was Olov jetzt brauchte. Nachdem sie sich um den Verletzten gekümmert hatte und dieser humpelnd, aber dankbar wieder gegangen war, warf sie einen Blick auf Olov und fragte ruhig: "Wie geht es dir? Du siehst ... so nachdenklich aus. Ganz davon abgesehen, dass du erschöpft bist."

Olov setzte sich auf einen der einfachen Holzbänke und seufzte tief. Es war ein Seufzen, das mehr sagte als Worte. "Ich weiß nicht ...", begann er und sah in die Feuerstelle vor ihm. "Ich fühle mich ... unausgeglichen." Er ließ die Worte in der Stille der Heilerstube verhallen. Jasamin nahm sich einen Moment, bevor sie antwortete, und gab ihm Zeit, seine Gedanken zu sammeln.

"Unausgeglichen?" wiederholte sie ruhig und setzte sich ihm gegenüber. Ihre Augen waren aufmerksam, aber nicht drängend, was Olov ein Gefühl der Vertrautheit gab. Er war gerne mit Jasamin zusammen. Sie war hübsch, intelligent, aufmerksam und schaffte es meist ihn aus seinen Gedanken zu reißen, die in letzter Zeit immer trüber geworden waren.

"Ja", sagte er schließlich, seine Stimme war leise und schwer. "Es ist Hela ... Ich vermisse sie, Jasamin. Ich vermisse ihre Nähe, ihre Stimme, wie sie mich immer herausgefordert hat. Aber ..." Er stockte, den Blick auf den Boden gerichtet. "Ich frage mich, ob sie mich überhaupt als ihren Gefährten will. Wir beiden haben schon so viel gemeinsam erlebt, aber manchmal ... manchmal denke ich, dass sie einen anderen Weg gehen könnte, ohne mich. Dass ich ... vielleicht nicht genug für sie bin."

Jasamin blickte ihn mit einer Mischung aus Verständnis und Mitgefühl an. "Olov, du bist nicht nur ein Krieger", sagte sie leise. "Du bist jemand, der tief fühlt und sich um andere kümmert und sorgt. Und das ist keine Schwäche. Aber du musst dir eingestehen, dass du nicht immer die Kontrolle über das hast, was andere fühlen. Was Hela betrifft, du bist ein wichtiger Teil ihres Lebens. Aber vielleicht solltest du dich fragen, ob du dich selbst genug schätzt, um deine Zweifel loszulassen … Was Hela betrifft … Hmmm … Du kennst sie viel länger als ich. Sie hat ihren eigenen Willen und will sich nicht unterordnen. Sie liebt ihre Freiheit und will diese derzeit wohl auch nicht missen. Was sie letztlich entscheidet, das wird sich zeigen."

Olov nickte langsam, als ob die Worte bei ihm ein tiefes Nachdenken anstießen. "Es ist schwer, Jasamin. Ich fühle mich hin- und hergerissen. Auf der einen Seite will ich stark für sie sein, aber auf der anderen Seite ... bin ich unsicher. Was, wenn sie nicht mehr dieselbe für mich empfindet? Einst waren wir wie zwei Teile einer Seele … Das ist jedoch lange vorbei und ich frage mich oft, ob ich daran schuld bin."

Jasamin legte eine Hand auf seinen Arm. "Du bist stark, Olov. Nicht nur vom Körper her, sondern auch vom Geist und vom Willen. Aber Stärke bedeutet nicht, keine Zweifel zu haben. Sie zeigt sich darin, dass du sie trotzdem überwindest." Ihre Stimme war sanft, doch fest und Olov spürte, wie eine kleine Last von seinen Schultern fiel, als er in die Augen von Jasamin blickte, die ihn fast liebevoll ansahen.

"Danke, Jasamin", flüsterte er und sah sie dankbar an. Sie hatte ihm nicht die Antwort gegeben, die er suchte, aber sie hatte ihm eine Perspektive gezeigt, die er bisher nicht gesehen hatte. Vielleicht lag die wahre Stärke nicht darin, immer alles zu wissen, sondern in dem Mut, weiterzugehen, auch wenn man nicht alles kontrollieren konnte.

Jasamin lächelte ihn an. Ihre Augen schienen zu strahlen. "Ach Olov. Es ist wohl nicht ganz so einfach, ein junger Mann zu sein. Mach dir keine unnötigen Gedanken, die dich zermürben … Ich komme heute Abend zu dir. Dann können wir beiden etwas zusammen trinken und in aller Ruhe miteinander reden. Du brauchst jemanden, der dir zuhört und ich selber will heute Abend nicht alleine sein, sondern würde gerne mit dir zusammen den Tag ausklingen lassen. Wir haben uns sehr lange nicht mehr wirklich entspannt unterhalten. Warum also nicht das angenehme, mit dem Nützlichen verbinden?"

Der Abend war angenehm war und die Sonne schickte sich gerade an am Horizont unterzugehen. Die Terrasse, von der aus man die weiten Ausblicke auf die Festung und die umgebenden Hügel genießen konnte, war in das goldene Licht der untergehenden Sonne getaucht. Olov und Jasamin saßen dort, der Met, den sie getrunken hatten, hatte eine leichte Wärme in ihnen hinterlassen. Sie redeten, lachten und teilten Geschichten aus der Vergangenheit, von ihren Erlebnissen auf der Reise und ihren Gedanken zur Zukunft. Es war eine angenehme, friedliche Atmosphäre, in der die Zeit stillzustehen schien.

"Weißt du, Olov", sagte Jasamin mit einem leichten Lächeln und einem weiteren Schluck aus ihrem Becher, "ich habe nicht viele Menschen, mit denen ich über alles reden kann. Aber du... du verstehst mich auf eine Art, die ich bisher nicht oft erlebte. Du siehst nahezu alle Dinge völlig unvoreingenommen und sagst mir deine Meinung ohne jede Rücksicht, ob sie mir möglicherweise auch missfallen könnte. Es ist deine Ehrlichkeit, die dich auszeichnet und mir mponiert."

Olov sah sie an und nickte dann verstehend. "Es ist auch nicht immer einfach, jemanden zu finden, der wirklich versteht, was man fühlt", sagte er leise. "Manchmal denke ich, es gibt so viel, was man teilen könnte, aber man weiß nicht, wo man anfangen soll und man mag auch nicht mit jedem Menschen über das reden, was einen bedrückt oder beschäftigt. Manchmal findet man solch einen Menschen … aber davon gibt es wenige. Das haben wohl die Götter so bestimmt. Vielleicht ist es einfacher, wenn man sich mit solch einem Menschen unterhält, dass man sich einfach Zeit nimmt und ... zuhört."

"Ja", erwiderte Jasamin, "genau das haben wir heute getan. Nur zugehört und verstanden, ohne viel darum zu reden." Sie lehnte sich zurück und starrte für einen Moment in die zunehmende Dunkelheit des Himmels. Die ersten Sterne funkelten am Himmel und der Wind war sanft. Es war eine Ruhe, die sowohl wohltuend als auch nachdenklich war. Sie saßen auf einem der überbreiten Sessel, die Olov selbst angefertigt hatte. Eigentlich könnte man diese Sessel, von denen es drei Stück auf der Terrasse gab, schon fast als eine gepolsterte Bank mit Rückenlehne und

Armlehnen bezeichnen. Jasamin hatte die Arbeit bewundert, als sie diese Sitzmöbel das erste mal gesehen hatte. Dicke Polsterkissen, aus gestepptem Leder, welches mit Stroh ausgepolstert war, lagen darauf und machten es angenehm, sich darauf niederzulassen. Jasamin hatte sofort entschieden, dass sie sich auch derartiges zulegen wollte.

Als auch der zweite Krug Met sich dem Ende zuneigte, begannen die Gespräche langsamer zu werden. Oftmals kicherten sie über einen simplen Scherz und beide merkten, dass sie mehr getrunken hatten, als sie zunächst bemerkt hatten. Das Lachen wurde lauter und ausgelassener, die Worte langsamer. Jasamin spürte die Wirkung des Met stärker, und ein Gefühl der Schwere machte sich in ihr breit. Sie schüttelte leicht den Kopf, als würde sie sich selbst aus einer Trance wecken wollen.

Olov, der ebenfalls deutlich mehr getrunken hatte als sonst, kicherte leise. Das Gespräch zwischen ihnen war zunehmend sanfter, ruhiger und auch vertraulicher geworden, bevor es in die Richtung von Sehnsüchten und Begierden abgedriftet war. Jasamin hatte ihr Gespräch fast unmerklich in diese Richtung gelenkt. Das Gesprächsthema war offener und auch immer schlüpfriger geworden und die Worte die dabei fielen, zusammen mit ihrer Nähe hatten bei beiden dazu geführt, dass ihre Körper jetzt sehr aufeinander reagierten. Jasamin war dies nicht entgangen, da die Auswölbung unter der Tunika von Olov unübersehbar geworden war. Jasamin erzählte von ihrer Jugend und den Jahren, die sie im Großreich der Perser verbracht hatte. Auch von ihren sexuellen Erfahrungen dort, die sie mit Männern und Frauen machte. Olov hörte ihr gebannt zu, als sie jetzt pikante Details preisgab. Längst saßen sie dicht bei einander. So dicht, dass sie sich bisweilen berührten.

Jasamin schaute kurz zum Himmel empor und schmunzelte. "Ich würde zu gerne wissen, was Skald bevorsteht, wenn er zum ersten male mit Matumba das Kissen teilt. Ich würde darauf wetten, dass es für ihn ein einschneidendes Erlebnis wird." Olov grinste schweigend, sagte jedoch nichts zu dieser Bemerkung. Jasamin seufzte leise. "Bei den Göttern. Ich vermisse es, bei einem Mann zu liegen und ihn tief in mir zu spüren."

Olov schluckte krampfhaft. Er wurde sich der Brustwarzen von Jasamin bewusst, die sich nun deutlich unter dem dünnen Stoff ihrer kurzen Tunika abzeichneten. "Ich... ich glaube, ich habe genug Met für heute", sagte sie leise und stelle ihren Becher ab. Dabei kicherte sie belustigt über sich selbst. Sie hatte sich schon lange nicht mehr so gut gefühlt. "Ich... ich kann nicht mehr klar denken. Ich weis nicht, ob ich es schaffe alleine bis zu meinem Haus zu gelangen. Der Weg kommt mir plötzlich unendlich weit vor."

"Es ist spät, Jasamin", sagte er. "Wenn du magst, dann kannst du gerne hier übernachten. Ich habe einen Raum für Gäste. Dort kannst du unbesorgt schlafen."

Jasamin zögerte nur kurz, dann nickte sie zustimmend und grinste ihn fröhlich an. "Ich nehme das Angebot natürlich gerne an. Danke, Olov." Ihre Stimme war weich und sie schien den Moment zu genießen. Es war eine Mischung aus Erleichterung und einer seltsamen Vertrautheit, die sie beide in diesem Augenblick teilten. Jasamin kicherte. "Da der Weg bis zu meinem Bett nun nicht mehr so weit ist, könnten wir ja noch den einen oder anderen Becher Met trinken … So eine Gelegenheit bekommen wir so schnell nicht wieder."

Olov lehnte sich zurück und lachte laut und herzhaft. Dann schenkte er ihre Becher voll. Die beiden sahen sich an, während sie tranken und Olov wurde sich zum wiederholten mal an diesem Abend bewusst, dass sie eine Wirkung auf ihn hatte, die er früher so nicht wahr genommen hatte. Er fragte sich erneut, ob es wohl an dem Duftöl liegen mochte, welches sie heute aufgetragen hatte? Jasamin lehnte sich an seine Schulter und seufzte leise. Behutsam legte er seinen Arm um sie. Jasamin schnurrte fast, als sie sich jetzt noch dichter an ihn kuschelte. Sie hatte ihre Augen geschlossen, spürte seine Nähe und die Wärme seines Körpers. Ein wohliger Schauer lief durch ihren Körper und sie spürte die Wärme, die sich, beginnend von ihrem Schoß durch ihren Körper bewegte. Jasamin atmete tief durch und seufzte erneut. "Ihr Götter, was würde ich jetzt für einen Mann geben … Oder für eine Frau … oder noch besser, für beides." Olov sah sie erstaunt an. Sie kicherte leise und blickte ihn dann gespielt lüstern an. "Glaube mir, Olov, das ist ein Erlebnis, welches sich mit nichts anderem vergleichen lässt. Vorausgesetzt, man mag sich und lässt sich völlig dabei fallen. Man muss sich vertrauen dabei … Gefühle sind eine Erfindung der Götter. Wenn die Gefühle nicht stimmen, dann ist der ganze Rest völlig umsonst. Es geht nicht nur um den Körper, sondern um das Empfinden der Seele. Verstehst du, was ich damit meine? Nicht nur der Körper muss sich wohl fühlen, sondern vor allem die Seele. Das ist die Essenz des Lebens."

Olov schluckte krampfhaft und wurde sich seines steif gewordenen Penis nur allzu deutlich bewusst. Jasamin drückte sich kurz an ihn. Lass uns zu Bett gehen, Olov. Morgen müssen wir beide wieder unserem Tagwerk nachgehen und der Met setzt mir deutlich stärker zu, als ich dachte."

Sie erhoben sich und strebten in das Innere der Gemächer. Jasamin drückte ihm einen freundschaftlichen Kuss auf seine Wangen und ging dann zu dem Gästezimmer. Olov blickte ihr nach, bis sie die Tür hinter sich schloss. Er setzte sich auf die Kante seines breiten Bettes und seufzte entsagungsvoll, als er sich entkleidete. Nur der Mond tauchte den Raum in fahles Licht, dass durch eines der schmalen Fenster fiel. Als er wenig später auf seinem Bett lag und die Leinendecke über sich zog, waren seine Gedanken bei Jasamin und sein Körper in Aufregung. Olov wälzte sich auf seinem Bett umher. Er konnte keinen Schlaf finden. Plötzlich vernahm er das leise Öffnen einer Tür und direkt danach das leise Tapsen nackter Füße. Er setzte sich auf. Jasamin stand vor seinem Bett. Sie hatte ihre Leinendecke um sich geschlungen und sah ihn bittend an. "Ich will heute nicht alleine Einschlafen, Olov … Kann ich neben dir liegen?"

Stumm nickte er und rückte ein Stück zur Seite, um ihr mehr Platz zu geben. Jasamin ließ ihre Decke fallen und kuschelte sich, nackt wie sie war, neben ihn, unter seine Decke. Sie wandte ihm ihren Rücken zu, lag jedoch so dicht neben ihm, dass Olov mehr als deutlich die Wärme spüren konnte, die von ihrem Körper ausging, während er auf dem Rücken lag. Eine Weile lag Jasamin still. Dann drehte sie sich um und schmiegte sich an Olov heran. Ihr Kopf lag nun auf seiner Schulter, ihre linke Hand auf seiner Brust und ihr linkes Bein hatte sie auf seinen Oberschenkel gelegt. Olov atmete tief durch. Er zögerte einen Moment, dann jedoch legte er seinen Arm um sie. Ein leises, wohliges Seufzen war ihre Antwort darauf.

Ihm gingen die Gespräche durch den Kopf, die sie am Abend geführt hatten. Zu gerne hätte er er jetzt ihren Körper liebkost. Er fühlte, wie sein Körper nach ihr verlangte. Allerdings befürchtete Olov, dass sie ihm diesen Vertrauensbruch übel nehmen würde. Er atmete schwer. Jasamin öffnete ihre Augen und sah ihn an. "Olov, ich bin so aufgewühlt, ich kann keinen Schlaf finden." Er nickte nur wortlos. Sie legte ihren Kopf wieder auf seine Schulter. Ihre Hand strich sanft über seine Brust und Olov bemerkte, wie sich ihre Brustwarzen verhärteten und förmlich in seine Seite bohrten. Zart streichelte er ihren Rücken, war sich unschlüssig, wie er reagieren sollte. Jasamin hingegen wusste genau, was sie nun haben wollte. Sie spürte an ihrem Bein, wie sein Penis sich verhärtete und langsam aufrichtete. Sie lächelte unmerklich, in der Dunkelheit. Schon seit sie Olov kennen gelernt hatte fühlte sie sich von ihm angezogen. Er war in ihren Augen, das absolute Bild eines Mannes.

Jasamin hatte nie wirklich verstanden, warum Hela so unglaublich lange damit wartete seine Gefährtin zu werden. Warum sie so zögerte. Nach der Meinung von Jasamin gab es keinen anderen Mann innerhalb des Clans, der Olov gleich kam. Einige ähnelten ihm in der einen oder anderen Hinsicht … jedoch fehlte denen das Gesamtpaket, welches Olov darstellte. Er war nicht, in ihren Augen, nicht nur körperlich ein Bild von einem Mann, sondern auch intelligent, mutig und ein allerseits geachteter Krieger. Prinzipiell also genau die Art von Mann, von dem sich Jasamin angezogen fühlte. Sie genoss die sanften Finger von Olov, die ihren Rücken streichelten, jedoch knapp oberhalb ihres Hinterns jedes mal stockten. Ihr Entschluss stand fest. Sie wollte ihn. Wollte von ihm bestiegen werden und ihn besteigen. Seit ihrer Verbannung und der anschließenden Sklaverei hatte sie keinen Mann mehr gehabt. Ihr Körper dürstete danach und ein derartig günstige Gelegenheit wie jetzt, die wohl so schnell kaum wieder kommen würde, einfach ungenutzt verstreichen zu lassen, kam ihr fast wie ein Frevel vor.

Sie rutschte mit ihrem Kopf ein wenig tiefer und küsste ihn sanft auf seine breite Brust. Zugleich rutschte sie mit ihrem Körper noch dichter an Olov heran. Das Gefühl der Wärme, welches sein Körper ausstrahlte war berauschend, sinnlich und fast schon euphorisierend. Ein fast unhörbarer Seufzer war die Reaktion von Olov, auf ihren Kuss.

Jasamin hauchte weitere Küsse auf die Brust von Olov. Dann leckte sie sanft über seine Brustwarzen, saugte zart daran. Olov stöhnte wohlig auf. Seine Hand glitt jetzt tiefer, streichelte nicht nur ihren Rücken, sondern auch ihren Hintern. Jasamin wurde sich bewusst, dass sein Penis steif und hart emporragte. Er befand sich direkt neben ihrem Bein, welches sie auf seinen Oberschenkel geschoben hatte. Nun hatte sie mit ihrem Bein direkten Kontakt zu seiner Männlichkeit. Fast schien es ihr, als würde von seinem harten Penis noch mehr Wärme ausstrahlen, als von seinem restlichen Körper. Sie seufzte leise und voller Lust. Ihr linke Hand suchte und fand seine aufgerichtete Männlichkeit. Sie umfasste den Penis und begann ihn zu reiben. Olov stöhnte jetzt vor Lust und griff fest an ihren Hintern. Jasamin lächelte triumphierend. Sie spürte die Feuchtigkeit, die geradezu aus ihrem Lustzentrum heraus zu fließen schien. Derart erregt war sie seit vielen Monaten nicht mehr gewesen. Sie hob ihren Kopf, rückte ein Stück empor und küsste Olov, verlangend, auf dessen Lippen. Er erwiderte ihren Kuss mit spürbarer Begierde. Aus dem Kuss wurde innerhalb von wenigen Augenblicken ein verlangender Tanz ihrer Zungen. Seine linke Hand war noch immer damit beschäftigt, ihren Hintern zu packen. Seine andere Hand tastete über ihren Körper, strich erst über ihre Brüste und suchte dann den feuchten Ort zwischen ihren Beinen. Jasamin stöhnte, lustvoll, als er mit seinen Fingern sanft über ihre Schamlippen strich und dann, mit seinem Mittelfinger, ein kleines Stück in ihre Lustkanal eintauchte.

Eine Weile genoss sie sein Fingerspiel. Dann schwang sie sich über seine Hüften und rutschte ein Stück höher. Ihre Brüste baumelten jetzt vor den Lippen von Olov, der diese sofort umfasste und damit anfing, ihre Brüste zu küssen und an ihren harten, aufgerichteten Brustwarzen zu saugen und sanft daran zu knabbern. Jasamin stöhnte lustvoll. Sie griff zwischen ihren Beinen hindurch und umfasste seinen harten Penis. Sanft rieb sie dessen Spitze über ihre Schamlippen und ihre Lustperle, die beide nass waren von den Säften, die zwischen ihren Beinen heraus sickerten. Ihre Bewegungen wurden hektischer. Sie platzierte die Spitze des Penis vor ihrem Lustkanal und ließ ihren Körper etwas zurück wippen. Ein leises Stöhnen entflog ihren Lippen, als Olovs Penis erst mit der Spitze, dann etwas weiter in sie eindrang. Auch Olov lies ein leises Stöhnen hören und umklammerte jetzt ihre Hüften. Langsam aber beständig wippte Jasamin mit ihrem Körper vor und zurück. Jedesmal drang Olov weiter in sie ein. Dann kam der Punkt, an dem Jasamin ihn ganz haben wollte. Sie richtete ihren Oberkörper auf und ließ sich langsam herab sinken. Stöhnend legte sie ihren Kopf zurück, als er zur Gänze in ihr versank.

Langsam begann sie ihn zu reiten. Mit leichten Stößen erwiderte Olov ihr Tun. Jasamin hatte ihre Augen weit aufgerissen. Jedesmal, wenn er gänzlich in ihr war, hatte sie ein Gefühl der absoluten Ausgefülltheit, welches ihr durch den Elfenbeinpenis in ihrem Haus nur ansatzweise vergleichbar gegeben wurde. Es fehlte einfach das gewisse Etwas. Das Etwas, was sie jetzt gerade durch Olov empfing, der unter ihr lag und seine Lust laut heraus stöhnte. Das Etwas, was durch die Gegenwart eines anderen Menschen ausgelöst wurde.

In diesem Moment war die Welt für Jasamin perfekt. Sie trieb es mit einem Mann, den sie begehrte und er gab ihr das Gefühl, alles andere auf der Welt wäre nun völlig unwichtig. Sie war ganz in diesem Moment gefangen, der von tiefer, ungezügelter Lust und endlosem Verlangen erfüllt war.

Olov hatte seine Augen geschlossen und gab sich ganz den Gefühlen hin. Jasamin war eng gebaut. Fast kam es ihm vor, als wenn sie ihn mit ihrem Lustkanal umklammern würde, wenn er in sie eindrang. Das Gefühl, wenn er in diese warme, zugleich feste als auch weiche und unglaublich nasse Kanal hinein glitt, war unbeschreiblich. Jasamin bewegte ihren Körper mit einer Eleganz und Zielsicherheit, die er noch nicht erlebt hatte. Es kam ihm vor, als wenn sie ihn schier melken würde. Seine Hände lösten sich von ihren Hüften und strichen über ihre Seiten, bis hoch zu ihren Brüsten. Sanft massierte er die harten Brustwarzen, die ihn geradezu magisch anzogen. Jasamin fühlte, wie sich bei ihr ein Orgasmus anbahnte. Das vertraute und so herbei ersehnte Gefühl rückte jetzt schnell näher. Sie griff hinter sich, ertastete die Hoden von Olov und massierte diese mit aller Erfahrung, die sie in ihrem Leben gesammelt hatte. Der Erfolg dafür blieb nicht lange aus. Sie fühlte, wie sich seine Hoden zusammenzogen und den Höhepunkt von Olov ankündigten. Sein Atem ging schwer und kündigte dies ebenfalls deutlich an. Er griff an ihren Hintern, klammerte sich förmlich daran und stieß jetzt machtvoll in sie hinein. Dann kam sein Höhepunkt. Mit einem lauten Stöhnen erreichte Olov seinen Orgasmus. Jasamin fühlte deutlich, wie sein harter Penis ein ganz klein wenig mehr anschwoll, in ihr zuckte und das Sperma in kräftigen Schüben in sie spritzte. Dieses Empfinden war es, was sie noch gebraucht hatte. Mit einem schrillen Schrei der unbändigen Lust kam ihr eigener Orgasmus. Ihr Körper verkrampfte sich und sie warf ihren Kopf hin und her, während der Höhepunkt in einem Moment von schier unglaublicher Intensität durch ihren Körper flutete. Zitternd sackte sie auf ihm zusammen, ließ sich einfach auf seinen Oberkörper fallen und blieb dort liegen, während Zuckungen durch sie liefen.

Eine Weile rangen beide nur nach Atem. Olov schloss seine Arme um sie, streichelte ihr sanft die langen Haare und ihren schweißnassen Rücken. Jasamin hob ihren Kopf und sah ihn an. Er lächelte ihr liebevoll zu, gab ihr dann einen zärtlichen Kuss auf ihre Lippen, den sie mit der gleichen Zärtlichkeit erwiderte. Eine Weile küssten sie sich nur stumm. Jasamin spürte, wie sein Penis langsam aus ihr heraus rutschte. Ein Schwall von seiner Samenflüssigkeit tröpfelte zwischen ihren Schamlippen hervor.

Leise seufzend legte sie sich neben ihn, ließ sich in den Arm nehmen und genoss den Moment. Jasamin lächelte. Es hatte keiner Worte bedurft. Die beiden hatten das selbe Verlangen verspürt, die gegenseitige Zustimmung für das soeben Geschehene war durch ihre Blicke und Taten sehr viel deutlicher dem anderen mitgeteilt worden, als viele Worte es hätten vollbringen können. Lächelnd blickte Jasamin zu Olov, der seine Augen geschlossen hatte. Sein Atem ging gleichmäßig und kündete davon, dass er bereits schlief. Sie griff neben das Bett, wo eine Kerze ihr Licht verbreitete. Jasamin betrachtete seinen Körper im Kerzenlicht. Studierte seine Haut, seine kräftige Muskulatur und seine Gesichtszüge, die jetzt so unendlich friedlich wirkten. Ihr Blick wanderte zu seinem jetzt deutlich kleiner gewordenen Penis, der nun schlaff zwischen seinen Beinen hing. Mit Genugtuung dachte sie daran, dass die meisten der Asen sich die Schambehaarung rasierte, seit man festgestellt hatte, dass dies in diesem Klima sinnvoller und auch angenehmer war … Vor allem in Hinsicht auf die viele kleinen Insekten, die feuchte und haarige Orte geradezu liebten. Sie selbst rasierte sich die Haare ihrer Schamgegend und unter ihren Armen bereits seit ihrer frühen Jugend. In ihrer alten Heimat galt es als ein Schönheitsmerkmal, wenn die Geschlechtsorgane gut sichtbar waren. Mit Verwunderung hatte sie registriert, dass auch das Volk von Fürstin Omoru diesem Brauch folgte. In einem erst kürzlich mit Anschi, der Schwester von Matumba, geführten Gespräch hatte Jasamin erfahren, dass dies beim Volk der Gomuna seit unzähligen Generationen Sitte sei.

Sie blickte nochmals zu Olov, der tie und fest schlief. Ein Lächeln zog über ihre Lippen. Hela hatte scheinbar keine Ahnung, was ihr entging. Auch im jetzigen Zustand war für Jasamin deutlich erkennbar, dass der junge Mann von den Göttern mit einem prächtigen Männerschwanz gesegnet worden war.

Jasamin und die Nacht mit Olov

Nachdenklich stellte sie die Kerze zurück, legte sich neben Olov und schloss ihre Augen. Mit einem Lächeln auf ihren Lippen schlummerte sie schnell ein, während noch immer einzelne Tropfen der Samenflüssigkeit aus ihren Schamlippen rannen.

Die Sonne schickte sich an ihre wärmenden Strahlen zu versenden, als Jasamin ihre Augen öffnete. Olov schlief noch immer und schnarchte leise vor sich hin. Ein Blick zeigte ihr, dass die Kerze schon lange herunter gebrannt war. Sie schalt sich dafür, die Kerze nicht ausgeblasen zu haben. Leise erhob sie sich und eilte in den Nachbarraum, um ihre Notdurft zu verrichten. Als sie zurückkehrte sah sie Olov noch immer schlafen. Ein Grinsen zog über ihr Gesicht. Seine Männlichkeit war aufgerichtet und versprach eine Härte, die sie heute am frühen Morgen nochmals genießen wollte.

Sacht stieg sie auf das Bett und kniete sich zwischen seine Beine. Sie umfasste den Penis und begann ihn sanft zu reiben. Dann senkte sie ihren Kopf, küsste zuerst die Spitze seines warmen Penis und öffnete dann ihre Lippen, um ihn in ihren Mund zu nehmen. Sanft aber zielstrebig bewegte sie ihren Kopf auf und ab, während sie den harten Penis mit der einen Hand rieb und mit der anderen zart seine Hoden massierte. Es erstaunte sie kaum, dass Olov recht schnell wach wurde. Er stöhnte lustvoll und blickte zu ihr herab.

Sie lächelte ihn an. Ihre Stimme war wie das Flüstern des Nachtwindes. "Wenn du mich jetzt wieder mit deinem göttlichen Männerschwanz stößt, dann werde ich vor schierer Lust ganz sicherlich die ganze Festung zusammenschreien … Genieße also einfach … und gebe mir deinen Saft. Ich brauche das jetzt … und du wirst es sicherlich nicht bereuen, Olov."

Leise stöhnend ergab sich Olov den Gefühlen, die ihm von jasamin verschafft wurden. Unablässig hob und senkte sich ihr Kopf, während leise, schmatzende Geräusche in den Raum drangen. Nach einer Weile ließ sie von ihm ab und schaute ihn an, bevor sie ihn lüstern angrinste. "Stell dich hin, Olov."

Er kam ihrer Aufforderung nach. Jasamin kniete sich vor ihn und schaute anerkennend zu seinem aufgerichteten Penis. Dann begann sie ihn zu reiben. Sanft und doch fest rieb sie seinen harten Penis. Olov hatte seine Augen geschlossen und stöhnte leise, vor Wohlgefallen. Sie massierte seine Hoden nun etwas kräftiger und bemerkte dann, wie diese sich zusammenzogen. Triumphierend sah sie ihn an und öffnete ihren Mund. "Spritz ab, Olov … spritze deine Männermilch in meinen Mund … Spritz für mich, Olov."

Laut stöhnend kam er dieser Aufforderung nach. Jasamin schloss eilig ihre Lippen um den zuckenden und Samen verspuckenden Schaft. Im ersten Moment war sie etwas erstaunt, wie viel Sperma jetzt aus Olov hervorkam, zumal er sie in der Nacht zuvor innerlich förmlich geflutet hatte. Einzelne Tropfen rannen aus ihren Mundwinkeln und tropften auf ihre Brüste, deren Brustwarzen hart und steil aufgerichtet waren. Sie liebte es seit ihrer Jugend, den Männersaft zu schmecken. Das Gefühl, den Mann zu befriedigen und völlig die Kontrolle über ihn zu haben, wenn er sich ergoss, war für sie ein ganz besonderer Moment, der fast einem eigenen Höhepunkt gleich kam.

Olov hielt sich, leise stöhnend, an ihren Schultern fest. Seine Beine und Knie zitterten leicht. Sie saugte, und melkte ihn dabei mit ihrer Hand, bis schließlich nichts mehr aus ihm heraus kam. Mit einem ploppenden Geräusch entließ sie seinen Penis aus ihrem Mund und stellte sich aufrecht hin. Sie schaute ihn zufrieden an, wischte sich, mit ihrem rechten Zeigefinger die Tropfen von ihren Mundwinkeln und schleckte dann genussvoll ihren Finger sauber. Genießerisch schluckte sie die Reste herunter, wobei sie verzückt ihre Augen schloss.

Olov atmete immer noch schwer. Seramis und Matumba waren im Bett beides Wildkatzen gewesen. Jasamin jedoch hatte eine hemmungslose Sinnlichkeit, die ihm den Atem raubte. Sie zeigte zudem ganz direkt, was sie forderte und gab sich der Lust noch mehr hin, als dies seinerzeit bei Seramis der Fall gewesen war. Olov dachte oft an Seramis zurück, die ihn damals in die Geheimnisse der Liebe eingeweiht hatte … manchmal vermisste er die Frau aus Men-Nefer.

Jasamin lächelte ihn an. Ihre Stimme glich einem leisen Flüstern. "Seit vielen Monden bin ich nicht mehr so befriedigt worden, Olov … Wenn es dir recht ist, dann würde ich gerne heute, am Abend wieder Met mit dir trinken und mich unterhalten. Ich glaube nicht, dass wir danach das Bett in deinem Gästegemach benötigen …"

Olov schmunzelte, zog sie an sich und gab ihr einen Kuss. "Jasamin, ich glaube, wir beiden haben noch sehr viel miteinander zu bereden. Ich kann mir vorstellen, dass wir Gesprächsstoff für viele Abende haben."

5.

Die Handelsstadt, Swenu

Die Sonne stand tief über der Ebene, als Hela, Orm und die übrigen Asen nach einigen Monden der Reise endlich in der Ferne die Silhouette von Swenu erblickten. Die Handelsstadt war ein belebter Knotenpunkt, an dem Karawanen und Reisende aus weit entfernten Regionen und Ländern zusammentrafen. Die Stadtmauern ragten imposant aus der flachen Umgebung hervor. Das Gleißen der abendlichen Sonne reflektierte sich in den Türmen und auf den Dächern aus gebranntem Ton. Für die müde Gruppe war der Anblick ein Versprechen. Ruhe, Handel und vielleicht sogar Neuigkeiten aus anderen Teilen der Welt. Wichtig war jedoch, dass sie so viel wie möglich erwerben konnten, um ihrem Auftrag zu genügen. Die Liste der Dinge, die in Asengard benötigt wurde war lang und allen Asen war klar, dass sie nicht alles in den Mengen bekommen würden, wie es zuhause in Asengard benötigt wurde.

Sie schlugen ihr Lager vor den Toren auf, wie es üblich war für neu eingetroffene Fremde, die in der Stadt Handel treiben wollten. Die Luft war erfüllt von den Geräuschen und Gerüchen der nahen Stadt. Gewürze, Rauch von Feuern und das Rufen der Händler, die bis spät in den Abend ihre Waren anpriesen. Während die Männer die Zelte aufstellten und die Pferde versorgten, streifte Hela durch das Lager und prüfte die Vorräte. Orm beobachtete sie aus der Ferne, ihr ernstes Gesicht im Schein des Lagerfeuers. Er spürte und sah erneut, wie sehr sie sich verändert hatte. Sie war, bei weitem, nicht mehr das Mädchen aus den dunklen Wäldern Skandinaviens, sondern eine schöne, junge Frau, deren ganze Haltung Entschlossenheit, Stärke und Willenskraft ausstrahlte. Orm dachte an die Zeit zurück, in der sie beide ungestört in der Oase gewesen waren. Schon bei dem Gedanken daran, stieg erneut Verlangen in ihm auf. Hastig senkte er seinen Kopf und versuchte seine Gedanken auf andere Dinge zu konzentrieren.

Am nächsten Morgen war die Stadt ein einziges Gewimmel. Händler, Kamele, Esel und Lastenträger drängten sich auf den staubigen Straßen.

Orm und Hela durchquerten die hohen Tore Swenus und tauchten in den Tumult des Marktes ein. Der Markt war ein Labyrinth aus Ständen und Zelten, über denen bunte Stoffe gespannt waren, um die Hitze der Sonne abzuhalten. Die Luft war schwer von Gerüchen … Safran, Koriander, getrocknete Feigen und der herbe Geruch von Leder vermengten sich mit dem Geruch von Fleisch, welches über kleinen Grillrosten brutzelte.

Orm und Hela hatten, bereits vor Tagen, beschlossen vorerst nur zu zweit die Stadt zu betreten. Sie trugen weite Kapuzenumhänge, die ihre Haare bedeckten und den Körper weitestgehend verhüllten. So sollte verhindert werden, dass ihr Aussehen mehr als nur gelegentliche Aufmerksamkeit erregte. Die Männer, die derzeit im Lager warteten trugen ebenfalls Kapuzenumhänge. Da das Lager sich ein gutes Stück abseits der anderen Händlerlager und Karawanenlager befand sollte das Vorhaben gelingen, zumal man darauf achtete jeden unnötigen Kontakt zu vermeiden.

Hela blieb an einem kleinen Stand stehen, an dem fein gearbeitete Stoffe ausgestellt waren. Die leuchtenden Farben und auch die zarten Muster faszinierten sie. "Das hier stammt aus den Webereien von Babylon", erklärte der Händler stolz, ein Mann mit grauem Bart und funkelnden Augen. Hela strich mit den Fingern über die glatte Seide, ihr Gesicht ein Ausdruck aus Erstaunen und Nachdenklichkeit.

Orm hingegen wurde von einem anderen Stand angezogen, an dem Waffen feilgeboten wurden. Dolche, Schwerter und Bögen, verziert mit kunstvollen Gravuren. Er sprach mit dem Händler, einem großen Mann mit breiten Schultern, der Orm mit Interesse musterte. "Ihr seid Krieger? Eure Herkunft scheint weit von hier entfernt", bemerkte der Mann, der ihn prüfend musterte. Orm nickte nur und begutachtete einen Dolch, dessen Klinge im Licht blitzte.

Gemeinsam durchstreiften sie den Markt, sprachen mit Händlern, verkosteten exotische Früchte und tranken Wasser, das mit Minze und Honig versetzt war. Sie erkundigten sich, wo sie die Waren erhalten konnten, die sie suchten und wer wohl die besten Angebote dafür bieten könnte. Zwischendurch tauschten sie Blicke aus, mal belustigt, mal nachdenklich, wenn sie von den Händlern die Antworten erhielten.

Als die Sonne den Zenit erreichte, ließen sie sich an einem schattigen

Platz nieder und teilten ein Stück Fladenbrot. "Diese Stadt ist anders als alles, was wir je gesehen haben. Sie scheint mir wie ein einziger großen Markt zu sein", sagte Hela leise, während sie die vorbeiziehenden Menschen beobachtete. Männer und Frauen in Gewändern aus den verschiedensten Kulturen, von den schlichten Tüchern der Einheimischen bis zu den prunkvollen Roben fernöstlicher Händler.

"Ja", stimmte Orm zu. "Aber wir sollten vorsichtig sein. In einer Stadt wie dieser gibt es nicht nur Händler, die freundlich sind." Seine Hand ruhte unbewusst auf dem Griff seines Schwertes. "Ich bin froh, wenn wir wieder abreisen. Ich fühle mich hier nicht wohl."

Hela nickte. "Sobald wir die Waren gekauft haben, die wir benötigen werden wir uns schnellstens von hier entfernen … Ich hoffe, die Preise sind derart, dass wir zumindest einen Großteil der benötigten Dinge kaufen können. Alles werden wir nicht erhalten, denke ich. Wir haben zwar eine gute Menge an Gold und Silber dabei aber das wird nicht ausreichen … Das wussten wir aber schon vorher. Wir müssen uns genau überlegen, wovon wir mehr mitnehmen und was wir möglicherweise gar nicht kaufen sollten. Das werden wir aber letztlich erst dann entscheiden können, wenn wir die Preise verglichen haben." Orm nickte stumm.

In den darauffolgenden zwei Tagen widmeten sich Hela und Orm dem Handel, entschlossen, die begrenzten Mittel bestmöglich zu nutzen. Swenu, bekannt für seinen weitreichenden Warenverkehr, bot alles, was man für eine lange Reise oder eine Siedlung brauchte ... wenn man es sich leisten konnte.

Am ersten Morgen begaben sich Hela und Orm auf den Viehmarkt. Der Geruch von Tieren und Heu erfüllte die Luft, das Rufen der Händler hallte über den Platz. Nach zähen Verhandlungen mit einem stämmigen Händler, dessen Bart mit winzigen Perlen verziert war, einigten sie sich auf den Kauf von zwanzig kräftigen Rindern, sechs davon Bullen, die für eine spätere Zucht sogen sollten. Die Tiere waren gut genährt und schienen geeignet für die langen Märsche und als Lastenträger. Die Verhandlungen über den Preis zogen sich lange dahin. Orm überließ Hela die Preisverhandlungen und hielt sich im Hintergrund. Hela konnte eindeutig besser feilschen, als er. "Ihr seid hartnäckig, junge Frau," sagte der Händler schließlich anerkennend zu Hela, während er die Bezahlung entgegennahm. Zum Erstaunen von Orm und Hela schien der Händler die Preisverhandlung geradezu genossen zu haben. Hela nickte nur knapp. Sie hatte einen guten Preis ausgehandelt, aber jedes Stück Silber und Gold schmerzte.

Noch am selben Tag suchten sie einen Pferdehändler auf. Die Auswahl war beeindruckend: kräftige Tiere aus der Steppe und elegante Rassen, die wohlhabenden Reitern vorbehalten waren. Nach stundenlangen Gesprächen und einer sorgfältigen Begutachtung der Tiere entschieden sie sich für zehn robuste Pferde, die für den Transport von Lasten und die Reise gleichermaßen geeignet schienen. Auch hier spielte es eine Rolle, dass man die Möglichkeit einer späteren Zucht besitzen konnte. Deswegen waren vier der Pferde Hengste, die auf Orm und Hela einen besonders zähen und ausdauernden Eindruck vermittelten. Der Preis war erschreckend hoch, aber unvermeidlich. Pferde waren sehr begehrt, in diesen Gefilden.

Am zweiten Tag konzentrierten sie sich auf die Waren. Eisen, Kupfer und Bronze, in Barren gegossen, stapelten sich an den Ständen der Schmiede. Hela und Orm wogen die Möglichkeiten ab, verhandelten zäh und kauften schließlich genug Metall, um zwanzig Pferde zu beladen. Der Gedanke an das Gewicht und die Bedeutung dieser Fracht ließ sie beide zufrieden aufatmen. Das Metall würde später von unschätzbarem Wert sein.

Neben den Metallen erstanden sie ein Dutzend Säcke mit Salz, das in der heißen Sonne von Swenu wie kleine Kristalle glitzerte. Das Salz war ebenso kostbar wie die Metalle, sowohl zum Handeln als auch für ihre Vorräte. Außerdem erstanden sie ein weiteres schwere Ballen mit dicht gewebtem Leinenstoff, ein vielseitiges Material, das sie für Kleidung, Zelte oder sogar Verbandstoffe verwenden konnten. Diverse seltene Kräuter für Jasamins Tinkturen und Heiltränke sowie sechs schwere Amphoren, mit feinem Lampenöl, vervollständigten die Einkäufe des Tages.

Am Ende des zweiten Tages waren ihre Geldbeutel so gut wie leer. Hela zählte die wenigen verbliebenen Münzen mit gerunzelter Stirn, während Orm den Bestand der Einkäufe überprüfte. "Das war alles, was wir uns leisten konnten," sagte sie schließlich, ihre Stimme war ruhig, aber mit einem unverkennbaren Unterton von schlecht verborgener Frustration. Das wenige was übrig ist benötigen wir um die Lebensmittel für die Rückreise zu kaufen."

Früh am folgenden Tag luden sie die Waren sorgsam auf die Tiere und bereitete sich darauf vor, Swenu zu verlassen. Die Trinkwasservorräte wurden als letztes aufgefüllt und dann verladen. Sie hatten alles gekauft, was sie brauchten ... und alles, was sie sich leisten konnten. Wie weit man mit diesen Vorräten kommen würde blieb abzuwarten. Nur wenige Silbermünzen und eine einzelne Goldmünze befanden sich noch in dem Lederbeutel, den Hela an ihrem Gürtel befestigt hatte. Man würde sich Gedanken machen müssen, wie man kommende Einkäufe bezahlen konnte.

Die Asen verließen Swenu kurz nach dem Morgengrauen, ihre Tiere waren allesamt schwer beladen mit den Waren, die sie erworben hatten. Der Weg zur nächsten Oase war beschwerlich, führte durch trockenes Land und unter einer unbarmherzigen Sonne. Dennoch waren sie zuversichtlich und in guter Stimmung. Sie konnten die Reise nach Swenu bisher als erfolgreich betrachten. Hela grübelte vor sich hin. Bei einem der Händler hatte sie Rebstöcke gesehen. Die Pflanzen, an denen Weintrauben wuchsen. Seit ihrer Abreise aus Men-Nefer hatte sie keinen Wein mehr getrunken. Sie beschloss, sich bei ihrer Rückkehr in Asengard mit Ephimos darüber zu unterhalten. Die Hänge des Seitentals, in dem die Stadt lag würden sich gut für den Anbau von Wein eignen. Es stellte sich allerdings die Frage des Transportes der Pflanzen. Sie seufzte fast unhörbar. Es würde sich zeigen, was Ephimos dazu sagen würde.

Die Karawane der Asen zog schweigend voran, das rhythmische Stampfen der Hufe und das gelegentliche Knarren der Lasten waren die einzigen Geräusche. Hela und Orm gingen an der Spitze, stets wachsam, die Augen auf die unendliche Weite des Horizonts gerichtet. Der Weg war wenig mehr als eine staubige Spur, aber sie kannten den Weg, den sie einschlagen mussten. Ihr Ziel war die Oase, die etwa auf der Hälfte der Strecke lag, die sie bis zur nächsten Oase zurücklegen mussten. Die erste Oase wurde von diversen Karawanen aufgesucht, die nächste jedoch lag einsam in der Wildnis und war möglicherweise nur sehr wenigen überhaupt bekannt. Die Asen hatten diese Oase seinerzeit nur durch einen

Zufall entdeckt, als sie auf ihrer langen Reise waren, die sie schließlich in das große Tal, inmitten des Urwaldes geführt hatte.

Nach langen Tagen der Reise, als der Durst der Gruppe und ihrer Tiere immer drängender wurde, tauchte endlich die Oase am Horizont auf. Eine kleine Ansammlung von Palmen ragte aus der weiten Ebene empor, das verheißungsvolle Schimmern von Wasser dahinter. Die Stimmung in der Gruppe hob sich merklich, und die Tiere beschleunigten ihre Schritte, als ob sie die Erleichterung bereits spürten.

Doch als sie die Oase erreichten, bemerkten sie, dass sie nicht allein waren. Unter den Palmen waren mehrere Zelte aufgeschlagen, und eine Gruppe Reisender hatte sich um die Wasserstellen versammelt. Männer in fremdartigen Gewändern, begleitet von Kamelen und beladenen Packpferden sowie drei seltsam aussehenden Pferdekarren, warfen den Ankömmlingen neugierige, teils misstrauische Blicke zu. Orm runzelte seine Augenbrauen, nachdenklich. Diese Pferdekarren waren den alten Ägyptischen Streitwagen nachempfunden worden. Leichte Wagen, die von den Zugtieren problemlos auch durch den Sand der Würste gezogen werden konnten und seit unzähligen Jahrhunderten von den alten Ägyptern für Kriegszwecke eingesetzt wurden.

Hela musterte die Fremden ebenfalls mit scharfem Blick. "Sie sehen aus, als kämen sie aus dem Landesinnern," sagte sie dann leise zu Orm. "Wahrscheinlich sind sie auf dem Weg nach Swenu."

Orm nickte bestätigend. "Wir sollten vorsichtig sein. Es wäre klug, sie nicht zu provozieren. Ich habe ein ungutes Gefühl bei ihnen. Wir lagern abseits, in Sichtweite, aber nicht zu nahe."

Die Asen richteten ihr Lager etwas entfernt von der fremden Gruppe ein, nah genug, um die Oase zu nutzen, aber mit ausreichendem Abstand, um Spannungen zu vermeiden. Während die anderen sich um die Tiere und das Wasser kümmerten, beobachtete Orm die Reisenden. Es war eine bunte Gruppe, offensichtlich Händler, jedoch alle bewaffnet und viele von ihnen trugen die Spuren vergangener Kämpfe, von denen einige anscheinend nicht allzu lange vorüber waren, wie frische Verbände deutlich zeigten. Orm zählte die Fremden sorgsam und wandte sich dann an Hela. "Vierundsechzig Männer … ich denke, sie werden uns in der

Nacht angreifen. Für reine Händler sind sie zu schwer bewaffnet. Viel eher wirken sie auf mich, wie eine Gruppe von Kriegern, die auf einem Plünderzug waren. Ich gebe den anderen Bescheid. Wir werden den Fremden einen würdigen Empfang bieten, wenn sie kommen."

Die Oase

Die Nacht an der Oase war ruhig, doch Hela blieb angespannt. Sie spürte eine unterschwellige Bedrohung, die sie nicht ignorieren konnte. Auch die anderen Asen fühlten dies und hatten sich unauffällig kampfbereit gemacht. Die Fremden lagerten in Sichtweite, schienen sich jedoch unwohl zu fühlen, als die Asen, für die Nacht, Wachen aufstellten. Die

Hälfte der Asenkrieger blieb die ganze Nacht über wach, leise und wachsam. Sichtbar waren für die Fremden jedoch nur zwei Wachen, die am Rande des Asenlagers standen, ihre Silhouetten waren im flackernden Schein des Lagerfeuers kaum auszumachen. Zwanzig der Asen hatten sich, im Schutz der Dunkelheit, ein wenig vom Lager entfernt. Jetzt lagen sie flach im Sand und bildeten einen offenen Halbkreis, dessen Öffnung in Richtung der Oase wies. Bewaffnet waren diese Männer mit Pfeil, Bogen und ihren Nahkampfwaffen. Die Asen warteten geduldig, auf das, was kommen würde. Die Nacht schritt voran und das Morgengrauen konnte nicht mehr lange auf sich warten lassen, als die Fremden die Initiative ergriffen. Im Lager der Asen waren bereits alle wach und erwarteten den Angriff. Für uneingeweihte musste das Lager jedoch so wirken, als wenn dort nahezu alle Menschen noch schlafen würden. Die drei Lagerfeuer waren heruntergebrannt und glühten nur noch schwach. Am Rande des Lagers stand ein einzelner Krieger auf Wache und machte einen schläfrigen Eindruck … ein Eindruck der täuschte, sogar gezielt täuschen sollte.

Die wachsamen Asen hörten die Angreifer schon, bevor sie diese sahen. Das gedämpfte Klirren von Metall, Das leise Knarren von Leder … dann erkannten sie die Umrisse der Angreifer, die sich in der Dunkelheit heran schlichen. Noch warteten die Asen. Die Feinde sollten erst nahe genug sein, damit die Bogenschützen ihre Ziele besser erkennen konnten.

Die Zeit verging quälend langsam, für Hela, die dicht neben Orm im Sand lag und einen Speer umklammerte. Endlich war der Moment gekommen, auf den sie gewartet hatte. Orm hob seinen Bogen, zielte sorgsam und ließ dann seinen Pfeil fliegen. Nur Augenblicke später wurde ein schriller Schrei laut, der davon zeugte, dass der Pfeil sein Ziel getroffen hatte. Das war das Signal für die anderen Bogenschützen nun ebenfalls ihre Pfeile fliegen zu lassen. Eine Vielzahl von lauten, teils schrillen Schreien ertönte, als die meisten der Pfeile ihre Ziele trafen. Schon wurde die zweite Salve abgeschossen und erneut ertönten jetzt Schmerzensschreie und Todesröcheln vom den überraschten Angreifen.

Die Angreifer, die bislang nur langsam heran geschlichen waren gerieten anfänglich in Unruhe und Verwirrung. Dann jedoch setzten sie zum Sturmangriff an und rannten die verbliebenen hundert Schritte auf das

Lager der Asen zu. Ihr Vorhaben war klar. Sie wollten die dort lagernden überrumpeln, solange die meisten der vermeintlich noch schlafenden dort noch nicht kampfbereit waren. Die Angreifer realisierten, wegen der Dunkelheit nicht, dass sie bereits massive Verluste erlitten hatten und glaubten sich noch im Vorteil ... ein Fehler, der ihren endgültigen Untergang bedeutete. Zwanzig Schritte vor der Lagergrenze brach der Angriff endgültig zusammen. Von beiden Seiten und vom Lager her flogen unablässig Pfeile heran und trafen ihre Ziele mit klatschenden Geräuschen. Nur noch etwa zwanzig der Angreifer standen auf ihren Füßen, als sie sich der Umstände endgültig bewusst wurden. Von Panik getrieben wandten sie sich um, bemüht jetzt zu fliehen. Einer schaffte es noch, rund dreißig Schritte zurück zu legen, bevor er von einem geschleuderten Speer in den Rücken getroffen wurde und zu Boden ging.

Stille legte sich über die Landschaft, unterbrochen nur von einigen leisen Schmerzenslauten die von Verletzten stammten, welche sich nun auf dem Boden wälzten. Die Asenkrieger rückten langsam vor. Gnade war jetzt etwas, dass nicht zählte. Mit unnachgiebiger Härte sorgten die Asen dafür, dass keiner der am Boden liegenden Angreifer nicht wirklich tot war. Orm trat neben Hela, die soeben ihre Lanze aus dem zuckenden Körper eines der gefallenen Angreifer zog, dem sie den Gnadenstoß verpasst hatte. Röchelnd und zuckend starb der Fremde, während Blut aus seinen Wunden strömte und im trockenen Boden versickerte.

Orm blickte nachdenklich auf das Schlachtfeld. Die Sonne musste jetzt bald aufgehen. Am fernen Horizont war bereits ein erster, schwacher Lichtschein erkennbar. "Sobald es hell wird, durchsuchen wir das Lager der Fremden. Ich habe bereits zwanzig Krieger dorthin entsendet. Wir wollen ja nicht, dass einer unserer Angreifen entkommt und die Kunde von dem Kampf weiterträgt. Sollten sich dort noch Fremde aufhalten, dann beseitigen wir sie ... Die Beute des Kampfes gehört den Asen. So ist es schon immer Brauch gewesen. Scheinbar ändert sich so etwas nie, auch wenn man sich in fremden Landen bewegt."

Hela schaute ihn einen Moment schweigend an, bevor sie antwortete. "Die Fremden wollten uns umbringen und ausplündern. Du hast doch nicht etwas Mitleid mit ihnen, oder? Glaubst du, die hätten Gnade mit uns walten lassen?" Sie lachte geringschätzig.

Orm lachte leise. "Natürlich glaube ich das nicht. Die hätten uns alle getötet, wenn sie die Möglichkeit dazu bekommen hätten … Jetzt haben sie den Preis dafür gezahlt. So ist es nun einmal, wenn man einen Überfall auf Leute begeht, die sich wehren."

Die Asenkrieger, die Orm ausgesendet hatte, erreichten das Lager der Fremden, nach einem schnellen Lauf. Tatsächlich befand sich dort noch jemand. Der Verbleibende Fremde hatte den Angriff nicht begleitet, weil er einen gebrochenen Arm hatte und nun versuchte, das Lager auf einem Dromedar zu verlassen. Das Tier hatte, mit seinem Reiter erst eine kurze Strecke zurück gelegt, als mehrere Pfeile das Dromedar trafen. Das Tier stürzte und warf dabei seinen Reiter ab. Eilig hasteten drei Asenkrieger herbei und fesselten den Fremden. Man würde ihn noch befragen, um zu erfahren wer die Fremden waren und woher sie gekommen waren. Der Einsatz von Folter war bei einer derartigen Befragung üblich. Man hatte es eilig und nur wenige Dinge lösten die Zunge eines Gefangenen so schnell, wie gezielt beigebrachte Schmerzen … zumal das Schicksal und Ende des jetzt gefangenen Fremden voraussehbar war.

Die Sonne war am Horizont aufgegangen und tauchte die Landschaft in ihr grelles Licht. Auch die Schrillen Schreie des Gefangenen waren nun verstummt. Die Asen hatten erfahren, was sie wissen wollten. Orm und Hela hatten an der Befragung teilgenommen. Die Fremden stammten aus der Gegend um Babylon. Sie waren auf einem Plünderzug im Lande der Nubier gewesen, der jedoch nicht sehr erfolgreich verlaufen war. Man hatte nur eine geringe Menge Gold und Silber sowie einige Säcke mit Gewürzen und Salz erbeutet. Etwa zwanzig Elfenbeinstoßzähne von Elefanten rundeten die Beute ab, die nun von den Asen begutachtet wurde.

Orm und Hela beratschlagten, was man nun als nächstes tun sollte. Einige der anderen Asenkrieger standen um sie herum und lauschten, aufmerksam, was nun beschlossen wurde. Vor allem Hela legte großen Wert darauf, jetzt so schnell wie möglich weiterzuziehen. Sie schaute Orm nachdenklich an. "Nun gut .. Fassen wir einmal zusammen. Wir haben vierzehn Pferde erbeutet und dazu drei Dromedare. Auch wenn wir die drei Wagen benutzen, so sind wäre es unklug, das ganze Elfenbein bis nach Asengard mitzuschleppen. Die Dromedare sind in einem schlechten

Zustand und werden die Reise nicht überleben. Ich betrachte diese Tiere deshalb jetzt nur als eine zusätzliche Nahrungsreserve, die wir mitführen und dann später, auf unserer Reise, schlachten können. Von dem Elfenbein werden wir nur zwei oder drei Stoßzähne mitnehmen. Die sind zu sperrig und schwer. Die Restlichen Stoßzähne vergraben wir hier irgendwo. Das hat den Vorteil, dass wir sie dann, bei einer späteren Handelsreise, einfach ausgraben können. In Swenu ist ein guter Markt dafür ... Wir müssen die Toten und alles, was ihnen gehört hat beseitigen. Am besten vergraben wir sie etwa tausend Schritte entfernt, in der Wüste. Tief genug, damit sie nicht von Raubtieren ausgegraben werden."

Zustimmendes Gemurmel ertönte von den umstehenden Kriegern. Orm nickte zustimmend und gab dann einige Befehle. Man hatte einiges zu erledigen und niemand wollte länger als notwendig hier verweilen. Alle zog es in ihre Heimatstadt zurück, wo man Freunde und Verwandte hatte. Mit vereinten Kräften huben sie eine große, tiefe Grube aus. Dort wurden die Leichen hinein geworfen, bevor man das namenlose Massengrab wieder mit Geröll und Sand bedeckte. Kein Reisender, der vorüber kommen würde, konnte erkennen, dass hier etwas vergraben worden war. Zehn Fuß tief unter dem Sand lagen jetzt die kalten, leblosen Körper der gefallenen Fremden. Das Elfenbein, welches sie nicht mitnehmen wollten wurde ein Stück abseits vergraben. Direkt daneben erhob sich ein steiler Fels, der als Markierung gewählt worden war. So konnte man später problemlos das Versteck finden.

Nachdem alle Spuren beseitigt worden waren bereiteten die Asen ihren Abmarsch vor. Da es mittlerweile schon nach der Tageshälfte war beschloss man jedoch erst am Folgetag weiterzuziehen. Heute wollte man noch an dieser Oase lagern. Die Beladung der Wagen hatte zeit in Anspruch genommen. Jetzt jedoch war alles verladen worden und die vorhandenen Wasserbeutel waren ebenfalls bereits gefüllt.

Hela betrachtete die Waffen der getöteten Feinde, die man auf einen der Wagen geladen hatte. Die Stahlklingen würden von den Schmieden in Asengard umgearbeitet werden. Gutes Metall zu verschwenden wäre mehr als dumm gewesen. Die leichten Wagen konnten ohne Probleme von jeweils zwei Pferden gezogen werden. Sie lächelte zufrieden.

6.

Früh am Tag brachen die Asen auf. Die Sonne kroch gerade erst über den fernen Horizont. Die Rast, in der Oase, hatte sowohl den Tieren, als auch den Menschen gut getan. Nun führte der Weg in die unbewohnte, karge Landschaft. Sie sollten die nächste Wasserstelle in etwa einem halben Mond erreichen können, wenn es zu keinen Problemen kam.

Tag um Tag zog sich dahin. Der Ablauf glich sich jeden Tag. Man stand auf, wenn die Sonne am Horizont erschien und lagerte erst, wenn sie sich anschickte wieder unterzugehen, Am Tage wurde nur einmal kurz Rast gemacht, um den Tieren Wasser zu geben. Fressen konnten die Tiere, wenn man am Abend das Lager aufgeschlagen hatte.

Nach dem blutigen Sieg über die Fremden und eintönigen Tagen des beschwerlichen Marsches unter der glühenden Sonne fasste Hela einen Entschluss. Die nächste Oase lag noch drei Tagesmärsche entfernt, und sie wollte sichergehen, dass dort keine Gefahren auf sie warteten ... So zumindest würde sie argumentieren. Ihre wahren Beweggründe waren andere aber das brauchten die Krieger des Clans nicht erfahren.

"Ich habe nachgedacht und mir ist der Vorfall in der letzten Oase noch gut im Gedächtnis. Orm und ich sollten vorausgehen," sagte sie eines Abends, als die Gruppe ihr Lager aufschlug. "Es ist besser, wenn wir die Oase zuerst erreichen und sicherstellen, dass alles in Ordnung ist, bevor die Karawane eintrifft. Sollten Fremde dort sein, dann kehren wir um und kommen euch wieder entgegen. Verfehlen können wir euch nicht, da wir uns auf der selben Route bewegen. So können wir uns dann schon vorbereiten, wenn es notwendig werden sollte."

Orm hob den Blick und ein Funke von Vorfreude blitzte in seinen Augen auf. Nur mit Mühe konnte er ein lüsternes Grinsen unterdrücken. "Das ist ein guter Plan. Je weniger wir riskieren, desto besser. Wir werden mit leichtem Gepäck reisen, um schnell voran zu kommen. Abgesehen von Wasser und ein klein wenig Nahrung benötigen wir nur unsere Waffen und Decken, für die Nacht." Die anderen nickten nachdenklich. In der Nacht konnte es unangenehm kühl werden. Ganz anders, als am Tag, wenn die Sonne unbarmherzig herab brannte und jeden Schritt zu einer Qual für Mensch und Tier machte.

Die Sonne neigte sich dem westlichen Horizont entgegen und tauchte die endlose Weite der Wüste in flirrendes, goldenes Licht. Hela zog den Schleier ihres Gewandes enger um das Gesicht, um sich vor dem feinen und allgegenwärtigen Sand zu schützen. Neben ihr schritt Orm in gleichmäßigem Tempo voran, seinen Speer ielt er locker in der Hand, doch die Augen waren wachsam unter der tief in die Stirn gezogenen Kapuze. Die Hitze des Tages war noch nicht ganz gewichen, doch mit jeder Minute wurde die Luft erträglicher, und eine kühle Brise begann über die Dünen zu streichen.

Plötzlich zupfte Hela an Orms Ärmel. "Dort", sagte sie leise und deutete in die Ferne.

Über den Wellen aus Sand kreisten dunkle Schatten. Ein halbes Dutzend Geier drehte ihre Runden, die Flügel weit ausgebreitet, lautlos in der aufkommenden Abenddämmerung. Orm kniff die Augen etwas zusammen. "Wo Geier kreisen, da liegt etwas totes ... fragt sich nur, ob Mensch oder Tier", murmelte er.

Hela nickte, aber ihr Blick blieb auf die kreisenden Vögel geheftet. Dies verhieß in ihren Augen nichts gutes. Unbehaglich schaute sie sich um, konnte jedoch weit und breit nichts lebendes erkennen. Nur die sanft gewellte Wüste lag um sie herum.

Die Geier senkten ihre Kreise allmählich, was bedeutete, dass die Beute noch frisch war. Instinktiv legte Orm die Hand an den Griff seines Messers. Er war bereits ausreichend an diese Wildnis gewöhnt, an ihre Gefahren und er wusste, dass Aas nicht nur Geier anlockte.

Langsam, ohne überhastete Bewegungen, änderten sie ihre Route und näherten sich vorsichtig dem Punkt, über dem die Vögel schwebten. Der Umweg war nahezu unbedeutend. Wichtig war jedoch, nun Klarheit zu erhalten, warum die Geier kreisten. Der Sand war hier von Winden zerzaust, kleine Hügel und Mulden bildeten ein unregelmäßiges Muster, das ihre Schritte dämpfte. Ihr Blick tastete die Umgebung ab ... keine menschlichen Spuren, keine Räderfurchen oder Kamelhufe, auch keine Fußabdrücke die auf einen Karawanenzug hindeuteten.

Nach einer Weile konnten sie den dunklen Fleck auf dem sandigen Boden erkennen. Es war ein kleines, regloses Bündel, das in der Hitze des Tages bereits zu verwesen begann. Orm trat näher heran, während Hela mit angehaltenem Atem neben ihm stand.

Ein Wüstenfuchs. Sein rotbraunes Fell war an einigen Stellen von den ersten Aasfressern bereits ausgerissen worden, die leichten Knochen schimmerten unter der pergamentartigen Haut. Keine Spuren eines Kampfes, keine Zeichen menschlicher Waffen. Vielleicht war das Tier alt gewesen oder krank ... oder hatte sich zu weit von seinem Bau entfernt und war in der sengenden Mittagshitze verendet.

Hela atmete hörbar aus. "Nichts Gefährliches, nur ein Tier", sagte sie mit einem Anflug von Erleichterung.

Orm musterte den Kadaver noch einen Moment lang, dann richtete er sich auf und ließ seinen Blick nochmals über die Umgebung schweifen. "Wir verschwenden Zeit", sagte er schließlich. "Die Oase ist nicht mehr weit."

Hela nickte, und gemeinsam setzten sie ihre Reise fort. Die Geier, die eine Zeit lang auf Abstand gewartet hatten, senkten sich nun schrittweise herab, ihre Schwingen mit einem leichten Zischen durch die Luft gleitend. Für die Geier war der Tisch gedeckt. Die unerbittliche Natur hatte ihre eigenen Gesetze. Schon morgen würde von dem kleinen Kadaver nichts mehr übrig sein, außer einigen Knochen, die dann in der Wüstensonne bleichten.

Der Sand unter ihren Füßen war weicher geworden, feiner und hier und da deuteten dunklere Flecken im Boden darauf hin, dass die Oase nicht mehr weit war. Sie hielten ihr Tempo, denn die Nacht kam schnell in der Wüste ... und mit ihr die Kälte, die in der Wüste genau so extrem war, wie am Tage die Hitze.

Als die Sonne schließlich am Horizont versank, zeichnete sich in der Ferne eine dunklere Linie ab ... Palmen, deren schlanke Silhouetten sich gegen den letzten Schein des Tages abzeichneten. Ein leichter Wind trug den Geruch von Feuchtigkeit und Grün mit sich. Ein Versprechen von Wasser und Ruhe.

Hela und Orm wechselten einen Blick. Noch ein wenig weiter, dann würden sie sicher sein, Wasser haben und auch Ruhe. Sie grinste und zwinkerte ihm vergnügt zu.

Mit jedem Schritt, den Hela und Orm näher zur Oase setzten, veränderte sich die Luft um sie herum. Die Hitze des Tages wich einer sanften, trockenen Kühle und über ihnen war der Himmel ein tiefes, samtiges Blau geworden, in das sich erste Sterne wie leuchtende Splitter eines zersprungenen Kristalls betteten. Der Mond stand bereits über dem Horizont, sein silbriges Licht spiegelte sich auf den sanften Wellen der Dünen und in der Ferne war das dunkle Band der Oase nun deutlich zu erkennen.

Der Boden veränderte sich unter ihren Füßen. Der Sand war hier fester, von der Nähe des Wassers verdichtet. Zwischen den Steinen wuchsen einzelne Grasbüschel und je weiter sie vorankamen, desto mehr Pflanzen traten aus der Dunkelheit hervor ... niedrige Sträucher, zähe Palmen, deren Blätter im Nachtwind raschelten. Der Duft von Feuchtigkeit lag in der Luft, vermischt mit dem würzigen Geruch von Harz.

Orm hob die Hand, um Hela zum Anhalten zu bringen. Schweigend musterten sie die Szenerie. Eine Oase war ein Ort des Segens, aber auch ein Ort der Vorsicht. Reisende und Tiere suchten hier Schutz, manche friedlich, andere jedoch weniger.

Sie lauschten. Nur der Nachtwind, das leise Plätschern des Wassers, als eine unsichtbare Strömung den Spiegel des kleinen Teiches kräuselte. Kein Stimmengewirr, kein Schnauben von Kamelen oder Pferden, keine brennenden Feuer. Absolute Stille ... Sie warteten eine Weile und umrundeten dann die kleine Oase. Nirgends war ein Zeichen von Leben erkennbar.

"Niemand hier ... es hätte mich auch gewundert, so abseits und versteckt, wie die Oase liegt", sagte Hela schließlich leise.

Orm nickte, ließ den Blick ein letztes Mal über die Schatten tanzen, dann entspannte er sich. "Dann gehören Wasser und Ruhe für heute Nacht uns allein." Hela lächelte, von Orm unbemerkt. Genau so wollte sie es haben.

Sie traten tiefer in das Herz der Oase, vorbei an einer Gruppe knorriger Dattelpalmen, deren Wurzeln in die feuchte Erde griffen. Der Teich lag ruhig da, kaum größer als achtzig Schritte im Durchmesser, in einer Senke, aber tief genug, um sich darin zu waschen und auch zu baden. Das Mondlicht tauchte die Oberfläche in silbernes Leuchten. Als sie näher kamen, roch Hela deutlich die erdige Frische des Wassers und des Schilfgrases, welches an einigen Stellen am Rand wuchs.

Das Bedürfnis nach Sauberkeit war überwältigend. Tage des Marschierens hatten ihre Haut mit einer Schicht aus Staub und Schweiß überzogen. Die Hitze des Tages hatte den Schmutz in jede Falte ihres Körpers getrieben und die kühle Nacht machte jetzt ihr Verlangen nach Frische nur noch größer. Hela schmunzelte verhalten. Zuerst das Bad. Was dann folgen sollte, darauf freute sie sich bereits seit vielen Tagen. Es dürstete sie geradezu danach, den Körper von Orm zu genießen und es mit ihm zusammen zu treiben. Sie war sich sicher, dass auch er dieses Verlangen verspürte. Seine Blicke, die er ihr in den vergangenen Tagen zugeworfen hatte sagten ihr dies deutlich. Sie seufzte, kaum hörbar. Orm brauchte seinen Körper wirklich nicht zu verstecken, konnte sogar durchaus stolz darauf sein. Mutig und intelligent war er ebenfalls. Jedoch war er in Gegenwart von Frauen schüchtern und bedurfte einer sehr deutlichen Aufforderung, um sich ihnen zu nähern. Das missfiel ihr. Sie schätzte es, wenn ein Mann direkter war und einer Frau zeigte und auch sagte, was er empfand und wonach es ihn verlangte. Wehmütig dachte sie an Olov und seufzte erneut.

Orm löste zuerst den Gürtel seiner Tunika und streifte das sandige Gewand von seinen Schultern. Hela tat es ihm nach, schob das Tuch, das sie vor der Sonne geschützt hatte, langsam beiseite. Sie hörte, wie sein Atem für einen Moment stockte und als sie aufblickte, trafen sich ihre Blicke. Einen Herzschlag lang hielten sie inne. Hela sah wie die Blicke von Orm über ihren Körper streiften und erkannte das Verlangen, welches in seinem Blick lag.

Das Wasser glitzerte hinter ihnen, unter dem Schein des Mondes, die Luft war erfüllt von kühler Feuchtigkeit und die Dunkelheit legte sich weich über ihre Körper, ließ Konturen erkennen, aber verbarg doch gerade noch genug, um die Vorstellungskraft spielen zu lassen. Allerdings standen sie nah genug bei einander, um sowohl Orm als auch Hela deutlich den Körper des anderen sehen zu lassen.

Orm wandte den Blick zuerst ab, ließ das letzte Stück Stoff fallen und trat ins Wasser. Ein leises, zufriedenes Geräusch entwich ihm, als die Kühle seinen erhitzten Körper umschloss. Hela folgte langsam, ihre nackten Füße berührten den feuchten Sand am Ufer. Als sie das erste Mal in das Wasser eintauchte, durchlief sie ein prickelndes Gefühl. Sie seufzte leise, lehnte den Kopf nach hinten und ließ das Wasser über ihre Schultern gleiten. Die Anspannung der letzten Tage fiel von ihr ab und für einen Moment schloss sie die Augen, genoss das sanfte Streicheln der Strömung auf ihrer Haut.

Orm beobachtete sie, während er sich wusch. Hela konnte erkennen, wie sein Körper bereits mehr als deutlich reagierte. Sein prachtvoller Penis war aufgerichtet und schon der Anblick sandte Lustgefühle durch den Körper von Hela.

Das Mondlicht lag auf ihr, spiegelte sich in den feinen Tropfen auf ihren Armen und ließ ihr Gesicht wie aus Stein gemeißelt wirken. Ihr Haar, das sich aus seinem strengen Zopf gelöst hatte, schwamm wie goldene Seide auf dem Wasser.

Orm tauchte seinen Körper mehrfach unter, wusch sich langsam.Er wusste nicht, wann genau es begonnen hatte, dieses Ziehen in seiner Brust, dieses ständige Bewusstsein ihrer Nähe. Vielleicht in Men-Nefer, vielleicht auch schon früher, auf dem langen Marsch, des Clans. Vielleicht an einem der vielen Abende am Lagerfeuer, als ihre Stimmen die einzige Konstante inmitten fremder Länder waren. Oder vielleicht schon viel früher, als sie sich noch kaum kannten, aber schon wussten, dass sie einander vertrauen konnten. Jederzeit jedoch war ihm bewusst, dass Hela zu Olov gehörte und somit hatte er sich damit abgefunden.

Hela spürte seinen Blick. Ihr Herz schlug schneller, aber sie sagte nichts. Sie tauchte unter, spürte die Schwerelosigkeit des Wassers, und als sie wieder auftauchte, war sie ihm näher als zuvor.

Orm hob eine Hand, als wolle er etwas sagen, doch dann ließ er es bleiben. Die Stille zwischen ihnen war gefüllt mit unausgesprochenen

Worten, mit der Wärme ihrer Körper, die nur durch das kühle Wasser getrennt wurden, mit dem Verlangen, das in ihnen wuchs. Doch sie hielten sich zurück ... noch. Hela hatte ihm noch nicht signalisiert, ob er sich ihr nähern durfte und Orm wartete ... wartete und kam fast um, vor Verlangen, nach ihrem Körper. Eigentlich war er sich sicher, dass es sie auch danach verlangte, Zärtlichkeiten auszutauschen. Orm scheute sich jedoch, den ersten Schritt zu tun. Er befürchtete, der Moment wäre ihr nicht genehm ... oder er könne sich ungeschickt anstellen, bei seiner Annäherung. Er war sich dessen nicht bewusst, aber in Gegenwart von Frauen verhielt er sich absolut nicht so, wie man es von einem tapferen Krieger erwarten würde, der zudem auch über einen beeindruckenden Körperbau eine gehörige Portion Intelligenz verfügte. Frauen gegenüber war er schüchtern und ungeschickt.

Das Wasser umspielte ihre Körper, kühl und sanft, ein flüssiger Schleier, der die letzten Spuren von Staub und Schweiß fortwusch. Die Oase war vollkommen ruhig, kein fremdes Geräusch störte den Moment. Nur das gelegentliche Rascheln der Palmblätter im leichten Wind und das leise Plätschern, wenn einer von ihnen sich bewegte.

Hela strich mit ihren Händen über ihre Arme, spürte, wie das Wasser den Schmutz der Reise von ihrer Haut löste. Sie tauchte kurz unter, ließ ihr Haar sich frei entfalten, bevor sie es zurückwarf, sodass einzelne Tropfen wie winzige Perlen durch die Luft flogen. Als sie sich wieder aufrichtete, glitt ihr Blick zu Orm, der ein paar Schritte von ihr entfernt im Wasser stand.

Er hatte sich seit ihrer Ankunft kaum bewegt. Sein Blick lag auf ihr. Nicht aufdringlich, aber doch intensiv, als kämpfte er mit etwas in sich selbst. Hela lächelte. Sie kannte Männer wie ihn. Stark, mutig, doch im Umgang mit Frauen zögerlich, unsicher. So war auch Orm. Nicht aus Angst, sondern aus einer tief verwurzelten Zurückhaltung. Eine Grenze, die er sich selbst auferlegt hatte ... und der Sorge, sich zu blamieren.

Aber sie hatte keine solchen Grenzen. Hela besaß einen starken Wille und dazu noch ein Selbstbewusst sein, welches wohl fast einmalig war, im Clan. Sie war sich ihrer Schönheit und der Anziehung ihres Körpers auf die Männer durchaus bewusst. Eine Tatsache, die sie genoss. Davon abgesehen verlangten ihr Körper und auch ihr Geist danach, häufig körperlich befriedigt zu werden. Zumeist tat sie dies selbst … mit großem Genuss. In der Vergangenheit hatte sie dieses Verlangen oft mit Jasamin geteilt und ungezügelt gestillt. Jasamin war ebenso veranlagt. Auch sie benötigte es, häufig befriedigt zu werden. Hela lächelt kurz bei dem Gedanken an Jasamin. Dann blickte sie wieder auf Orm und spürte wie das Verlangen in ihr stärker wurde. Von dem Punkt zwischen ihren Beinen strömten warme Schauer durch ihren Körper und sie fühlte, wie sich ihre Brustwarzen verhärteten und aufrichteten.

Langsam bewegte sie sich auf ihn zu, ließ das Wasser an ihrer Haut herabrinnen, während ihre Augen ihn herausfordernd musterten. Orm bemerkte es. Seine Schultern spannten sich unmerklich an, als hätte er eine Entscheidung zu treffen … eine, vor der er sich fürchtete.

Hela trat noch näher. Nun war sie direkt vor ihm. "Dreh dich um," sagte sie leise. Er zögerte, einen winzigen Moment, aber dann tat er, was sie verlangte. Sie hob die Hand und ließ ihre Finger über seinen Rücken gleiten. Sand klebte noch an ihm, eine dünne, raue Schicht, die sich mit jeder Berührung löste. Ihre Berührung war forsch, aber nicht grob … ein eigentümlicher Kontrast aus sanftem Druck und Entschlossenheit.

Orm atmete tief ein. Ihre Hände fuhren über seine Schultern, wanderten langsam nach unten, verfolgten die Linien der Muskeln, die unter seiner Haut verborgen lagen. Sie fühlte die innere Wärme seines muskulösen Körpers, obwohl das Wasser ihn längst abgekühlt hatte.

"Du spannst dich an," murmelte sie und strich mit den Fingern sanft über seinen Nacken. "Entspanne dich, Orm."

"Ich …" Er verstummte. Er wusste nicht, was er sagen sollte. Hela ließ ein leises, amüsiertes Lachen hören. "Du kannst kämpfen, töten, doch wenn eine Frau dich berührt, bist du plötzlich starr wie Stein? Bei deinem Körperbau brauchst du dich wahrlich nicht schämen, wenn eine Frau dich berührt. Viele Männer würden ihre Seele dafür geben, derart gebaut zu sein wie du, Orm."

Orm schluckte, schwer. Er konnte nicht leugnen, dass ihr Tun etwas in ihm entfachte, etwas, das er nicht gewohnt war. Sein Körper verriet ihn, seine Atmung war tiefer geworden, seine Muskeln zuckten unter ihren Berührungen. Hinzu kamen die Erinnerungen, an die Nacht, die sie auf ihrer Hinreise, nach Swenu, in dieser Oase verbracht hatten. Er gierte förmlich danach, erneut ihren Körper zu spüren, sie zu befriedigen und von ihr befriedigt zu werden.

Und Hela spürte es. Sie hatte das gleiche Verlangen. Mit einer langsamen Bewegung ließ sie ihre Finger über seine Seiten gleiten, dann trat sie noch näher. Ihr Körper war nun direkt an seinem. Er spürte ihre harten Brustwarzen, die über seinen Rücken strichen. Orm holte tief Luft. Seine Erregung war grenzenlos. Fast hatte er das Gefühl sein aufgerichteter, harter Penis würde ein Eigenleben führen.

Dann sprach sie leise, direkt an seinem Ohr: "Jetzt bist du dran." Orm zögerte. Aber er wusste, dass er sich dem nicht entziehen konnte. Langsam drehte sich Hela um, bot ihm ihren Rücken, wartete darauf, dass er es ihr gleichtat, ihr ebenfalls den Rücken wusch.

Er hob seine Hände ... langsam, beinahe zögerlich, als fürchte er, eine Grenze zu überschreiten. Doch als seine Finger endlich auf ihrer Haut aufsetzten, war es, als würde er in eine Glut fassen.

Er spürte jeden Muskel unter seinen Händen. Ihre Haut war glatt, noch warm von der Sonne des Tages und das Wasser machte sie geschmeidig. Sein Daumen folgte der Linie ihrer Schulterblätter, fuhr langsam nach unten.

Hela schloss für einen Moment die Augen. Seine Berührung war zaghaft, fast ehrfürchtig. Es war, als wäre sie etwas Heiliges, etwas, das er nicht einfach beanspruchen konnte, sondern zuerst verstehen musste. Das gefiel ihr. Aber noch viel mehr gefiel ihr, dass sie spürte, wie seine Zurückhaltung bröckelte.

Orm bewegte sich vorsichtiger als sie, aber in jeder seiner Berührungen lag Kraft. Seine Hände glitten langsam über ihren Rücken, wischten den letzten Rest Sand fort. Die Art, wie er sie berührte ... es war kein bloßes Waschen mehr. Es war mehr. Sie seufzte wohlig, drängte sich ein kleines Stück ihm entgegen und spürte, wie die Lust und das Verlangen mehr und mehr von ihr Besitz ergriff.

Eine unausgesprochene Spannung lag in der Luft, verwoben mit dem leichten Zittern seiner Finger. Hela wusste, dass es nur noch eine Frage der Zeit war, bis ihr Körper endlich das bekam, wonach sie sich sehnte. Erneut rückte sie ein kleines Stück zu ihm heran. Sie spürte die Spitze seines harten Penis gegen ihren Hintern stoßen. Orm stöhnte leise. Hela grinste. Sie wusste, ab spätestens diesem Moment war es endgültig um seine Zurückhaltung geschehen.

Seine rechte Hand glitt von ihrer Schulter und strich sanft über ihre Seite. Hela nahm seine Hand und legte sie auf ihre rechte Brust. Der Moment, als sie seine Finger an ihrer Brust spürte, war ein Hochgenuss, für ihre angespannten Sinne. Sie stöhnte vernehmlich und drückte ihren Körper gegen den seinen. Dann wandte sie sich um, sah ihm in die Augen und küsste ihn.

Erneut in der einsamen Oase

Orm erwiderte den Kuss. Erst langsam und zaghaft aber schon bald mit einer Intensität, die sein Begehren widerspiegelte. Ihre Zungen spielten miteinander, während ihre Hände über den Körper des anderen strichen.

Hela zog ihren Kopf zurück. Sie lächelte Orm lüstern zu. "Wir haben diese Nacht und einen Teil des morgigen Tages. Ich rechne damit, dass unsere Kameraden morgen, am späten Nachmittag, hier eintreffen werden. Nutzen wir also diese Zeit gut aus … Ich bin schier verrückt, vor Verlangen." Sie lächelte. "Dir geht es doch auch nicht viel anders, Orm. Das sieht man überaus deutlich und gespürt habe ich es auch schon. Dein schöner Schwanz wartet doch nur darauf, von mir liebkost zu werden."

Sie schaute nach unten und griff dann an die Hoden von Orm. Sanft hielt sie die Hoden in ihren Händen und massierte sie leicht. Orm schloss seine Augen und stöhnte lustvoll. Hela beugte sich zu ihm und näherte ihre Lippen seinem Ohr. Ihre Stimme war nicht viel lauter, als das leise Rauschen des Nachtwindes. "So voll und schwer wie die sind, werde ich heute wohl einiges bekommen, Orm … Ich kann es kaum erwarten, deine Sahne heraus spritzen zu sehen, sie zu schmecken und zu fühlen, wie du tief in mir abspritzt."

Mit kundigen Händen rieb sie seinen harten Penis, während Orm sich an ihren Schultern festhielt und es genoss, von ihr verwöhnt zu werden. Sie lächelte triumphierend, als sie sein tiefes, lustvolles Stöhnen hörte. Eine kurze Weile fuhr sie mit ihrer Handarbeit fort. Dann ließ sie von ihm ab. Sie nahm seine Hand und zog ihn in das flachere Wasser, wo es nur noch knietief war. Dort wandte sie sich ihm zu und küsste ihn erneut. Die Hände von Orm strichen über ihren Körper. Dann griff er an ihre Brüste und senkte seinen Kopf. Hela legte ihren Kopf zurück und gab leise Töne des Wohlbehagens von sich, als Orm nun seine Zunge über ihre harten Brustwarzen züngeln ließ und sanft daran saugte.

Hela konnte nicht mehr an sich halten. Sie griff jetzt hastig an den aufgerichteten Penis von Orm und rieben diesen mit ihrer rechten Hand, während sie mit der anderen Hand seine Hoden massierte. Lange dauerte es nicht, bis der Atem von Orm hastiger wurde. Er ließ die Brustwarze von Hela aus seinem Mund uns sah sie an. "Hela, wenn du noch ein klein wenig so weitermachst, dann spritze ich dich gleich an."

Sie grinste. "Danach wirst du mehr Ausdauer haben … Ich will dich tief in meinem Hintern haben. Du sollst mich stoßen und mir seinen Saft in meinen Hintern spritzen … Ich will, dass du mir Lust bereitest und will dir die Lust auch geben." Sie lachte leise und kniete sich vor ihn hin. Ihre

Augen waren fest auf seinen Penis gerichtet, der sich jetzt direkt vor ihrem Gesicht befand. Sie leckte sich voller Vorfreude ihre Lippen.

Zufrieden betrachtete sie seinen aufgerichteten Männerschwanz, den sie mit ihrer Hand bearbeitete. Orm stöhnte. Sie hob ihren Kopf und sah ihn an. "Komm, Orm … spritz ab … Spritz für mich. Zeige mir deine Lust. Wohin willst du spritzen? Auf meine Brüste? In mein Gesicht? Oder lieber in meinem Mund? Sage mir, was du willst … und dann spritze ab."

Orm war nicht fähig zu sprechen. Sein Atem kam hastig und er stöhnte laut. Hela spürte, wie seine Hoden sich zusammenzogen. Gleich würde er spritzen. Sie bewegte ihren Kopf ein Stück nach vorne und leckte über seine Eichel. Dann öffnete sie ihren Mund und nahm ihn in sich auf. Während sie seine Eichel mit ihrer Zunge bearbeitete wippte ihr Kopf langsam vor und zurück, während ihre Hände weiter seine Hoden massierten und den Stamm rieben. Orm klammerte sich an ihre Schultern und ließ ein tiefes Stöhnen der ungezügelten Lust hören. Dann kam er und verspritzte seinen Samen in Helas Mund. Hela schluckte den Großteil seines ersten Schubes. Ein dünnes Rinnsal seines Samens lief aus ihrem Mundwinkel, während Orm seinen Saft weiterhin in ihren warmen Mund pumpte. Hela hatte ihre Handarbeit eingestellt und saugte nun an seinem Penis, bis endlich nichts mehr kam. Sie schluckte den Rest herunter und sah ihn von unten her an. "Bei den Göttern, Orm … was für eine Ladung … Du schmeckst gut. Wusstest du das?"

Ein leises Stöhnen von Orm war die einzige Antwort, auf ihre Worte. Er stand mit leicht zitternden Beinen vor ihr und atmete schwer. Hela grinste und leckte dann seinen Penis sauber, an dem noch einige kleine Reste des Spermas klebten.

Leise lachend stand Hela auf, nahm orm an dessen Hand und zog ihn zum nahen Ufer. Sie war sich bewusst, dass Orm ein klein wenig Zeit benötigte, um ihr das zu geben, wonach es ihr gelüstete. Bis dahin jedoch konnte er ihr auf andere Art Lust bereiten. Ein kurzer Blick zu Orm bestätigte ihr, dessen Verlangen auf sie. Die Nacht würde für Hela noch viel Lust bereithalten … dafür würde sie sorgen.

Sie gingen vom Wasser einige Schritte zu einem trockenen Flecken unter zwei Palmen, wo der Boden von kurzem Gras bedeckt war. Hela ließ sich zu Boden sinken und sah Orm verlangend an. Dann streckte sie ihre Hand nach ihm aus und zog ihn ebenfalls auf den weichen Boden. Die Augen von Orm strichen über den Körper von Hela. Zielstrebig und doch sanft griff er an ihre Brüste, um diese zu liebkosen, bevor er seinen Kopf senkte und anfing, mit seiner Zunge an den aufgerichteten Brustwarzen zu züngeln und sanft daran zu saugen und zu knabbern. Aufseufzend schloss Hela ihre Augen, drückte seinen Kopf an ihre Brüste und ließ sich zurücksinken, wobei sie ihn mitzog.

Orm ließ sich Zeit. Er widmete sich ausgiebig ihren Brüsten und legte besonderes Augenmerk auf ihre empfindlichen Brustwarzen. Schauer der Lust durchströmten Hela. Fast wie ein Lagerfeuer verströmte der Punkt zwischen ihren Beinen Wellen der wohligen und fast unbändigen Lust, die fortwährend durch ihren Körper flossen. Langsam ließ Orm seine Lippen und Zunge ihren Körper herab wandern. Er verharrte an ihrem Bauchnabel, küsste diesen und verharrte dort. Hela wand sich unter ihm, hielt es fast nicht mehr aus, vor Verlangen. Ihre Lustsäfte liefen bereits zwischen ihren Schamlippen hervor. Ein dünnes aber stetiges Rinnsal klarer Flüssigkeit sickerte hervor und suchte sich den Weg, zu ihrer hinteren Öffnung, wo sie sich zuerst sammelte, dann auf den Boden tröpfelte.

Endlich bewegte Orm seinen Kopf tiefer. Seine Zunge fuhr langsam zu ihrer Lustperle, die er zuerst sanft küsste, dann leicht daran saugte. Er leckte kurz über die Schamlippen und bohrte die Spitze seiner Zuge dann kurz in ihren Lustkanal. Hela bäumte sich kurz auf, warf ihren Kopf zurück und stöhnte ungehemmt ihre Lust heraus. Sie spreizte ihre Beine noch weiter und drückte den Kopf von Orm fest an sich.

Orm griff unter den Hintern von Hela, zog sie an sich und fuhr immer wieder mit seiner Zunge durch ihre Schamlippen, züngelte dann an ihrer Lustperle und saugte sanft an dieser. Dann schob er einen Finger in ihren Lustkanal, bewegte diesen langsam vor und zurück. Hela spürte wie sich ein Orgasmus bei ihr anbahnte. Sie atmete schwer keuchend, bockte ihm rhythmisch ihren Unterleib entgegen und stieß unkontrollierte Laute der Lust hervor. Dann endlich überrollte sie ihr Orgasmus. Sie bäumte sich auf und schrie ungehemmt ihre Lust heraus, während ein gewaltiger Höhepunkt ihren Körper schüttelte. Sie schloss ihre Augen in Extase, gab sich ganz ihren Gefühlen hin. Ein dünner Schwall klarer Flüssigkeit spritze zwischen ihren Schamlippen hervor und traf Orm am Kinn, tröpfelte dort herunter. Hela sank kraftlos zurück. Weitere Wellen der Lust durchströmten ihren Körper, der nass von Schweiß war. Orm hatte sein Zungenspiel eingestellt, bewegte jedoch noch immer seinen Finger, langsam in ihrem Lustkanal. Erneut stöhnte Hela auf. Dann sah sie ihn an und lächelte dankbar. "Das war wunderbar, Orm … Das hast du gut gemacht."

Orm zog seinen Finger aus ihr heraus, leckte genussvoll ihren Saft von seinen Fingern und sah sie lüstern an. Hela blickte an ihm herab und erblickte zufrieden seinen steil aufgerichteten Penis. Sie lächelte lüstern, richtete sich etwas auf und griff danach. Sanft rieb sie daran und schaute ihm dann in die Augen. Sie zog ihn, an seinem harten Glied, zu sich heran. "Jetzt, Orm, jetzt will ich dich tief in meinem Hintern haben. Ich will, dass du mich stößt und deinen Saft tief in mir verspritzt … Komm und stoß mir deinen Schwanz in den Hintern, ich bitte dich, ich brauche das jetzt."

Sie dirigierte seinen harten Schwanz an ihre hintere Öffnung, die von ihren Säften gut geschmiert war. Weit öffnete sie ihre Beine und Orm, der wusste das er sich nun Zeit nehmen musste, ließ sich von ihr leiten. Hela positionierte seine Eichel an ihrer hinteren Öffnung. Orm drückte sanft und war überrascht, wie leicht die Spitze seines Penis den Schließmuskel überwand, dann in ihren Darm eindrang. Er keuchte, vor Lust und Wohlbehagen. Mit langsamen Bewegungen drang er tiefer in sie ein. Das Gefühl, von ihr derart eng, warm und samtig umschlossen zu sein war überwältigend. Sie ließ ein leises Stöhnen hören, als er mehr und mehr in sie eindrang und dabei leichte Stoßbewegungen vollzog. Endlich war er gänzlich in ihr und verharrte einen für Moment. Er genoss dieses Gefühl und betrachtete zufrieden Hela, die mit lustvoll verzerrtem Gesicht unter ihm lag. Sie öffnete ihre Augen und sah ihn verlangend an. "Stoß mich, Orm … Stoß mich in meinen Hintern. Ich will deinen harten Schwanz in mir spritzen fühlen."

Orm kam der Aufforderung nach und begann sich langsam zu bewegen. Ihre Worte spornten ihn enorm an und versetzten ihn dabei zusätzlich in rapide ansteigende Lust. Er musste sich stark beherrschen, um jetzt nicht völlig unkontrolliert seinen Penis in sie hinein zu stoßen. Hela sah ihm seine Not an. Sie wollte jetzt von ihm genommen werden. Wollte hart von ihm gestoßen werden und endlich spüren wie er, bei seinem eigenen Orgasmus, seinen heißen Samen in ihr verspritzte. Mit einer ihrer Hände umklammerte sie ihre linke Brust, zog an ihrer dortigen Brustwarze, während ihre andere Hand nun mit gezielten und schnellen Bewegungen über ihre Lustperle glitt. Die beiden atmeten schwer, gaben sich der Lust hin und schauten sich dabei in die Augen. Der Atem von Orm kam nun stoßweise und unkontrolliert. Hela war sich bewusst, dass er nicht mehr lange brauchte, um zu kommen. Ihre Finger glitten immer schneller über ihre Lustperle, die von ihre Säften gut geschmiert war. Flüssigkeit rann zwischen ihren Schamlippen hervor und sickerte zu ihrer hinteren Öffnung, wo sie den stoßenden Schwanz von Orm zusätzlich schmierte. Sie spürte, wie sich ein weiterer, heftiger Orgasmus bei ihr anbahnte, sah die Lust in den Augen von Orm und wusste, das auch er kurz davor war seinen Höhepunkt zu erreichen. Lüstern und fast hechelnd erklang ihre Stimme. "Komm Orm … Stoß mich in den Hintern. Stoß mir deinen Schwanz in den Hintern. Besame mir den Arsch! Spritz mir deine Sahne tief in den Arsch! Lass mich deine Lust spüren!"

Orm stieß nun heftiger und schneller zu, hämmerte seinen harten Penis förmlich in sie hinein und entlockte damit Hela unkontrollierte Schreie der Lust. Speichel tropfte von seinen Lippen. "Hela, du machst mich wahnsinnig, vor Lust. Du bist so eng … ICH KOMME GLEICH!"

Auch Hela war nur noch Momente von ihrem eigenen Orgasmus entfernt. Sie mühte sich, ihre Lustperle noch mehr zu stimulieren. Fast unbewusst merkte sie, wie sein harter Schwanz noch ein kleines Stück anschwoll und wusste, er würde jetzt gleich spritzen. Ihre Stimme überschlug sich fast. "Spritz Orm! Spritz mir deinen Saft in den Arsch! Ich will deinen harten Schwanz in mir spritzen fühlen! Besame meinen Arsch … Götter, ich komme gleich!"

Orm steigerte sein Tempo ein letztes mal. "Speichel spritze von seinen Lippen. "Ich spritz dich voll … Ich spritz dir in den Arsch … Hela, ich komme … HELA … JAAAAAA!"

Als er seinen Orgasmus erreichte und tief in ihr sein Sperma verspritzte war es auch um Hela geschehen. Dieser Moment, als sie fühlte, wie sein harter Penis tief in ihrem Hintern anfing zu zucken und den Samen zu verspritzen war der Auslöser, den sie noch benötigt hatte. Ihr eigenen Orgasmus überrollte sie wie die unaufhaltsame Woge eines Erdbebens. Sie schrie ihre Lust laut und hemmungslos heraus. Ein Strahl klarer Flüssigkeit spritzte zwischen ihren nassen Schamlippen hervor und traf Orm. Fast krampfartig bäumte sie sich auf, während Orm noch immer Schub um Schub in sie verspritzte.

Orm sank auf ihr zusammen. Hela umarmte ihn liebevoll. Beide atmeten keuchend, während ihre soeben erlebten Orgasmen abklangen. Langsam zog Orm seinen Penis aus dem Hintern von Hela. Ein Schwall von Samenflüssigkeit strömte aus dem geweiteten Loch ihres Hinterns, was Hela ein weiteres lustvolles Stöhnen entlockte. Orm wälzte sich von ihr herab, legte sich neben sie. Beide genossen den Moment und versuchten ihre Atmung wieder unter Kontrolle zu bekommen. Hela kuschelte sich an ihn. Ein zufriedenes Lächeln lag auf ihren Lippen.

Nachdem Hela eingeschlafen war, stand Orm leise auf. Er trug ihre Kleidung und Ausrüstung zusammen und legte sie neben der schlafenden Frau ab. Dann nahm er eine der Decken und breitete sie über Hela aus. Sie seufzte leise und drehte sich ein Stück, schlief aber weiter. Orm grinste. Dann nahm er die zweite Decke, legte sich neben Hela und deckte sich ebenfalls zu. Schnell war er eingeschlafen. Er bemerkte nur noch undeutlich, wie Hela sich Wärme suchend an ihn heran schmiegte.

Die Sonne war kaum über dem Horizont erschienen, als Hela erwachte. Schläfrig blickte sie sich um. Die Oase lag in absoluter Stille. Orm lag neben ihr und schnarchte leise, was ihr ein Lächeln entlockte. Als sie sich bewegte verspürte sie einen leichten Schmerz, in ihrem Hintern. Sie verzog ihr Gesicht. Dann dachte sie an den vergangenen Abend. Orm war endlich etwas mehr aus sich heraus gekommen. Sie erinnerte sich daran, dass Jasamin ihr einmal erzählt hatte, Männer würden es mögen, wenn eine Frau beim Liebesspiel deftige Worte benutzte, um sie anzufeuern. Hela schmunzelte verhalten. Nicht nur Männer wurden von derartigem stimuliert. Sie hatte es ebenfalls genossen und empfand es als aufreizend, als sie daran dachte, wie Orm reagiert hatte und wie auch er derbe Worte benutzte, während er sie stieß. Erneut fühlte sie einen leichten Schmerz, als sie sich bewegte und an Orm kuschelte. Heute würde sie ihn nicht in ihren Hintern lassen, beschloss sie, mit einem leichten Bedauern. Ihre Gedanken waren bei ihrem Liebesspiel des vergangenen Abends. Sie spürte wie es sie bereits wieder erregt, als sie daran dachte, wie er sie gestoßen hatte. Sie lächelte heute würde sie auf andere Art ihre Befriedigung erhalten ... und sie ihm ebenfalls geben. Sie gierte schon jetzt geradezu danach, seinen Saft aus seinem Schwanz heraus spritzen zu sehen.

Vorsichtig tastete sie an sich seinem Bein entlang und suchte, mit ihren Fingern, seinen Penis. Zufrieden brummte sie, als ihre tastende Hand fand, was sie suchte. Sie unterdrückte mit Mühe ein Kichern, als sie feststellte, dass der Schwanz von Orm bereits eine ansehnliche Größe und Festigkeit erreicht hatte, so wie das bei Männern am Morgen oft ist. Sie krabbelte vorsichtig zwischen die Beine des schlafenden Orm. Heute würde sie ihn auf ganz besondere Art wecken.

Orm wurde schlagartig wach. Er hob seinen Kopf und sah an sich herab. Hela hockte zwischen seinen Beinen, und leckte genüsslich an seinem aufgerichteten Penis. Dabei schaute sie ihn fröhlich an, bevor sie ihren Kopf wieder senkte und seinen harten Penis zwischen ihren Lippen verschwinden ließ. Er stöhnte. Derart geweckt zu werden war schon seit langem ein heimlicher Wunsch von ihm. Leise stöhnend genoss er die Zärtlichkeit von Hela und verspürte die Lust in sich aufsteigen.

Nach einer Weile, als das Stöhnen von Orm immer lauter wurde, ließ sie von ihm ab und richtete sich auf. "Heute lasse ich dich nicht, in meinen Hintern. Du hast mich gestern gestoßen, wie ein Tier ... Ich habe das sehr genossen und es war wunderbar. Aber heute will ich etwas anderes von dir haben, Orm." Mit diesen Worten krabbelte sie über ihn, drehte sich um und setzte sich dann mit ihrem Schoß über sein Gesicht. Zufrieden betrachtete sie seinen aufgerichteten Schwanz, bevor sie sich vorbeugte, diesen umfasste und mit ihrer Zunge über die Eichel schleckte.

Ihre Stimme war nicht lauter, als das leise Flüstern des Windes. "Jetzt leck mich dort, wo ich es mag, Orm. Gebe mir, wonach es mich verlangt. Ich brauche das heute besonders dringend." Mt diesen Worten senkte sie ihren Kopf und bewegte ihn langsam auf und ab. Der harte Penis von Orm glitt zwischen ihren Lippen entlang, was diesem erneut ein Stöhnen entlockte.

Orm umfasste die Hüften von Hela. Erst zaghaft, dann aber intensiver züngelte er ihre Schamlippen, die bereits nass glänzten. Als er das erste mal ihre Lustperle mit seiner Zunge umspielte entrang sich Hela ein lauter Seufzer, der Lust. Schon bald zitterten ihre Hüften und sie drückte ihm ihren Schoß stärker entgegen. Orm nahm dies als ein Zeichen, sein Zungenspiel noch deutlich zu verstärken. Unablässig glitt seine Zunge über Schamlippen und Lustperle, von Hela. Ihr Körper bebte und ihr Atem kam stoßweise. Sie hatte damit aufgehört, seinen Penis mit ihren Lippen und der Zunge zu bearbeiten. Statt dessen glitt ihre Hand nun daran schnell auf und ab, als wenn sie ihn melken wollte. Mit geweiteten Augen und geöffneten Lippen starrte sie erwartungsvoll auf seine Eichel, die sich dicht vor ihrem Gesicht befand.

Orm dachte unwillkürlich an den vergangenen Abend und daran, wie ihre Worte ihn stimuliert hatten. Es war Zeit dafür, dies zu wiederholen. Er schob zwei seiner Finger in ihren Lustkanal und begann sie damit zu stoßen. "Lasse dich gehen, Hela … Lasse mich deine Lust hören. Ich stoße dich mit meinen Fingern in deinen nassen Schlund. Bei den Göttern, ich wünschte wir würden noch einen ganzen Mond lang alleine hier sein … Ich würde dir jeden Abend deinen engen Hintern besamen und danach noch in deinem Mund abspritzen."

Hela keuchte und ihre Augen glänzten begeistert. Sie fühlte wie sich ein Orgasmus bei ihr anbahnte und feuerte Orm jetzt an. "JA! JA! JA! … Du sollst mich dann jeden Abend stoßen, bis ich vor Lust vergehe. Ich will deinen warmen Saft tief in meinen Hintern spritzen spüren und du sollst mir in den Mund und ins Gesicht spritzen. Ich will dir den Saft aus deinem Schwanz saugen … Götter, ich komme gleich … Orm, ich komme gleich … JA! JA! JAAAAA … JETZT!"

Ein krampfartiges, heftiges Zucken durchlief ihren Körper. Sie schrie laut ihre ungezügelte Lust heraus, als der Höhepunkt sie überrollte. Zwischen ihren Schamlippen spritzte ein dünner Schwall klarer Flüssigkeit hervor, den Orm gierig aufleckte, als er seine Lippen traf. Hela sackte auf Orm zusammen. Ihre Hüften bebten noch immer. Orm zog seine Finger aus ihrem Lustkanal. Ein dünnes Rinnsal Flüssigkeit tropfte dabei zwischen ihren Schamlippen herab, welches er mit seiner Zunge eifrig ableckte. Er grinste zufrieden, als Hela dies mit einem Aufstöhnen quittierte.

Sie hob ihr Becken und stieg von ihm herab. Dann blickte sie ihn an und grinste lüstern. "Jetzt bist du an der Reihe, Orm ... Es giert mich, nach deinem Saft. Ich will sehen, wie du spritzt. Magst du mir auf meine Brüste spritzen? In meinen Mund und in mein Gesicht?"

Sie kniete sich vor ihn hin, legte ihre Hände unter ihre vollen Brüste und hob diese noch ein wenig an. "Komm, Orm ... Spritz mich voll. Spritz mir deinen Saft entgegen ... Zeige mir, deine Lust."

Orm verstand, was sie von ihm verlangte. Er stand auf und stellte sich dicht vor sie. Ihre Augen hingen jetzt gebannt an seinem aufgerichteten, harten Penis, der sich nur eine wenig mehr als eine handbreit vor ihrem Gesicht befand. Sie leckte sich ihre Lippen und sah ihn verlangend an.

Orm schaute auf ihre Brüste, mit den aufgerichteten Brustwarzen und ihr Gesicht. Sie öffnete ihren Mund, streckte erwartungsvoll ihre Zunge heraus und sah ihn auffordernd an. Er griff an seinen Penis und begann mit seiner Hand daran auf und ab zu reiben. Dank ihrer Vorarbeit und seiner Erregung würde er jetzt nicht lange benötigen. Wie aus einem Nebel drang ihre Stimme zu ihm, die ihn dabei anfeuerte. Sein Orgasmus kündigte sich schnell an und sein Atem ging nun hektisch. "Ich spritze gleich, Hela ... Mach den Mund auf, ich will dir meinen Samen in den Mund spritzen ... Ja, so ist es gut ... gleich bin ich soweit ... gleich ... Ja ich komme jetzt ... HELA! Ich spritz dich voll!"

Gebannt hatte sie ihm zugesehen und öffnete nun erwartungsvoll ihren Mund, als schon der erste Strahl seines Samens hervor spritzte. Die warme Flüssigkeit traf ihr Gesicht und sie eilte sich, den zuckenden und spritzenden Schwanz mit ihren Lippen zu umschließen. Orm hatte seinen Kopf zurück geworfen. Jetzt sah er an sich herab. Sah wie sie seinen Schwanz in ihrem Mund hatte und bemüht war, auch den letzten Tropfen aus ihm heraus zu saugen. Er stöhnte, als ihre Zunge über seine Eichel fuhr. Dann entließ sie seinen Penis aus ihrem Mund, schluckte sein Sperma herunter und leckte ihn sauber, während sie ihn triumphierend ansah.

Orm stand schwer atmend vor ihr. Schweiß lief von seiner Stirn. Er grinste zufrieden. Ihm war bewusst, dass sich derartiges in Asengard keineswegs wiederholen würde. Hier und jetzt jedoch war ER mit Hela zusammen und genoss jeden Moment dieser Zeit. Die Erinnerung an die geteilte, ungezügelte Lust konnte ihm niemand nehmen. Er blickte auf Hela, die noch immer vor ihm kniete und nun ihre Augen geschlossen hatte. Ein zufriedenes Lächeln lag auf ihrem Gesicht, welches nun teils mit seinem Sperma bedeckt war, langsam herab rann und dabei auf ihre Brüste tropfte.

Er räusperte sich leise. "Ich denke, wir sollten uns noch waschen, bevor die anderen eintreffen. Es könnten sonst gewisse Fragen aufkommen." Hela öffnete ihre Augen und lachte erheitert. Dann wischte sie sich die Reste seines Spermas vom Gesicht und lutschte es genießerisch von ihren Fingern. "Orm, ich denke, du hast nicht ganz unrecht."

Hitze flirrte über dem goldenen Sand und am fernen Horizont tanzten die Silhouetten der sich nähernden Karawane, verzerrt durch die Wellen der glühenden Luft. Die Tiere bewegten sich träge voran, ihre breiten Hufe hinterließen tiefe Spuren im Wüstensand. Eine dünne Wolke aus Staub hing wie ein feiner Schleier über den Ankommenden, das Echo ihrer Stimmen und das gelegentliche Klirren von Waffen und Gepäck klangen gedämpft in der dichten, flirrenden Stille des späten Nachmittags.

Hela und Orm standen bereits am Rand der Oase und winkten ihren Kameraden zu. Soeben hatten sie nochmals ein Bad genommen. Die Sonne brannte auf ihre nassen Schultern. Ihre Körper dampften noch leicht, während sie den Neuankömmlingen entgegensahen.

"Endlich," murmelte Hela leise, während sie sich mit einer beiläufigen Bewegung durch ihr noch feuchtes Haar fuhr. Sie sah Orm an und grinste. "Morgen geht es weiter … Eigentlich schade, ich hätte gerne noch einige Tage, zusammen mit dir, hier verbracht."

Orm sagte nichts. Er beobachtete die Gruppe, spürte die Erleichterung, die sich mit der Gewissheit mischte, dass sie die Reise nicht mehr allein fortsetzen mussten. Innerlich jedoch bedauerte er es, nun nicht mehr ungestört mit Hela zusammen sein zu können. Sie machte ihn fast wahnsinnig, vor Verlangen, wenn sie ungestört waren. Ihre nahezu immerwährende Lust war wie eine Droge, für ihn. Andererseits wusste er, dass diese intime Zweisamkeit zeitlich nur sehr begrenzt war. Deshalb beschloss er, einfach nur zu schweigen und sich an seinen Erinnerungen zu ergötzen. Orm mutmaßte, dass Hela das Zusammensein ebenfalls sehr genossen hatte. Ihr Gesichtsausdruck erinnerte ihn etwas an ein kleines Kind, welches unbemerkt ein Stück Honigkuchen genommen hatte.

Orm und Hela gingen den Neuankömmlingen entgegen, und ein Gefühl von Erleichterung breitete sich in der Gruppe aus. Nach der Anspannung der vergangenen Tage war das Wiedersehen ein Moment der Ruhe und Vertrautheit.

"Alles ruhig?" fragte einer der älteren Krieger, während er seinen Blick prüfend über die Oase schweifen ließ.

"Kein Zeichen von Feinden," antwortete Orm. "Die Oase gehört uns ganz allein."

Die Karawane hielt am Rand der Oase. Einige der Männer füllten die Trinkbeutel, während die übrigen jetzt die Tiere zurückhielten. Andere streckten nur stöhnend die schmerzenden Glieder, andere gingen sofort zum Wasser, um ihre ausgedörrten Kehlen zu kühlen. Ein paar Tiere stießen kehlige, zufriedene Laute aus, als sie sich niederließen.

"Wasser! Endlich Wasser!" rief einer der Männer und ließ sich direkt in den Teich fallen.

Als es dunkel wurde hatte die eingetroffene Karawane sich eingerichtet. Die Männer waren froh gewesen ein Bad nehmen zu können. Etwas, was ihnen in den vergangenen Tagen wie Luxus durch ihre Köpfe gegangen war. Die Tiere waren versorgt und vier Wachen sicherten die Oase vor unerwarteten Besuchern … auch wenn niemand wirklich damit rechnete, hier gestört zu werden. Die Erfahrung jedoch hatte die Asen vorsichtig werden lassen.

Einige der Männer entfachten ein kleines Feuer, um getrocknetes Fleisch und Datteln zu einer nahrhaften Mahlzeit zu verarbeiten. Der Duft von geröstetem Fladenbrot mischte sich mit der schweren, warmen Luft der Oase. Die Reisegruppe genoss diese Zeit, in der sie endlich Wasser genug hatten und einen Ort, an dem sie sich erholen konnten, von den Strapazen der vergangenen Zeit. Man würde zwar nicht lange hier verweilen aber schon ein einziger Tag der Ruhe und Erholung war wertvoll und überaus willkommen.

Mit den ersten Strahlen der Morgensonne wurde die Karawane wieder mobil. Trinkschläuche wurden gefüllt, Tragsättel festgezurrt und schon bald setzte sich die Gruppe in Bewegung.

Die Wüste erstreckte sich vor ihnen, ein endloses Meer aus Sanddünen und Ebenen. Die Luft war kühl am Morgen, doch mit jeder Stunde stieg die Temperatur, bis die Sonne wieder mit voller Wucht, gnadenlos auf sie niederbrannte.

Die Tage vergingen in einem endlosen Rhythmus von Marsch und Rast. Sie folgten trockenen ihren Karten, orientierten sich dabei am Stand der Sonne oder an den Sternbildern, suchten am Abend den Schutz seltener Felsformationen, wo die Hitze etwas erträglicher war. Manchmal wehte der Wind Sand über ihre Spuren, als wollte die Wüste selbst ihre Existenz verschlingen.

Die Nächte waren kühl, fast eisig. Der Himmel, ein unendliches schwarzes Tuch, übersät mit funkelnden Sternen, spannte sich über das Lager. Die Gespräche wurden leiser, die Geschichten am Feuer kürzer. Jeder wusste, dass der nächste Tag erneut von Staub und Entbehrung geprägt sein würde. Man suchte den Schlaf, der Erholung.

Doch langsam, fast unmerklich, begann sich die Landschaft zu wandeln. Die Sanddünen wurden seltener, das trockene, rissige Erdreich wich festeren Böden. Kleine Sträucher tauchten auf, dann vereinzelte Akazien mit knorrigen Ästen, die sich gegen den Himmel reckten.

"Sieh nur," murmelte Hela eines Morgens und deutete auf den Horizont. Orm folgte ihrem Blick. Weit entfernt, in der zitternden Hitze, ragten Bäume auf … nicht die spärlichen, krüppeligen Gewächse der Wüste, sondern hohe, majestätische Silhouetten. Die Wüste lag endlich hinter ihnen. Sie hatten die Savanne erreicht.

Die Karawane der Asen zog gemächlich durch die weite, goldene Savanne, die sich in alle Richtungen bis zum Horizont erstreckte. Die sengende Sonne stand bereits tief, tauchte den Himmel in ein feuriges Orange und warf lange Schatten über die flimmernde Steppe. In der Ferne zeichnete sich das bekannte Eingeborenendorf ab, ein Flecken von einfachen, runden Lehmhütten mit Strohdächern, umgeben von kleinen Feldern und dichten Akazienhainen.

Orm ging an der Spitze der Gruppe, die Hand auf dem Griff seines Schwertes. Neben ihm ging Hela. Ihre Blicke waren aufmerksam auf die Umgebung gerichtet. "Denkst du, sie werden uns noch erkennen?" fragte Orm.

Hela schnaubte leise. "Natürlich. Es ist noch nicht lange her, dass wir hier waren. Und unser Anblick ist nicht leicht zu vergessen. Zudem kommen hier nur sehr selten Reisende vorüber. Wir selbst haben das Dorf damals auch nur durch Zufall gefunden. Eigentlich sollten wir freundlich begrüßt werden. Wir haben uns in gutem Einvernehmen verabschiedet."

Tatsächlich regte sich am Rande des Dorfes bald Bewegung. Männer, Frauen und Kinder eilten herbei, manche riefen freudig, andere schwenkten die Arme, um die Ankömmlinge willkommen zu heißen. Der Dorfälteste, ein hochgewachsener, schmaler Mann mit grauem Bart und leuchtenden Augen, trat aus der Menge und breitete die Arme aus. "Freunde aus dem fernen Norden! Die Asen kehren zurück in unser Dorf. Willkommen, Freunde, willkommen."

Ein Lächeln huschte über Helas Gesicht. Die Asen hielten in der Mitte des Dorfes an. Sie wurden umringt und begrüßt, Hände klopften auf Schultern, Kinder liefen neugierig zwischen den großen Kriegern hindurch. Hela lachte leise, als eine alte Frau ihr eine Schale mit frischer Milch reichte.

Am Abend versammelten sich alle um ein großes Feuer. Die Sterne funkelten über der weiten Savanne, während Fleisch brutzelte und Stimmen miteinander verwoben wurden. Nach einigen Tauschgeschäften, freundschaftlichen Gesprächen und einem Becher fermentiertem Palmwein wurde der Ton des Abends ernster. Der Dorfälteste, mit dem Namen Kwale, räusperte sich und sprach mit dunkler Stimme: "Freunde, es freut mich, euch wiederzusehen. Doch unsere Freude wird von einer Gefahr überschattet. Ein Dämon in Gestalt eines Elefanten treibt sein Unwesen. Jede Nacht kommt er aus dem Dunkel, zertritt unsere Felder, reißt Hütten ein. Unsere Jäger haben ihn zu fassen versucht, doch er ist schlauer als ein gewöhnliches Tier ... und grausamer."

Ein Murmeln ging durch die Reihen. Hela zog fröstelnd ihr Fell enger um die Schultern. Der Glaube an Dämonen und böse Geister war bei den

Naturvölkern dieser Region enorm tief verwurzelt. Weit mehr, als der Götterglaube anderer Völker, die weiter im Norden lebten. "Morgen", fuhr Kwale fort, "werden wir ihn jagen und ihm ein Ende bereiten. Dann ist unser Dorf frei von diesem Dämonen der Finsternis."

Hela tauschte einen Blick mit Orm. Dieser nickte nur kurz. Dann sprach er Kwale leise an. "Wir werden euch helfen. Die Asen gehen mit auf diese Jagd. Ihr habt uns Nahrung und Sicherheit geboten, nun ist es an uns, dieses Geschenk zu vergelten. Das ist eine Frage der Ehre."

Die Dorfbewohner atmeten erleichtert auf. "Das ist eine große Ehre für uns", sagte Kwale. "Die starken Krieger der Asen sind uns willkommen, bei dieser Jagd ... und wir sind dankbar, für eure Hilfe."

Doch die Nacht hatte eigene Pläne. Ein markerschütterndes Trompeten riss das Dorf aus dem Schlaf. Olov sprang auf, tastete nach seinem Schwert. Schreie, Rufe und das Stampfen schwerer Füße hallten durch die Dunkelheit.

"Er ist hier!" brüllte einer der eingeborenen Jäger, in purer Panik. "Der Dämon ist zu uns gekommen. Er ist rasend, vor Wut ... Er wird uns alle töten und das Dorf zerstören."

Die Asen stürzten aus ihren Unterkünften. Im Feuerschein war er zu sehen ... ein gigantischer Elefant mit zerschlissenen Ohren, vernarbter Haut und wild glühenden Augen. Seine langen, zerkratzten Stoßzähne glänzten wie verfluchtes Elfenbein. Mit brutaler Wucht rammte er einen Getreidespeicher, der krachend zusammenbrach.

"Auf ihn!" schrie Orm und riss seinen Speer hoch. Die Krieger der Asen formierten sich. Jäger des Dorfes umkreisten das Tier, riefen laut, warfen Fackeln, um es zu verwirren. Doch das Ungetüm war unbeeindruckt, von dem Feuer. Es schien, als wenn das Tier keine Furcht haben würde. Es stürmte vorwärts, seine mächtigen Beine zermalmten alles auf ihrem Weg.

Orm duckte sich, als der Elefant mit dem Rüssel nach ihm schlug. Ein Jäger der Eingeborenen wurde erfasst, flog durch die Luft und landete mit einem furchtbaren Geräusch auf dem harten Boden, das von brechenden Knochen kündete. Nur einen Moment später trampelte das

Tier auf dem gestürzten Jäger herum und verwandelte ihn in eine blutige Masse.

Orm stieß mit seinem Speer nach der Flanke des Tieres, doch die dicke Haut ließ kaum eine ernsthafte Wunde zu. Das Tier tanzte regelrecht inmitten des Kreises aus Kriegern und Jägern. Wer sich ihm zu weit näherte, der wurde gezielt angegriffen. Ein weiterer der Eingeborenen ging zu Boden und das Tier trat gezielt auf den Kopf des Mannes.

"Seine Beine!" rief Kwale verzweifelt. "Trefft seine Beine! Wir müssen ihn daran hindern sich zu bewegen, sonst entkommt er und sucht uns bald wieder auf."

Hela, flink wie ein Schatten, zog ihren Dolch und schlich sich von der Seite an. Sie wollte die Beinsehnen des Tieres durchschneiden. Doch ein plötzlicher Windstoß vom schlagenden Ohr des Elefanten ließ sie zurücktaumeln.

Das Tier bäumte sich auf. Die Erde erzitterte. Dann stürzte es heran, wie eine Lawine ... direkt auf einen Krieger der Asen zu.

Mit einem verzweifelten Schrei sprang Orm vor, rammte seinen Speer in das weiche Fleisch hinter dem Vorderbein. Der Elefant brüllte, taumelte, doch er fiel nicht. Blut sickerte auf den staubigen Boden.

Der Kampf tobte weiter. Speere flogen, Klingen blitzten auf. Jeder Atemzug war ein Kampf ums Überleben. Dann gelang es Orm, auf den Rücken des Elefanten zu springen. Mit aller Kraft rammte er seine Speerklinge in den Nacken des Tieres. Ein Schrei, wild, animalisch und voller Schmerz, dröhnte laut durch die Nacht. Der Elefant schwankte, schnaubte, schlug mit dem Rüssel um sich. Doch die Kraft verließ ihn.

Mit einem letzten, donnernden und nahezu trotzigen Aufstampfen seiner Füße sackte das gewaltige Tier in sich zusammen. Dann war Stille.

Der Staub legte sich. Die Krieger standen keuchend da, manche verletzt, andere unversehrt, aber erschöpft. Kwale trat näher, betrachtete das erlegte Tier mit einer Mischung aus Ehrfurcht und Trauer.

Er hob seine Arme, zum Nachthimmel empor. Seine Stimme war voller Triumph. "Der Dämon ist gefallen. Die Götter haben uns die Asen gesendet, um den Elefantendämon zu besiegen! Lob, Ehre und Dank sei den Göttern und den mächtigen Kriegern der Asen." Ein leises Raunen ging durch die Menge.

Die Asen wussten, dass dieser Sieg einen Preis gefordert hatte. Doch das Dorf war gerettet. Langsam wurden die ersten Klagerufe laut, mit denen die Eingeborenen ihre Toten betrauerten.

Am nächsten Morgen brach die Karawane wieder auf, die Savanne hinter sich lassend, den Dschungel noch viele Tage von sich entfernt. Ein neues Kapitel ihrer Reise begann. Wieder waren sie der Heimat ein Stück näher gekommen … und die Distanz verringerte sich, mit jedem ihrer Schritte.

Die Tage in der endlosen Weite der Savanne verstrichen langsam, während die Asen ihre Reise fortsetzten. Der Himmel spannte sich weit und wolkenlos über ihnen, die Sonne brannte gnadenlos auf die goldene Graslandschaft herab. Die Erde war hart und trocken, rissig von der Hitze des Tages, doch nachts kühlte sie ab, und kalte Winde strichen über das Land.

Jeden Morgen brachen sie mit der Dämmerung auf, wenn die Luft noch frisch war und der Tau wie ein silberner Schleier auf den Halmen glitzerte. Die Tiere der Savanne erwachten langsam ... Zebras schnaubten in der Ferne, Antilopen sprangen leichtfüßig über das Gras, und Löwen zogen sich mit trägen Blicken in den Schatten zurück, nachdem sie in der Nacht gejagt hatten.

Die Karawane zog stetig nach Südwesten, vorbei an verstreuten Akazien und dornigen Sträuchern. Stets waren sie wachsam, um nicht Mensch oder Tier an die Raubtiere der Savanne zu verlieren. Die Reise war beschwerlich. Die Sonne brannte unbarmherzig, und Wasser wurde kostbar. Immer wieder suchten sie nach Flüssen oder verborgenen Wasserlöchern, die auf ihren Karten verzeichnet waren. Manchmal fanden sie nur verdorrte Plätze, aus denen die Hitze jede Spur von Feuchtigkeit gesogen hatte.

Nachts saßen sie um kleine Feuer, erzählten sich leise Geschichten oder schwiegen einfach und lauschten den Lauten der Wildnis. In der Ferne riefen Hyänen, und ab und zu vernahmen sie auch das Brüllen von Löwen, die auf der Jagd waren. Stets sicherten wachsame Krieger die Nachtlager ab.

Tag um Tag kämpften sie sich weiter, bis schließlich die Landschaft begann, sich zu verändern. Das hohe Gras wurde dichter, die Bäume zahlreicher. Die Luft war feuchter, und am Horizont erhoben sich dunkle, gewaltige Baumriesen.

Dann, an einem frühen Morgen, erreichten sie die ersten Ausläufer des Urwalds. Die Schatten der Bäume fielen kühl und tief auf den Boden, und die vielen Geräusche des Dschungels waren völlig anders als die der Savanne.

Erleichterung machte sich bei den Asen breit. Jetzt, wo sie den Urwald endlich erreicht hatten, befanden sie sich schon relativ nahe ihres Zieles. Es würde noch eine Weile dauern, bis man Asengard erreichte aber dieser Teil ihrer Reise war der letzte Teil.

Wenn sie erst das Dorf der Flussbewohner erreichten, dann war es nur noch ein kurzer Weg, bis nach Asengard. Kurz zumindest gemessen an der Entfernung, die sie bisher von Swenu zurückgelegt hatten.

Bereits nach wenigen Tagen hatten sie das Dorf am Flussufer erreicht, wo sie freundlich von den dortigen Eingeborenen empfangen wurden. Drei Tage rasteten sie hier, gingen mit den hiesigen Eingeborenen zusammen auf die Jagd und erholten sich. Das letzte der Dromedare wurde geschlachtet, es hatte sich in der Savanne verletzt. Es war in ein verborgenes Erdloch getreten und lahmte seitdem sichtlich. Die anderen Dromedare waren bereits vorher geschlachtet worden, Die Asen sahen keine echte Verwendung in den Tieren, die im Urwald nur einen sehr begrenzten Zweck erfüllen konnten. So waren nun aus diesen Tieren der Wüstenregion letztlich nur Nahrungslieferanten geworden. Keiner der Asen trauerte wirklich um die Dromedare, mit denen sie nur schwer zurecht kamen und die zudem noch störrisch gewesen waren.

Als die zeit der Aufbruchs kam verabschiedeten die Dorfbewohner die Asen mit den besten Wünschen, für ihren weiteren Weg. Man würde sich irgendwann wiedersehen.

Jetzt brach die letzte Etappe der reise an. Bald schon würden die Asen zurück sein, in ihrer Heimatstadt. Man war frohgemut und teils fast schon sorglos.

7.

Das Leben in Asengard

Ephimos und Skald standen auf einem der neu angelegten Wege, der als Hauptverkehrsweg die Stadt durchzog. Obwohl die Fertigstellung des Kiesbelages auf dem Weg noch nicht lange zurücklag war doch deutlich zu sehen, wie der Weg bereits in Mitleidenschaft gezogen wurde. Die einfachen Handkarren, die zumeist von den Feldarbeitern gezogen worden waren, hatten tiefe Rinnen hinterlassen, die von den Rädern stammten. Auch war klar erkennbar, wo sich die meisten Menschen auf dem Weg bewegt hatten. Ephimos betrachtete den Weg mit Missfallen.

Tatsächlich hatte der erste Versuch, einige der Wege mit Kies zu stabilisieren, nur mäßigen Erfolg gebracht. Der Boden blieb fester als zuvor, doch an stark frequentierten Stellen wurde der Kies bald weggespült oder in den Schlamm gedrückt, wenn es regnete. Für die Hauptverkehrswege war dies also nicht die beste Lösung. Ephimos strich sich über das Kinn, sein Blick wanderte zu den stabilen Mauern der Vorratsgebäude, deren Fundament aus gebrannten Ziegelsteinen bestand.

"Ziegel", murmelte er schließlich leise und deutete dann auf den Weg, was ihm von Skald ein Stirnrunzeln einbrachte. "Was für Ziegel?" Skald folgte seinem Blick.

"Gebrannte Ziegel, Skald. Wenn wir die Hauptwege und Plätze der Stadt damit pflastern, haben wir eine dauerhafte Lösung, die weit besser ist, als Kies. Sie sind fest, widerstandsfähig gegen Wasser und lassen sich leicht ersetzen. Zudem lässt sich das Bauvorhaben so auch sehr viel schneller realisieren, als wenn wir die Straßen von Asengard mit Steinen pflastern würden … etwas, das wir in der Zukunft immer noch umsetzen können, wenn wir es für richtig halten."

Skalds Augen leuchteten auf. „Und die Lehmgruben am Bachlauf liefern uns das Material!"

Sie machten sich sogleich ans Werk und planten die Neugestaltung der Wege. Unter der Aufsicht von Ephimos wurden zwei weitere Brennöfen errichtet, in denen Lehm zu harten, widerstandsfähigen Steinen gebrannt wurde. Zugleich waren bereits Männer damit beschäftigt, den Kiesbelag der Wege zu entfernen und den Aushub zu vertiefen.Der Kies sollte später als Fundament für die Ziegel genutzt werden. Bald darauf begann die Pflasterung der Hauptstraßen. Die ersten fertiggestellten Abschnitte bewiesen ihren Wert schnell ... der Regen perlte über die ebenen Steine ab, die Wege blieben auch nach starkem Regen fest und begehbar.

Ephimos stand vor König Baldur und breitete eine grob skizzierte Zeichnung aus, die er mit Holzkohle auf gegerbtes Leder gezeichnet hatte. Sie zeigte ein großes, rechteckiges Gebäude mit mehreren Räumen, Becken und einem hohen Turm an einer Seite. Fürstin Omoru stand dicht neben Baldur und verfolgte das Gespräch aufmerksam. Baldur und Omoru waren in den vergangenen Monden nur selten ohne den anderen zu sehen. Ephimos schätzte die Fürstin sehr. Sie hatte einen klaren Verstand, den sie auch einzusetzen gewillt war und zog eigene Schlüsse, wenn nötig.

"Baldur, mein Freund und König, Asengard wächst und mit ihr auch die Bedürfnisse ihrer Bewohner", begann Ephimos. "Wir haben die Straßen befestigt, doch eine Stadt braucht mehr als nur feste Wege. Sie braucht einen Ort der Reinigung und Erholung. Ich schlage vor, ein Badehaus zu errichten."

Baldur zog eine Braue hoch und betrachtete die Zeichnung nachdenklich. "Ein Badehaus? Ich habe derartiges schon gesehen und in der Vergangenheit auch selbst aufgesucht ... Aber denkst du, wir brauchen so etwas hier wirklich?"

"Ja", fuhr Ephimos fort und nickte nachdrücklich. "Ich habe bereits in Persepolis eines gebaut. Dort versammeln sich die Menschen nicht nur zum Baden, sondern auch zum Austausch von Neuigkeiten und zum Verhandeln von Geschäften. Ein solches Haus würde nicht nur der Gesundheit dienen, sondern auch unsere Gemeinschaft stärken. Es ist ein einfacher Weg, den Leuten einen Ort zu bieten, an dem sie sich entspannen können und sich zudem mit anderen unterhalten. Ideen und Neuigkeiten werden so auf einfachem Wege ausgetauscht."

Omoru beugte sich vor und studierte die Zeichnung aufmerksam. Baldur ließ seinen Blick über die Skizze wandern. "Und wie soll das Wasser herangeschafft werden, Ephimos? Wir werden dazu eine Menge Wasser benötigen … Jeden Tag."

"Auch dafür habe ich eine Lösung, Baldur." Ephimos grinste und deutete dann auf den gezeichneten Turm, neben dem Badehaus. "Wir graben einen tiefen Brunnen direkt daneben. Eine Pumpe wird das Wasser heraufziehen, angetrieben von einem Windrad, auf dem Dach des Turmes. So haben wir stets frisches Wasser für die Becken und für ein kleines Dampfbad, wenn wir einen Teil davon erhitzen. Ich habe so etwas bereits einmal erbaut und bin mir sicher, wir können das auch hier tun."

Baldur schwieg einen Moment, dann ließ er den Blick über seine Stadt schweifen. Asengard und dessen Bevölkerung war in den letzten Jahren gewachsen und mit den neuen gepflasterten Straßen begann es tatsächlich, wie eine Stadt zu wirken. Ein Badehaus … ein Ort der Kultur und des Wohlstands ... wäre ein weiterer Schritt auf diesem Weg.

Baldur überlegte kurz. Schließlich nickte er. "Gut. Beginne mit den Vorbereitungen. Wähle einen geeigneten Platz und sorge dafür, dass der Brunnen tief genug gegraben wird. Asengard soll also ein Badehaus haben … und es soll eines sein, das man in den kommenden Jahren bestaunen wird. Ich persönlich würde vorschlagen, das Badehaus dicht neben unserer Verwaltung zu erbauen. Dort ist noch viel Platz."

Ephimos lächelte. Die Stadt machte Fortschritte. Aus dem Augenwinkel sah er wie Omoru bestätigend nickte. Hocherfreut lächelte er. Ephimos schätzte den wachen Geist der Fürstin sehr. Sie besaß eine Weitsicht, die er nur selten erlebt hatte.

Die Nächte in Asengard waren still, nur der Wind strich über die Mauern der Festung und ließ die Fackeln an den Wänden leicht flackern. In den oberen Gemächern, fernab vom geschäftigen Treiben der Stadt, saß Olov an einem schweren Holztisch, als ein leises Klopfen an seiner Tür erklang. Er wusste bereits, wer es war. Er erwartete Jasamin.

Er erhob sich und öffnete. Sie stand vor ihm, gehüllt in ein dunkles Tuch, das ihre feinen Gewänder vor neugierigen Blicken verbarg. Doch ihre Augen leuchteten in der Dunkelheit und als er sie ansah, huschte ein Lächeln über ihre Lippen. "Darf ich eintreten, Olov?"

Olov trat wortlos zur Seite, und sie glitt an ihm vorbei in das Halbdunkel seines Gemachs. Die Luft war erfüllt von dem leichten Duft von Öl und brennendem Holz. Er schloss die Tür hinter ihr, lauschte einen Moment den Geräuschen des Flures, doch niemand war dort.

Als er sich umwandte, hatte Jasamin ihr Tuch bereits gelöst. Es fiel in sanften Wellen zu Boden und darunter schimmerte ihr Gewand im Schein der Kerzen. Sie musterte ihn mit einem Ausdruck, den er mittlerweile so gut kannte ... einer Mischung aus Zuneigung, lustvollem Verlangen und einer unausgesprochenen Sehnsucht, die sich von Mal zu Mal vertiefte.

Sie schaute auf den bauchigen Metkrug und die beiden becher, die auf der Tischplatte standen. "Du hast mich erwartet", stellte sie leise fest.

Er trat näher, seine Hand glitt sanft über ihren Arm, spürte die Wärme ihrer Haut durch den dünnen Stoff. "Ich hoffe immer darauf, dich sehen zu können … davon abgesehen hatte wir vereinbart, dass du heute zu mir kommst. Ich hatte gehofft, wir könnten zusammen ein wenig Met trinken und es uns gemütlich machen."

Sie lächelte, trat an ihn heran und legte ihre Hände sanft auf seine Brust. "Dann enttäusche ich dich heute nicht." Sie kicherte leise. "Ich habe mich schon den ganzen Tag auf den Abend, zusammen mit dir, gefreut."

Langsam, beinahe zögerlich, lehnte sie sich gegen ihn und er spürte, wie ihr Atem seine Haut streifte. In den letzten Wochen waren sie sich immer nähergekommen, hatten aus vorsichtigen Berührungen eine Vertrautheit wachsen lassen, die nun fast greifbar zwischen ihnen stand. Die erste nacht, als sie bei ihm übernachtet hatte, war der Auslöser für eine Beziehung gewesen, in der sie sich beide hemmungslos ihrer Lust hingaben, sooft sie die Möglichkeit dazu fanden.

Seine Finger fanden ihren Nacken, strichen durch ihr Haar, während sie ihn ansah ... mit einem Blick, der keine Worte brauchte. Pure Lust und Leidenschaft sprühte geradezu aus ihren Augen. Sie seufzte zufrieden und schmiegte dann ihren Kapf an ihn. Ihr Kopf ruhte gegen seine Schulter und für einen Moment blieb sie einfach so stehen, als wollte sie sich seiner bloßen Anwesenheit vergewissern. "Ich habe dich vermisst", murmelte sie schließlich. "Am meisten vermisse ich dich, wenn ich nachts alleine einschlafe oder am Morgen alleine aufwache."

Er schloss die Augen, ließ die Worte in sich einsinken und genoss den Moment ihrer Nähe. Er hatte sie ebenfalls vermisst ... weit mehr, als er zugeben wollte.

Sie löste sich leicht von ihm, hob den Blick und strich mit ihren Fingern zärtlich über seine Wange, dann über seinen Hals, seine Schultern. Ihre Bewegungen waren langsam, als wollte sie sich nun einen jeden Moment einprägen. Er ließ es zu, genoss es und sah zugleich ihren fordernden Blick. Beide wussten, was heute Nacht geschehen würde, fieberten dem bereits entgegen.

Er nahm den Metkrug und die Becher, schritt dann zu der Terrasse, während sie sich an seinem Arm einhakte. Langsam führte er sie zur Sitzbank, auf der Terrasse, die Jasamin so sehr schätzte. Jasamin ließ sich nieder, zog ihn mit sich, bis er neben ihr saß. Ihre Finger spielten mit dem Schloss seines Gürtels, lösten es behutsam aber schon fast hektisch, während er ihre Bewegungen beobachtete. Sie war sichtlich ungeduldig, ließ sich aber trotzdem Zeit, als wäre jeder Moment kostbar. Zugleich gab sie dem Moment damit eine Spannung, die ihn fast nach Atem ringen ließ.

"Du bist warm", flüsterte sie und legte eine Hand auf seine Brust, die nun entblößt war. Er erwiderte nichts, sondern beugte sich vor, strich mit den Lippen über ihre Stirn, dann über ihre Wange. Ihre Haut war weich, duftete nach den Ölen, die sie benutzte und er ließ seine Finger über ihre Arme gleiten, über ihre Schultern.

Jasamin schloss die Augen, lehnte sich in seine Berührungen. Ihr Atem wurde tiefer, verlangender. Sie sog seine Nähe auf, als könnte sie sich daran satt trinken. Es war nicht das erste Mal, dass sie sich so nahe waren, und doch schien jeder dieser Momente neu ... anders, intensiver.

Er spürte, wie ihre Hände über seinen Rücken glitten, wie sie sich noch näher an ihn heran schmiegte, ihren Kopf gegen seinen legte. Für einen Moment verharrten sie so, lauschten nur dem Atem des anderen und den fernen Vogelrufen des Urwaldes.

Dann bewegte sie sich wieder, zog ihn ein Stück mit sich, bis sie sich auf die Polster sinken ließ und ihn mit sich zog. Er folgte ihr, ließ sich von ihrem Blick leiten, der voller Verlangen war, aber auch voller Vertrauen.

Seine Hand glitt über ihren Arm, dann weiter über ihre Taille, zog sie noch näher zu sich. Ihre Beine hoben sich etwas und umklammerten ihn, als er nun dazwischen lag.

Jasamin zitterte leicht unter seinen Berührungen, aber nicht vor Kälte, sondern vor mühsam unterdrücktem Verlangen. "Olov …" Ihr Flüstern war kaum mehr als ein Hauch, glich fast einem Seufzen.

Er sah sie an, strich mit dem Daumen sanft über ihre Wange. "Ja?" Sie lächelte, schüttelte den Kopf, sagte nichts. Stattdessen zog sie ihn weiter zu sich, schloss die Augen, als ihre Lippen sich fanden. Ihre Küsse waren langsam, forschend, dann fordernder, als sich das Verlangen zwischen ihnen steigerte. Ihre Finger vergruben sich in seinen Haaren, während er ihre Wange, dann ihren Hals küsste.

Er konnte fühlen, wie sehr sie sich nach ihm sehnte, konnte es in jedem Zittern ihrer Haut spüren, in der Art, wie sie jetzt seine Berührungen erwiderte. Jasamin hielt ihn fest, als wolle sie ihn nie wieder loslassen. In diesen Moment wollte auch er nichts anderes als genau das. Diesen Augenblick, zusammen mit ihr genießen, diese Nähe, die ihnen allein gehörte.

Seine Hände glitten über ihren Körper, streiften die Träger ihres Kleides herab und streichelten dann ihre aufgerichteten Brustwarzen, Sie schloss ihre Augen, stöhnte ihm ihre Lust und ihr Verlangen ins Ohr. Dann griff sie nach unten, löste hektisch sein Lendentuch und tastete nach seinem Penis, der bereits hart und steil aufgerichtet war. Ihre kundigen Hände umfassten seinen Penis und begannen ihn zu reiben. Olov stöhnte leise. Er mochte es gerne, wenn sie das tat … und ihr war das bewusst, ja sie genoss es fast ebenso, wenn sie ihn damit zum Orgasmus bringen konnte, was für sie ein ganz besonderes Gefühl war.

Hektisch zog sie ihr Kleid hoch und dirigierte seinen Penis zu ihren Schamlippen, auf denen bereits einzelne Tropfen davon kündeten, wie erregt sie war. Sie knabberte sanft an seinem Ohr. "Jetzt und hier, Olov. Ich halte es nicht mehr aus. Ich brauche es heute besonders dringend. Ich will deinen Schwanz in mir spüren … Komm und spritz deinen Samen in mich. Schiebe deinen Schwanz in mich und stoße mich endlich, sonst werde ich noch wahnsinnig vor Verlangen."

Er rückte ein wenig höher und drückte seinen harten Penis zwischen ihre Schamlippen, die nass vor Lustfeuchtigkeit waren. Nahezu wie von alleine glitt er in sie hinein. Jasamin warf ihren Kopf zurück und keuchte lustvoll. Sie klammerte sich, mit beiden Händen, an seine Schultern und bockte ihm ihr Becken entgegen, als er langsam anfing sie zu stoßen.

Ihre Augen waren weit aufgerissen. "Stoße schneller, Olov … fester und tiefer. Ich will dich ganz und gar in mir haben … JA! So ist es gut … JA! JA! JA! … Ihr Götter, was hast du nur für einen Schwanz! Du machst das so gut, Olov … Schiebe ihn mir ganz tief hinein … Benutze mich, mein liebster. Nehme dir, was du brauchst und was du willst … GÖTTER! Ich komme gleich! Stoße härter zu, Olov … schneller … fester … JAAA! So will ich es haben … JA! JA!"

Olov kannte das schon von ihr. Es gab Tage, da trieben sie es viermal oder sogar noch öfter, wenn sie die Möglichkeit dazu hatten. Jasamin war wie eine Droge für ihn. Sie vollbrachte es, ihn innerhalb kürzester Zeit zum Orgasmus zu bringen, wenn sie das wollte. Manchmal wollte sie Zeit dabei haben aber meistens war es so, dass sie es vorzog am Anfang schnell von ihm genommen zu werden. Danach war sie ausgeglichener aber noch nicht gänzlich befriedigt. Er konnte sich nicht erinnern, das sie sich jemals nur mit einem einzigen Orgasmus zufrieden gegeben hätte.

Für Jasamin andererseits war Olov der Partner, mit dem sie ihre Lust so ausleben konnte, wie ihr Körper und Geist es verlangten. Jasamin hatte schon viele Männer in ihrem Leben gehabt … aber Olov schien ihr bei weitem als der beste Liebhaber, den sie jemals hatte. Er konnte immer seinen Liebesdienst an ihr tun, wenn es sie danach verlangte und seine Bestückung war geradezu perfekt, in den Augen von Jasamin.

Sie wand sich unter ihm und gab unkontrollierte laute der Lust von sich. Jetzt war es soweit. Sie spürte den ersehnten Augenblick des Orgasmus heraufziehen. Jasamin klammerte sich noch fester an die Schultern von Olov. Sie stieß ihm ihren Unterleib entgegen und feuerte ihn noch mehr an. "Ich bin gleich so weit, mein liebster … ein ganz klein wenig noch. Komm und stoße mich, mit deinem Prachtschwanz. Tiefer, mein Liebster … fester! Spritz mir deine Sahne tief hinein … komm und besame mich, füll mich ab … JA! So ist es gut! … Olov … OLOV … JAAAAAAAA! Ich komme!"

Olov hatte das Gefühl, als wenn Jasamin ihn mit ihrer Luströhre melken würde. Nur mit Mühe hielt er sich noch zurück. Als sie schreiend unter ihm kam und sich ihr ganzer Körper zuckend aufbäumte war es auch um ihn geschehen. Laut aufstöhnend spritzte er sein Sperma in sie hinein.

Für Jasamin war das Gefühl, ihn tief in sich spritzen zu fühlen, der Auslöser für einen weiteren, wenn auch kleineren Höhepunkt. Sie spürte, wie sein Schwanz tief in ihr zuckte und geradezu Unmengen an Sperma verspritzte. Lustvoll stöhnend krallte sie sich mit ihren Fingernägeln an seinen Schultern fest, während er immer neue Schübe seines Samens in sie pumpte. Dann sackte Olov über ihr zusammen. Die beiden keuchten atemlos, als die Gefühle ihrer soeben erlebten, heftigen Orgasmen jetzt langsam nachließen. Jasamin küsste Olov sanft auf seine Stirn. "Das war unglaublich, Olov … Ich bin schon den ganzen Tag über wie berauscht vor Lust und Vorfreude gewesen. Ihr Götter, so dringend habe ich es schon lange nicht mehr benötigt." Sie lachte leise und küsste ihn erneut.

Olov hatte immer noch Mühe, seinen Atem wieder zu beruhigen. Sie hauchte ihm einen Kuss auf seine Lippen und lächelte glücklich. "Jetzt würde ich gerne den einen oder anderen Becher Met mit dir trinken Olov. Ein ganz klein wenig Erholung wird uns beiden gut tun." Sie grinste ihn an. "Und danach, mein liebster … danach sollst du mich in dein Bett bringen und dort den Restlichen Abend über, immer und immer wieder besteigen." Sie lachte leise und klimperte mit ihren langen Wimpern.

Olov schmunzelte. Es würde wohl ein langer Abend werden … Wieder einmal. Zumindest war dies eine Forderung, der er gerne nachkam. Er setzte sich auf und schenkte die beiden Becher mit Met voll. Während sie tranken schweiften seine Gedanken kurz ab, als er seinen Blick über die schlafende Stadt schweifen ließ. Vieles hatte sich in den vergangenen Monden gewandelt und voraussichtlich würde es auch noch weitere Veränderungen geben. Wenn er daran dachte, was sie hier bislang, in dieser unberührten Wildnis des Urwaldes erschaffen hatten und wie sich dabei auch sein Leben verändert hatte, so konnte er es kaum erwarten, was das Schicksal und die Götter wohl noch alles geplant haben würden.

Er wandte sich Jasamin zu, die ebenso gedankenverloren über die Stadt blickte. Gerne würde er wissen, was sie in diesem Moment gerade dachte.

Die Beziehung zwischen König Baldur und Fürstin Omoru war längst kein Geheimnis mehr für jene, die mit wachen Augen durch Asengard wandelten. Wo er war, war sie nicht fern und wo sie erschien, ruhte sein Blick voller Stolz und Zuneigung auf ihr. Doch es war mehr als nur ein Flirt, mehr als ein bloßes Vergnügen zweier Menschen, die Gefallen aneinander gefunden hatten. Mit jeder Woche wurde ihr Band fester, ihre Nähe vertrauter.

Fürstin Omoru hatte Baldur in einer Weise berührt, die er nicht für möglich gehalten hatte. Er war ein Mann, der vieles gesehen, vieles erobert und ebenso vieles verloren hatte. Doch in ihrer Gegenwart fühlte er sich nicht wie ein gealterter Krieger oder ein Herrscher, der stets Lasten auf seinen Schultern trug. Nein ... in ihrer Nähe erwachte in ihm eine Lebenskraft, wie er sie seit Jahren nicht mehr verspürt hatte. Ein zweiter Frühling, wie es die alten Weisen nannten. In ihr hatte er etwas gefunden, von dem er nicht gedacht hätte, es jemals zu erlangen.

Omoru hatte ihr Herz längst an ihn verloren. Sie, die kluge, stolze und unabhängige Fürstin, die ihr Leben lang darauf bedacht gewesen war, mit Bedacht zu wählen und abzuwägen, hatte sich ihm mit ganzer Seele verschrieben. Jeder Moment ohne ihn fühlte sich unvollständig an, jede Nacht ohne seine Wärme endlos und leer. Sie war erfüllt von einer Sehnsucht nach ihm, die über bloße Zuneigung hinausging. Körperlich wie geistig fand sie in ihm einen Partner, der sie herausforderte, der sie verstand ... und der sie begehrte, so wie sie auch ihn mit einer schier unglaublichen Intensität begehrte.

So war es nur eine Frage der Zeit, bis sie gemeinsam beschlossen, ihre Verbindung öffentlich zu machen. Es geschah an einem ruhigen Abend in Baldurs Gemächern. Ein Windstoß ließ die Kerzen an den Wänden tanzen, während Baldur mit Omoru am Tisch saß, ein Krug mit dunklem Met zwischen ihnen. Die Gespräche, die sie führten, waren vertraut und gelöst, doch irgendwann fiel das Thema auf das, was schon längst unausweichlich war.

Omoru legte ihre Hand auf seine. "Baldur, wir wissen beide, dass unsere Liebe nicht unbemerkt geblieben ist. Die Menschen sehen uns, sie wissen um das, was zwischen uns ist. Ist es nicht an der Zeit, wenn wir das auch offen eingestehen? "

Er sah sie an, seine Finger umschlossen ihre. "Und es stört sie nicht", ergänzte er mit einem leichten Lächeln. "Vielmehr glaube ich, dass die Leute des Clans dich längst als eine von ihnen betrachten."

Das war wahr. Omoru war unter den Bewohnern Asengards hoch angesehen. Ihre kluge Art, ihre Güte und ihre natürliche Autorität hatten sie zu einer respektierten Persönlichkeit gemacht. Ob im Rat oder auf den Straßen … die Menschen lauschten ihren Worten, suchten ihren Rat.

"Dann gibt es keinen Grund mehr, es zu verbergen", sagte sie leise.

Baldur erwiderte ihren Blick und für einen Moment herrschte Stille zwischen ihnen und im Raum. Doch es war eine Stille voller Verstehen, voller unausgesprochener Wahrheiten. Schließlich nickte er, zufrieden.

"Dann lass uns unsere Verbindung öffentlich machen. Nicht nur als ein Paar, das zusammen ist, sondern als Partner fürs Leben. Werde meine Gefährtin und herrsche mit mir über Asengard und die Menschen hier. Ich brauche dich dabei. Nicht nur als meine Königin sondern vor allem, als meine Gefährtin."

Omoru sog hörbar die Luft ein. Nicht, weil sie überrascht war, sondern weil diese so bestimmt ausgesprochenen Worte endgültig machten, was sie längst fühlte und sich aus ihrem tiefsten Herzen erhoffte.

"Dann werde ich an deiner Seite stehen. Ganz offiziell und für alle sichtbar", sagte sie, ihre Stimme zitterte dabei, ein klein wenig und eine einzelne Träne lief ihr aus einem Augenwinkel.

Er nahm ihre Hand und führte sie an seine Lippen. "So soll es sein. Du bist mein Leben."

Am nächsten Morgen begannen die Vorbereitungen. Noch sollten die Bewohner Asengards nichts erfahren, doch die engsten Vertrauten des Königs wurden eingeweiht. Die Nachricht verbreitete sich schnell, von Mund zu Mund, von Haus zu Haus. Doch statt mit Gerüchten oder gar Skepsis begegnete man ihr mit Wohlwollen und schierer Begeisterung.

"Die Fürstin ist die beste Wahl für unseren König", meinte ein alter Krieger, als er die Kunde vernahm. "Er verdient Glück und sie ebenso", murmelte eine der Frauen, die Omoru nahe stand und mit ihr aus der jetzt zerstörten Heimatstadt, nach Asengard gekommen war.

Unter den Bewohnern Asengards war die Nachricht gern gehört. Sie hatten die Fürstin längst schätzen gelernt. Ihre Verbindung mit Baldur wurde nicht als politisches Bündnis betrachtet, sondern als das, was es war ... eine aufrichtige Liebe, die mit Respekt, Hingabe und Leidenschaft gewachsen war.

Baldur und Omoru beobachteten diese Entwicklung mit Zufriedenheit. Bald schon würden sie ihre Entscheidung offiziell verkünden. Doch bis dahin nutzten sie auch weiter jede Gelegenheit, sich ungestört zu sehen, ihre Zweisamkeit zu genießen. Für Baldur war jeder Moment mit ihr ein Geschenk, für Omoru eine Bestätigung dessen, was sie fühlte.

Die Zeit der Heimlichkeiten war jetzt vorbei. Bald würde ganz Asengard wissen, dass ihr König und seine Fürstin einander als Gefährten fürs Leben gewählt hatten. Eine derartige Entwicklung hatten ohnehin viele Einwohner der Stadt bereits erwartet.

Die Morgensonne tauchte die Festung von Asengard in ein goldenes Licht, als Anschi durch die steinernen Gänge schritt. Seit ihrer Ankunft in dieser Stadt hatte sie viel gelernt ... besonders von Jasamin, deren Wissen über Heilkräuter, Tinkturen und Salben sie tief beeindruckte. Doch immer wieder kehrte ein Gedanke in ihren Geist zurück: In ihrer alten Heimat hatte sie als Heilerin gewirkt, Menschen geholfen, Wunden versorgt, Kranke gepflegt und war auch als Helferin bei Geburten oft tätig. Hier aber gab es keinen festen Ort, an dem Verwundete oder Kranke untergebracht werden konnten. Das war in ihrer alten Heimat ebenfalls so gewesen aber Anschi war bestrebt dies zu ändern, um hier und jetzt bessere Voraussetzungen zu schaffen.

Verletzte Krieger oder Jäger wurden oft in ihre Häuser oder, wenn nötig, in die Festung gebracht. Frauen mit schwierigen Geburten mussten in den engen Räumen ihrer Familien versorgt werden. Manche Stadtbewohner, in ihrer alten Heimat beispielsweise, erlagen Krankheiten, die mit der richtigen Pflege hätten geheilt werden können. Das musste sich ändern.

Anschi hatte in den letzten Wochen über ihren Plan nachgedacht. Sie wollte ein öffentliches Gebäude errichten lassen, das den kranken oder verletzten Menschen in Asengard als Zuflucht dienen konnte. Ein Haus, in dem Kranke und Verwundete jederzeit behandelt wurden. Doch das war nicht alles. Sie träumte von einem zweiten Gebäude, einem Ort des Wissens. Eine Schule für die Kinder der Stadt. Viele konnten weder lesen noch schreiben, und auch grundlegende Mathematik war den meisten fremd. Wenn Asengard weiter wachsen und gedeihen sollte, brauchte es Bildung, kluge Köpfe, die Handel treiben, Gesetze aufzeichnen und Pläne schmieden konnten ... Vor allem aber gebildete Leute, die das Wissen bewahren und auch weitergeben konnten. Heute wollte sie Baldur und Omoru ihren Plan vortragen, die beiden davon überzeugen, dass dies der richtige Weg war.

König Baldur saß in der großen Halle der Festung, als Anschi eintrat. Omoru war auch anwesend. Sie saß auf einem kleinen Schemel, neben dem Thron von Baldur. Ephimos, Matumba und Skald standen ein kleines Stück neben den beiden. Alle blickten ihr erwartungsvoll und neugierig entgegen. Die Tür öffnete sich und auch Olov und Jasamin erschienen.

Baldur ergriff das Wort. "Anschi, du hast etwas auf dem Herzen", stellte er fest.

Sie nickte. "Ich habe einen Vorschlag, den ich mit dir besprechen möchte. Er betrifft die Zukunft Asengards."

Er lehnte sich zurück und runzelte die Stirn. "Sprich."

Mit fester Stimme legte sie ihm ihre Gedanken dar ... Das Krankenhaus, das als erste Anlaufstelle für Verletzte und Kranke dienen sollte. Sie sprach von der Notwendigkeit, den Menschen einen Ort zu geben, an dem sie behandelt werden konnten, Tag und Nacht, unabhängig von ihrem Stand oder ihrem Leiden. Insbesondere die Notwendigkeit einer gut geregelten Geburtshilfe legte sie mit wohlüberlegten Worten dar.

Baldur hörte aufmerksam zu. Er war ein Krieger, er kannte die Notwendigkeit der Heilkunst. Viele seiner besten Männer waren an Wundfieber oder unversorgten Verletzungen gestorben. Die Idee eines Krankenhauses war einleuchtend.

"Und was hat es mit der Schule auf sich? Wozu soll so etwas nutze sein?" fragte er, als Anschi ihren zweiten Vorschlag erläuterte.

"Die Kinder dieser Stadt müssen lesen, schreiben und rechnen lernen.

Wir dürfen nicht nur auf unsere Stärke vertrauen, wir brauchen auch Wissen. Händler müssen Verträge lesen können, Schreiber müssen die Gesetze festhalten. Wenn Asengard weiter wachsen soll, braucht es Bildung. Ganz besonders wichtig ist es aber, das von uns erworbene Wissen festzuhalten und auch weiterzugeben."

Ephimos hob seine Hand. Als Baldur ihn fragend ansah, räusperte er sich. "Baldur, stelle dir vor, alle unsere Schmiedemeister würden bei einem Kampf getötet werden … Wer soll uns dann unsere Waffen schmieden, für die wir erst den Stahl herstellen müssen. Selbst wenn wir dieses lange überlieferte Wissen aufschreiben, so brauchen wir auch Leute, die diese Aufzeichnungen lesen können. Denke an die Heimatstadt von Omoru. Als die Stadt vernichtet wurde, löschten die Angreifer damit auch alle aus, die altes Wissen überliefern konnten. So etwas muss verhindert werden, sonst könnte Asengard sehr schnell, innerhalb von einer oder zwei Generationen, unwiderruflich zurückfallen in die Primitivität.

Baldur schwieg eine Weile, blickte dann kurz Omoru an und seufzte. Dann nickte er. "Du hast recht. Ein Volk, das nur vom Schwert lebt, wird irgendwann fallen. Wir brauchen Heiler und Gelehrte ebenso wie Krieger. Ich gebe meine Zustimmung."

Ein Lächeln breitete sich auf Anschis Gesicht aus. "Danke, mein König."

"Doch du brauchst auch jemanden, der den Bau dieser beiden Gebäude organisiert", fügte Baldur hinzu und grinste. "Hast du schon einen Gedanken, wen du um Hilfe bitten wirst?"

Anschi wusste die Antwort bereits. "Ephimos."

Baldur lachte leise. "Er wird begeistert sein. Gehe nachher zu ihm und besprehe alles mit ihm." Er nickte Ephimos zu, der grinsend sein Haupt beugte.

Ephimos saß mit Skald in einer der Werkstätten, als Anschi ihn etwas später aufsuchte. Sie fand ihn über Bauplänen gebeugt, während Skald Messungen an einer hölzernen Tafel notierte.

Er blickte auf, sein Gesicht erhellte sich. "Anschi! Ich habe dich bereits erwartet. Erläutere mir deine Idee und ich zeige dir dann, was Skald und ich bereits ausgearbeitet haben."

Wort für Wort schilderte sie ihm ihre Idee, die Notwendigkeit eines Krankenhauses, die Bedeutung einer Schule. Sie sprach von der Zustimmung des Königs, von dem Platz, an dem sie die Gebäude errichten wollte, und von ihrer Hoffnung, dass Ephimos ihr helfen würde.

Während sie sprach, veränderte sich Ephimos' Ausdruck. Erst war er nachdenklich, dann wuchs in seinen Augen ein Feuer, das sie nur selten bei ihm gesehen hatte.

Als sie endete, schwieg er einen Moment. Dann sagte er leise: "Du weißt nicht, was du mir da gerade anbietest."

Anschi runzelte die Stirn. "Was meinst du?"

Er atmete tief durch. "Schon in Persepolis war es mein größter Wunsch, Lehrer zu sein. Ich wollte mein Wissen weitergeben, junge Köpfe formen, ihnen beibringen, was ich selbst gelernt habe. Doch das Leben führte mich auf andere Pfade. Nun aber …"

Er schüttelte den Kopf, als könnte er es selbst kaum glauben. "Eine Schule zu bauen und dann auch noch dort lehren zu dürfen … Es ist, als hättest du mir einen Traum erfüllt, bevor ich ihn aussprechen konnte."

Anschi lächelte. "Dann nimmst du die Aufgabe an?"

Ephimos lachte leise. "Nicht nur das. Ich werde sie mit mehr Hingabe ausführen, als du es dir vorstellen kannst."

Er wandte sich an Skald. "Wir beginnen sofort mit den Entwürfen. Wir können alle anderen Pläne vorerst zurückstellen. Unsere anderen Bauprojekte laufen bereits oder sind fast abgeschlossen. Der Bau der Schule und des Hauses für die Kranken haben erst einmal Vorrang."

Skald, der bisher still zugehört hatte, sah Ephimos mit funkelnden Augen an. "Ich helfe dir, natürlich."

"Das wirst du", bestätigte Ephimos, schmunzelnd. "Denn auch du wirst eines Tages dort lehren."

Die nächsten Tage waren erfüllt von hektischer Betriebsamkeit. Ephimos und Skald zeichneten Pläne, vermaßen den Boden, prüften, welche Materialien benötigt wurden. Anschi sprach mit den Heilern der Stadt, mit Jasamin, mit jenen, die im Krankenhaus arbeiten sollten.

Die Nachricht verbreitete sich schnell, und überall in Asengard wurde über die neuen Gebäude gesprochen.

"Ein Krankenhaus? Eine Schule? Wir haben so etwas noch nie gehabt!"

"Aber es ist eine gute Idee! Jetzt endlich können wir unsere Kinder gut unterrichten lassen und ihnen mehr beibringen, als nur das, was wir selber wissen."

"Und die Verletzten? Sie haben einen Ort, an dem sie versorgt werden können. Das hätte schon früher geschehen sollen."

Je mehr Menschen davon hörten, desto größer wurde die Unterstützung. Männer boten ihre Hilfe beim Bau an, Frauen brachten Stoffe und Kräuter für das Krankenhaus. Jasamin unterstützte Anschi tatkräftig. Sie wusste wohl am besten, von allen Menschen in Asengard, was alles benötigt wurde. Sie sorgte auch dafür, dass bereits Vorräte für das Krankenhaus angelegt wurden.

Die Schule und das Krankenhaus würden neben dem Badehaus errichtet werden. So mussten die Arbeiter nicht weit gehen, wenn sie von einer Baustelle zur anderen wollten. Das erleichterte viele Arbeiten.

Der Entwurf von Ephimos sah vor, beide neuen Gebäude in zwei Stockwerken und einer Kelleretage zu errichten. Man baute für die Zukunft und schuf schon beim Bau den Platz, den man heute noch nicht benötigte, jedoch irgendwann in der Zukunft haben musste.

Die Tage in Asengard vergingen in einem endlosen Kreislauf aus harter Arbeit, Staub und Sonnenlicht. Steine und Ziegel wurden geschleppt, Holz bearbeitet und die Stadt, die die Asen errichteten, nahm mit jeder Woche mehr Gestalt an. Doch für Matumba war der Bau der Mauern und Gebäude nicht das Einzige, das sich veränderte.

Etwas anderes wuchs ... etwas, das leise, aber unaufhaltsam in ihrem Inneren keimte … Der schon fast stetige Gedanke an Skald, den jüngeren Bruder von Olov.

Sie bemerkte, wie sich ihre Augen immer öfter zu ihm wandten. Wie ihre Gedanken selbst in den stillen Momenten zu ihm zurückkehrten, sei es, wenn sie sich bei Sonnenaufgang die Hände wusch oder spät in der Nacht in ihrem Bett lag und zum Sternenhimmel schaute. Skald war anders als die anderen Männer, die sie kannte. Zurückhaltender, nicht so laut oder aufdringlich. Und dennoch besaß er eine unbestreitbare Stärke. Eine Stärke, die nicht nur in seinen breiten Schultern lag, sondern auch in seiner Haltung, in der Art, wie er beobachtete, ohne immer sofort zu sprechen. Körperlich mochte er hinter Olov zurückstehen … aber Skald war ungleich sanfter. Es war wohl seine Sanftheit, die Matumba am meisten ansprach.

Matumba hatte ihn oft dabei ertappt, wie er sie ansah, wenn er glaubte, dass sie es nicht bemerkte. Seine Blicke waren nicht fordernd, sondern voller unausgesprochener Worte, als würde er mit sich selbst ringen.

Skald hingegen fühlte sich hilflos gegenüber der wachsenden Anziehung, die ihn zu ihr zog. Er wollte ihre Nähe, suchte sie immer wieder … sei es bei der gemeinsamen Arbeit, in kurzen Gesprächen oder auch in diesen unbestimmten Momenten, wenn sich ihre Hände aus Versehen berührten. Doch jedes Mal, wenn er daran dachte, seine Gefühle auszusprechen, kamen Zweifel. Was hatte er ihr zu bieten? Sie war die Tochter der Fürstin, während er zwar der Enkel von Baldur aber prinzipiell nur ein einfacher Krieger war. Die Tatsache, das er ein Prinz der Asen war, schob er beiseite. Im Gegensatz zu ihm war Matumba seit ihrer frühesten Kindheit auf ihre Rolle als Prinzessin vorbereitet worden.

Trotzdem war da dieses unsichtbare Band zwischen ihnen, das mit jedem Tag stärker wurde, ohne das Skald es selbst bemerkte … und dann war da dieses fast schon rituelle Zusammensein in Skalds Haus. Er zog es vor ein eigenes Haus zu bewohnen und nicht in der Festung zu leben, wie Matumba, die dort ihre Räume besaß und bewohnte.

Es hatte sich über die letzten Wochen hinweg wie von selbst entwickelt. Nach einem langen Tag voller Arbeit gingen sie oft gemeinsam in sein kleines, bescheidenes Heim, das am Rand der Siedlung stand. Dort aßen sie, tranken, ruhten sich aus. Anfangs war es einfach nur eine Gewohnheit gewesen, doch inzwischen fühlte es sich für Matumba wie ein unverzichtbarer Teil ihres Tages an.

Heute war es nicht anders … Die Sonne neigte sich bereits dem Horizont, tauchte die Baustelle in ein warmes, goldenes Licht. Die meisten Arbeiter hatten ihre Werkzeuge bereits weggelegt, lachten und scherzten, während sie sich auf den Heimweg machten. Matumba stand noch da, betrachtete die noch unfertige Mauer, die vor ihnen in die Höhe wuchs. Ein kühler Windstoß trug den Geruch von feuchtem Lehm und Holzspänen zu ihr.

"Bleibst du noch lange hier?" fragte eine ruhige Stimme hinter ihr.

Sie drehte sich um und sah Skald. Er stand mit verschränkten Armen da, der leichte Glanz von Schweiß lag noch auf seiner Haut, sein Haar war vom Wind zerzaust.

Sie lächelte. "Ich denke, es ist Zeit zu gehen."

"Hunger?"

"Immer."

Sie gingen nebeneinander durch das noch unfertige Viertel, wo sich die neuen Gebäude befanden. Bis zum Haus von Skald war es nicht weit. Kinder rannten lachend und spielend umher, und die Stimmen der Menschen mischten sich mit dem Geruch von Geröstetem Fleisch und frischem Brot. Es war die Zeit des Abendessens, wenn die Familien oder Freunde zusammenkamen.

Skalds kleines Haus lag etwas abseits, einfach, aber ordentlich. Ein sorgsam gezimmerter Tisch stand in der Mitte des größten Raumes, neben der Feuerstelle lagen einige Scheite Brennholz und an der Wand hingen Werkzeuge und Waffen. Es war schlicht ... aber es war sein Zuhause. Matumba wusste, das es noch weitere Räume gab. Unter anderem ein Bad, welches an den Schlafraum angrenzte und von dort einfach zu erreichen war. Anders als der Großteil der anderen Häuser besaß das Haus von Skald eine kleine Dachterrasse ... Etwas, was Matumba durchaus schätzte.

Matumba betrat das Haus mit der gleichen Selbstverständlichkeit wie immer. Sie nahm den Wasserschlauch, trank einen Schluck und reichte ihn ihm.

Er nahm ihn entgegen, doch als sich dabei ihre Finger berührten, zögerte er kurz. Es war nur ein flüchtiger Moment, aber er brannte sich in sein Bewusstsein.

Matumba bemerkte es, genoss diesen Augenblick ebenfalls, fühlte selbst dieses merkwürdige Gefühl des unausgesprochenen Vertrauens und der Sehnsucht. Sie bemerkte jedes Zögern, jede unausgesprochene Frage in seinen Augen. Doch heute würde sie nicht zulassen, dass er sich wieder in seinem Schweigen verlor.

"Setz dich", sagte er schließlich und begann, Fleisch über die Glut zu halten, die er rasch entfacht hatte. Dann legte ein kleines Gitterrost über die Feuerstelle. Er legte einige dünne Streifen Krokodilfleisch auf den Grill und seufzte kaum hörbar.

Sie ließ sich auf den niedrigen Hocker sinken, lehnte sich entspannt zurück und musterte ihn. "Du bist heute stiller als sonst, Skald."

Er gab keine sofortige Antwort. Stattdessen konzentrierte er sich auf das Feuer, als wäre es das Einzige, das ihn interessierte.

Matumba ließ nicht locker. Sie lehnte sich nach vorne, legte den Kopf leicht schräg und fixierte ihn mit ihren dunklen Augen.

"Skald", sagte sie leise.

Er hob den Blick und für einen Moment herrschte Stille zwischen ihnen. Dann nahm er einen tiefen Atemzug. "Ich…" Doch bevor er jetzt weitersprechen konnte, schüttelte er leicht den Kopf, als müsse er sich selbst ordnen.

"Sprich es aus", forderte Matumba sanft.

Seine Hand umklammerte den Holzspieß etwas fester. Dann hob er den Blick und seine blauen Augen begegneten ihren. "Ich… ich fühle mich zu dir hingezogen", sagte er schließlich.

Die Worte waren leise, aber sie hallten in der Stille des Raumes wider.

Matumba blinzelte, dann huschte ein Lächeln über ihre Lippen. Doch es war kein überrascht-verlegenes Lächeln … es war das Lächeln einer Frau, die bereits wusste, was er fühlte.

Sie stand auf. Langsam, ohne Hast, trat sie näher, bis sie direkt vor ihm stand. "Endlich", sagte sie leise und lächelte ihn dabei an.

Skalds Herz raste. "Was…?"

Matumba legte eine Hand sanft an seine Brust. Sie grinste ihn liebevoll an. "Hast du wirklich gedacht, ich komme jeden Abend hierher, nur weil du so gut kochen kannst?" Er wollte etwas sagen, doch seine Kehle war trocken. Matumba lachte leise.

Dann schob sie sich noch näher. Ihre Fingerspitzen strichen über seinen Arm, dann über seine Wange. Er fühlte sich wie gelähmt … Und dann küsste sie ihn. Zart, sanft und doch mit einer Intensität, die ihm den Atem raubte. Er erstarrte für den Bruchteil einer Sekunde, doch dann… ließ er sich fallen. Matumba legte ihre Hände um seinen Nacken, zog ihn dichter zu sich heran. Skald war nicht imstande, sich jetzt länger zurückzuhalten. Seine Hände fanden ihren Rücken, zogen sie näher und für diesen einen Moment gab es nichts anderes mehr als sie.

Skald spürte ihre Wärme, ihren Atem, die Weichheit ihrer Lippen auf seinen. Es war, als hätte jemand eine Tür aufgestoßen, die viel zu lange verschlossen gewesen war. Ein Kuss, der so viel mehr bedeutete als nur eine Berührung ... ein Versprechen, ein Eingeständnis, eine Antwort auf all die unausgesprochenen Worte der letzten Wochen.

Doch kaum hatte er sich in diesem Moment verloren, löste sich Matumba sanft von ihm. Sie trat nur einen winzigen Schritt zurück, gerade weit genug, um ihn anzusehen. Ihre dunklen Augen suchten nach einer Reaktion, nach einem Zeichen, dass er dieses Band zwischen ihnen ebenso spürte wie sie.

Er atmete tief ein, als müsse er sich selbst wieder in die Wirklichkeit zurückholen. Seine Hände ruhten noch immer an ihrer Taille, als könnte er nicht glauben, dass sie wirklich hier stand, so nah, so greifbar.

Matumba lächelte leicht. "Du bist viel zu lange stumm geblieben, Skald."

Er schluckte. "Ich… ich wusste nicht, ob ich es sagen durfte, was ich für dich empfinde … Ich wollte dich nicht damit überrumpeln, weil ich mir nicht sicher war, wie du reagieren würdest … ob du mich überhaupt akzeptieren würdest."

Sie hob eine Augenbraue. "Und warum sollte ich das nicht?"

Er ließ sie langsam los und wandte den Blick ab. "Weil ich nichts habe, was ich dir bieten könnte."

Matumba schüttelte den Kopf und seufzte dann leise. "Du bist ein Narr, was Frauen betrifft, Skald." Bevor er etwas erwidern konnte, ergriff sie seine Hand und führte ihn zurück an den Tisch. Die Glut in der Feuerstelle warf tanzende Schatten auf die Wände und das Fleisch duftete verlockend, doch in diesem Moment spielte das Essen kaum noch eine Rolle. Sie setzte sich ihm gegenüber, stützte die Arme auf den Tisch und betrachtete ihn eindringlich.

"Denkst du wirklich, es ist mir wichtig, was du hast oder nicht hast?" Ihre Stimme war weich, aber bestimmt.

Skald fuhr sich mit der Hand durch das Haar. "Du bist die Tochter der Fürstin. Ich bin …"

"Ein Mann, den ich will", unterbrach sie ihn mit Nachdruck. "Ganz davon abgesehen bist du ein Prinz dieser Stadt, auch wenn dir das anscheinend noch immer nicht ganz klar ist."

Er hob den Blick, überrascht von ihrer Offenheit. Matumba schüttelte leicht den Kopf, als könnte sie nicht fassen, wie schwer es ihm fiel, das Offensichtliche zu erkennen. "Hör zu, Skald. Ich habe genug Männer erlebt, die mit großen Worten prahlen, die sich mir aufdrängen oder glauben, mich besitzen zu können nur weil sie stark oder angesehen sind. Aber keiner von ihnen ist wie du … Auch dein Bruder nicht, der ein guter Mann ist aber nicht deine Sanftheit besitzt."

Er sagte nichts, doch seine Augen verrieten, dass ihre Worte ihn trafen.

Sie seufzte und sah ihn sinnend aber auch mit Zuneigung an. "Ich habe dich beobachtet, Skald. Tag für Tag. Ich habe gesehen, wie du dich um andere kümmerst, wie du arbeitest, wie du nachdenkst, bevor du sprichst. Ich habe gespürt, wie du mich ansiehst, aber niemals gefordert hast, was du vielleicht wolltest."

Er atmete tief durch. "Weil ich dachte, dass ich es nicht darf. Du warst doch mit Olov zusammen. Er ist mein Bruder."

Matumba schüttelte langsam den Kopf, dann griff sie nach seiner Hand. Ihre Finger waren warm, fest, entschlossen. "Aber du darfst es. Meine Zeit, mit deinem Bruder war schön aber sie ist lange vorüber. Olov und ich haben lange zusammen darüber gesprochen. Wir haben erkannt, dass wir nicht wirklich zusammen passen."

Er starrte auf ihre Hand, dann auf ihr Gesicht. Seine Brust hob und senkte sich schwer. Noch nie in seinem Leben hatte jemand so direkt zu ihm gesprochen, so klar gesagt, was er für unmöglich gehalten hatte.

"Ich…" Seine Stimme versagte. Er war es gewohnt, mit dem Schwert zu kämpfen, mit Werkzeugen zu arbeiten, doch Gefühle auszusprechen war etwas anderes. Matumba schien das zu verstehen. Sie lächelte und ließ ihre Finger langsam über seinen Handrücken streichen.

"Ich will dich, Skald", sagte sie leise. "Nicht wegen deines Ranges oder deines Besitzes, sondern weil du bist, wer du bist."

Ihre Ehrlichkeit und Offenheit ließ sein Innerstes erbeben. Lange hatte er sich zurückgehalten, aus Angst, aus Unsicherheit. Aber Matumba war keine Frau, die Spielchen spielte. Sie war direkt, klug, mutig ... und sie wollte ihn. Er sah ihr in die Augen, und dieses Mal gab es keine Zweifel mehr. Er beugte sich vor, langsam, doch entschlossen. Und als sich ihre Lippen erneut trafen, wusste er, dass er diesen Moment nie mehr vergessen würde.

Einen schier endlosen Moment küssten sie sich. Zuerst noch sanft und vorsichtig, bald jedoch voller Verlangen. Dann schob Matumba ich von sich. Sie atmete schwer. "Du solltest dich erst einmal waschen, Skald. Du riechst wie ein Viehstall, nach der Arbeit heute …"

Skald sah sie fragend an. Dann hob er einen Arm und schnüffelte an seiner Achsel. Angewidert verzog er sein Gesicht und nickte dann entschlossen. "Damit hast du wohl nicht unrecht. Ein Bad wäre wirklich sinnvoll."

Matumba sah ihn unschuldig an und klimperte, mit ihren Wimpern. "Ich könnte dir ja deinen Rücken waschen. Davon abgesehen hätte ich auch nichts gegen ein Bad … mit dir zusammen."

Skald wurde rot im Gesicht. Zwar hatte er in der Vergangenheit mit Liv das eine oder andere bereits ausprobiert aber der Gedanke eine nackte Frau ebenfalls in seinem Badebecken zu wissen war etwas völlig neues. Seine Gedanken waren kurz bei Liv, mit der er zusammen eine Weile Zärtlichkeiten ausgetauscht hatte. Liv hatte ihn stets ein klein wenig auf Abstand gehalten. Gänzlich nackt hatte er sie nie lange gesehen. Liv war eine atemberaubend schöne Frau, die jedoch zu sehr nach Macht und Einfluss gierte. Zudem war sie eine Intrigantin. Erst spät hatte Skald bemerkt, dass sie ihn lediglich ausnutzte und beständig versuchte ihn gefügig zu halten und zu beeinflussen. Als er sich aber weigerte, ihren Forderungen nachzukommen, hatte sie sich einen anderen Mann gesucht, den sie leichter lenken konnte. Wirklich miteinander geschlafen hatten die beiden nie. Sie hatte ihn befriedigt und er hatte sie befriedigt ... Mit der Zunge und mit der Händen. Mehr war jedoch nicht geschehen. Liv hatte dies stets zu verhindern gewusst, um sein Verlangen auf sie nicht einschlafen zu lassen. Heute wusste Skald, dass sie bei anderen Männern weitaus weniger zurückhaltend gewesen war. Eine Tatsache, die ihn noch jetzt ärgerte.

Skald blickte Matumba an, die lächelnd vor ihm stand. Dann nickte er zustimmend. "Gehen wir in den Baderaum. Das Becken wird wohl groß genug für uns beide sein." Er schluckte krampfhaft, überlegte, was er sagen sollte und wurde erneut rot, im Gesicht. "Wenn dir danach ist, dann könnte ich dir auch den Rücken waschen, Matumba ..."

Sie zwinkerte ihm kurz zu. Ihr Lächeln war verheißungsvoll und ihre Stimme wie ein leises Schnurren. "Du hast gar keine Ahnung, wie sehr mir danach ist, Skald ..."

Skald führte Matumba, schon fast eilig, in den Nebenraum, der durch eine große Bogenöffnung mit seinem Schlafraum verbunden war. Erst jetzt fiel sein Blick auf sein Bett, im Nebenraum. Erneut wurde er rot im Gesicht ... was würde Matumba jetzt denken? Sie schien es jedoch nicht weiter zu beachten, sondern betrachtete das im Boden eingelassene Becken. Anerkennend nickte sie. Das Becken durchmaß fast fünfzehn Fuß in der Breite und war nahezu rund angelegt. Sie erkannte, dass sich das Becken von der einen Seite her zur anderen vertiefte. An der Seite, an der man an das Becken heran treten konnte war das Wasser wohl etwa drei Fuß tief. Am gegenüberliegenden Bereich mochte es fast doppelt so viel sein. Der breite Rand, aus glatten Steinplatten, lag nur einen halben Fuß oberhalb der Raumbodens. Ihre Gedanken schweiften zu dem Badebecken in den Gemächern von Olov zurück ... und an die Zeit, die sie dort mit Olov verbracht hatte. Sie schmunzelte unmerklich und spürte, bei diesen Gedanken und Erinnerungen, eine Welle der Erregung durch ihren Körper strömen. Erneut nickte sie und wandte sich dann Skald zu. "Ich würde fast wetten, dass du den Entwurf für das Becken selbst erstellt hast … und am Bau wohl auch beschäftigt warst."

Skald nickte schüchtern. "Ja, den Großteil des Baus habe ich selbst getan. Gefällt es dir?" Matumba lächelte und nickte dann. "Das hast du wirklich großartig gemacht … Ein weiterer Beweis deiner Fähigkeiten. In meiner alten Heimat wäre so etwas völlig undenkbar gewesen. Ich bin wirklich begeistert."

Sie lächelte erneut, streifte dann wortlos ihr kurzes Gewand aus Leinen ab und ließ es achtlos auf den Boden fallen. Danach beugte sie sich vornüber, löste die Schnüre ihrer Sandalen und zog auch diese von ihren Füßen. Ganz zum Schluss löste sie ihr knappes Lendentuch und ließ es ebenfalls fallen. Dann stieg sie in das Becken und schritt langsam in den tieferen Teil, wo sie sich, mit einem Seufzer untertauchte.

Skald hatte ihr gebannt zugesehen. Vor allem der kurze Moment, als sie sich vorgebeugt hatte, ihm ihren Hintern entgegen gestreckt hatte, war für ihn enorm erregend gewesen. Ihr geschmeidiger Körper glänzte im schwachen Licht, das durch das einzelne, hohe Fenster in den Raum fiel. Er schluckte, krampfhaft. Dann entledigte er sich seiner Kleidung und stieg ebenfalls in das Becken, setzte sich jedoch direkt am flachen Teil auf den Boden und fing an, sich zu waschen.

Nach einer Weile wandte Matumba ihren Kopf und sah ihn an. "Ich wäre dann soweit, dass du mir den Rücken waschen kannst, Skald." Sie wartete, bis er an sie herantrat und wandte sich dann zu ihm um. "Zuerst werde ich dir den Rücken waschen, Skald … Danach möchte ich meinen Rücken von dir gewaschen bekommen … mit viel Gefühl und Zeit." Sie lächelte ihn an.

Skald wandte sich um. Er schloss seine Augen und genoss ihre Berührungen, als sie anfing im den Rücken und seine Schultern zu waschen. Ihre Bewegungen waren sanft aber bestimmt und doch auch so unendlich zärtlich. Nur mit viel Mühe konnte er jetzt ein leises Stöhnen unterdrücken.

Matumba ließ ihre Hände über Rücken und Schultern von Skald gleiten. Sie spürte förmlich, wie er sich jetzt langsam entspannte. Sie trat so dicht hinter ihn, dass er ihre Brüste an seinem Rücken fühlen musste. Die nun einsetzende Wirkung bemerkte sie sofort. Er hielt für einen Moment den Atem an, bevor er einen tiefen Atemzug machte. Matumba grinste. Der junge Mann hatte noch nicht viele Erfahrungen mit Frauen gemacht. In dieser Nacht würde sich das ändern, hatte sie beschlossen. Seit sie ihn kannte, fühlte sie sich zu ihm hingezogen. Erst nur ein wenig aber seit der Rückkehr aus ihrer alten Heimat ständig mehr. Oft hatte sie sich vorgestellt, wie es sein mochte, seine Hände auf ihrem Körper zu fühlen und mit ihm zusammen das Bett zu teilen. Der bloße Gedanke daran ließ einen Schauer der Lust durch ihren Körper fließen.

Ihre Hände glitten nun tiefer, massierten seinen unteren Rücken, seinen Hintern und glitten dabei auch an seine Seiten. Noch dichter stellte sie sich hinter ihn, Nun strichen ihre Hände über seine Brust und seinen Bauch, sanken dann tiefer und berührten seinen aufgerichteten, harten Penis. Skald hatte seine Augen geschlossen, stöhnte leise und gab sich ganz ihren geschickten Händen hin, die seine Männlichkeit umfassten und sanft daran auf und ab glitten. Liv hatte das auch bei ihm getan und er hatte es zutiefst genossen … Mit Matumba jedoch war es sehr viel sinnlicher. Er erschauderte, als sie ihn auf seine Schulter küsste und war sich erneut ihrer Brüste bewusst, die sich gegen seinen Rücken pressten. Deutlich spürte er ihre harten Brustwarzen.

Matumba konnte sich nur mit Mühe zurückhalten. Ihr Verlangen nach Skald war immens. Endlich konnte sie seinen Körper, mit ihren Händen erkunden und seine Männlichkeit berühren … etwas, wonach es sie schon lange verlangte. Sie atmete schwer, fast hektisch. Dann ließ sie von ihm ab, packte ihn an seiner Schulter und drehte ihn zu sich um. Wie von alleine fanden sich ihre Lippen, zum Kuss. Verlangend schob sie ihre Zunge zwischen die Lippen von Skald. Ihre Zungen berührten sich zuerst sanft, dann fordernder und schon bald züngelten sie voller Verlangen.

Matumba griff nach seinen Händen, zog diese zu ihren Brüsten. Sanft strichen seine Finger über die empfindlichen Brustwarzen von Matumba, umkreisten diese zuerst und zwirbelten sie dann sacht. Sie stöhnte ihm ihre Lust und ihr Verlangen in seinen Mund. Sie wollte ihn, wollte ihn jetzt haben, tief in sich fühlen und ihre Lust mit ihm teilen. Ihre Hände glitten an seinem Körper herab, umfassten seine Männlichkeit und seine

Hoden. Sie fühlte seine harte Männlichkeit, die wohl ein kleines Stück kleiner war, als bei Olov. Skald war geradezu perfekt ausgestattet, für ihren Geschmack. Ihre Hand umfasste fest seinen Penis, rieb daran auf und ab. Dann hob sie ihr rechtes Bein und legte es um seine Hüfte. Mit ihrer Hand dirigierte sie seinen Penis zu ihren Schamlippen, strich mit seiner Eichel darüber und sorgte dafür, dass er den Punkt vor ihrem Lustkanal fand. Fast wie von alleine drang sein Penis in sie ein. Zuerst nur mit der Eichel, dann immer weiter. Sie hatte den Penis und seine Hoden losgelassen und umklammerte jetzt seine Hüften, zog ihn dann rhythmisch zu sich heran. Immer tiefer drang er in sie ein. Matumba hatte das Gefühl, perfekt ausgefüllt zu sein. Dann war er gänzlich in ihr. Für sie war es ein Gefühl enormer Intensität, als er sich nun langsam in ihr bewegte. Skald atmete plötzlich hektischer, stieß ganz tief in sie hinein. Dann drang ein unartikuliertes Geräusch aus seinem Mund. Erstaunt und überrascht riss Matumba ihre Augen auf, als sein Penis schon nach kurzer Zeit plötzlich in ihr wild zu zucken begann. Sie spürte, wie Skald seine Samenflüssigkeit jetzt in ihr verspritzte und dabei ihren Hintern fest umklammerte.

Eine kurze Weile standen sie nur reglos beieinander. Dann rutschte sein erschlaffender Penis langsam aus ihr heraus. Sie sah ihn an … fragend und doch wissend. Ihre Stimme war voller Zuneigung und so leise, wie der Nachtwind. "Das war dein erstes mal, nicht wahr? Du hast vor mir noch keine Frau beschlafen, oder?"

Er senkte seinen Kopf und wurde nun schamrot, im Gesicht, als er ihr antwortete. "Nein … Du bist die erste Frau, die ich gestoßen habe. Es tut mir unendlich leid, wenn ich dich enttäuscht habe … das Gefühl in dir zu sein war so überwältigend … ich konnte einfach nicht anders … es tut mir leid, Matumba … es tut mir so leid."

Sie legte einen Finger unter sein Kinn und hob somit seinen Kopf an. Dann küsste sie ihn zart und sanft. "Du brauchst dich nicht zu schämen oder dir Vorwürfe zu machen. Es ist oft so, dass ein Mann schnell zu seinem Höhepunkt kommt, wenn er das erste mal in einer Frau steckt." Sie lächelte. "Wir haben noch die ganze Nacht Zeit und ich versichere dir, du wirst mich Heute noch mehrfach befriedigen … und ich dich ebenfalls. Verlasse dich darauf, Skald."

Sie nahm in bei der Hand und zog ihn zum entfernten Beckenrand. Dort zog sie ihn erneut an sich und sie küssten sich wieder. Nach einer Weile drückte sie ihn zurück und sah ihn verlangend an. "Setze dich auf den Rand, Skald … Vertrau mir, ich weis, wie wir dich ganz schnell wieder fest bekommen." Sie lachte leise und klimperte mit ihren Augen."

Skald und Matumba

Er kam ihrer Aufforderung nach. Kaum saß er, da kniete sie sich vor ihn. Sie umfasste seinen Penis und begann ihn dort sanft zu küssen und seine Hoden zu massieren. Schnell war die Wirkung bei Skald zu erkennen. Mit Zuversicht und Genugtuung sah und fühlte Matumba, wie sein Penis sich wiederaufrichtete. Skald hatte seinen Kopf in den Nacken gelegt und gab sich ganz ihren geschickten, sanften Fingern und ihrer nicht weniger geschickten Zunge und Lippen hin. In Matumba brannte noch immer eine bislang unerfüllt Lust. Sie wollte nun endlich Befriedigung erfahren.

Kaum hatte sein Penis die ausreichende Härte erreicht, da wandte sie ihm ihren Rücken zu und spreizte ihre Beine. Mit schon fast nervösen Fingern dirigierte sie seinen aufgerichteten Penis zwischen ihre Schamlippen, rieb ihn daran und dirigierte ihn jetzt zu ihrem Lustkanal. Dann drückte sie ihren Unterkörper zurück und spürte, wie er in sie eindrang. Matumba stöhnte leise und vernahm von Skald ein ähnliches Geräusch. Langsam bewegte sie ihren Körper vor und zurück. Sie spürte, wie er ihre Hüften griff und ihr entgegen stieß. Nach einem dutzend Stößen entzog sie sich ihm. Sie drehte sich um und sah ihn atemlos an. Dann trat sie neben ihn, legte ihre Unterarme auf den Beckenrand und sah ihn fordernd an. "Ich will es jetzt haben … Nehme mich, von hinten … komm, ich kann nicht mehr warten, Skald."

Er erhob sich, trat hinter sie und drang dann langsam und sanft in sie ein. Matumba war verblüfft, von seiner sanften Art, wie er zuerst nur mit der Spitze in sie eindrang und dann, nach und nach, mit vorsichtigen und langsamen Stößen tiefer in sie vordrang. Sie spürte ihn mit einer enormen Intensität, genoss seine langsamen Bewegungen und schloss aufstöhnend ihre Augen, als er endlich vollends in ihr war. Er umfasste ihre Hüften, hielt sich daran fest und stieß etwas kräftiger. Matumba erwiderte seine Stöße, indem sie ihm ihren Unterleib entgegen bewegte, wenn er in sie eindrang. Sie konnte sich nicht erinnern, eine Vereinigung jemals zuvor so intensiv erlebt zu haben. Schon das Gefühl, von ihm völlig ausgefüllt zu werden und zu spüren, wie er immer wieder in sie eindrang, bis seine Hoden an ihre Lustperle drückten war von ungeahnter Stimulanz. Laut stöhnend tat sie ihre Lust kund.

Skald hatte nicht erwartet, derart schnell wieder in der Lage zu sein, seinen Mann zu stehen. Sie hatte es jedoch verstanden, ihn innerhalb kürzester Zeit wieder hart zu bekommen und nun drängte es ihn, ihr all das zu geben, wonach sie sich sehnte … und wonach es ihn selbst ebenso verlangte. Das Gefühl, gänzlich in sie einzutauchen, ihr Stöhnen zu hören, mit dem sie ihm ihre Lust mitteilte, und sie zu betrachten, wenn er seine harte Männlichkeit in ihr versenkte war für ihn wie aus einem Traum. Er bemerkte, dass ihre Lustgeräusche nun schneller erklangen, ihr Atem hektischer wurde und stieß sie schneller und kräftiger. Wie aus der Ferne erklang ihre Stimme, zu ihm. "Skald stoße mich schneller und härter … ich komme bald … Gebe mir seinen Saft und füll mich damit ab. Ich will dich in mir spüren, wenn du spritzt … STOSS MICH, SKALD! JA! JA!"

Ihre Bewegungen wurden hektischer. Kräftiger bockte sie ihm ihren Unterleib entgegen und er hatte das Gefühl, in ihrem warmen, engen Lustkanal förmlich gemolken zu werden. Er erhöhte sein Tempo, stieß nun schneller und kräftiger zu, vernahm ihre Laute, die sich jetzt zu leisen Schreien steigerten, mit denen sie ihn ihre ungezügelte Lust zu verstehen gab, ihm damit zeigte, wie sehr es ihr gefiel, von ihm nun genommen zu werden. Er packte sie fester, an ihren Hüften und spürte, wie er sich langsam einem Orgasmus näherte. "Matumba, es kommt mir bald wieder … du fühlst dich so gut an. Es ist so unglaublich, in dich zu stoßen … Komm und lasse dich gehen, ich kann es nicht mehr lange aufhalten."

Matumba vernahm seine Worte, die er keuchend ausstieß. Sie selbst war kurz davor, ihren Höhepunkt zu bekommen. Ihr Unterleib verströmte Wellen der Lust, die durch ihren Körper flossen. Mit jedem seiner Stöße brachte er sie näher an ihren ersehnten Orgasmus heran. Langsam aber unaufhaltbar strebte ihr Körper dem Höhepunkt entgegen. Sie stieß nun unartikulierte, leise Schreie der Lust aus, bewegte ihr Becken immer stärker seinen kräftigen Stößen entgegen und verspürte wie er selbst auch nicht mehr weit von seinem Orgasmus entfernt sein konnte. Dann endlich, war es soweit. Der von ihr so lange lange ersehnte Orgasmus überrollte sie endlich. Sie erlebte ihren Höhepunkt schreiend vor Lust. Ihr ganzer Körper bäumte sich auf, als jetzt Wellen der ungeahnten Lust durch ihren Körper strömten.

Skald war kurz vor seinem eigenen Höhepunkt, als Matumba sich zuerst verkrampfte, dann vor Lust laut aufschrie und unter seinen Händen zitterte. Ihr Lustkanal schien sich nochmals zu verengen und seinen Penis noch fester zu umschlingen. Nun war es auch um ihn geschehen. Er warf seinen Kopf zurück, stieß nochmals tief in sie hinein und spürte dann wie sein Samen sich den Weg bahnte, um verspritzt zu werden. Aufstöhnend hielt er ihre Hüften umklammert. Sein harter Penis schien ein Eigenleben zu entwickeln, als er nun sein Sperma in ungekannter Menge in ihr verströmte.

Sie fühlte seinen Erguss deutlich. Er zuckte in ihr und spritzte seinen Saft in gefühlt unendlichen Mengen in sie hinein. Sie ließ ihren Kopf hängen, stand mit zitternden Beinen vor ihm und erschauerte wohlig, als sie spürte, wie immer neue Schübe aus ihm heraus spritzten. Dann versiegte sein Schwanz. Sie bemerkte, wie er über ihr förmlich zusammensackte. Er umfasste ihre Körper und legte seinen Oberkörper auf ihren Rücken. Sie spürte seinen stoßweise kommenden Atem, auf ihrer Haut. Lange standen sie einfach nur so, im Wasser, am Beckenrand und genossen die abklingenden Gefühle der soeben erlebten Orgasmen.

Als er langsam aus ihr heraus rutschte fühlte sie, wie wie ein Rinnsal von Sperma aus ihr heraus lief und an ihren Beinen herab tropfte. Sie quittierte dieses Gefühl mit einem zufriedenen Seufzer, gab sich ganz diesem Gefühl hin, welches erneut einen Schauer durch ihren Körper laufen ließ. Skald gab ihr einen sanften Kuss auf ihren Nacken und richtete sich dann auf. Sie wandte ihren Kopf zu ihm und grinste. Dann richtete sie sich auf. "Wir sollten uns noch einmal waschen … und dann würde ich gerne eine Kleinigkeit essen." Sie kicherte, schloss ihre Arme um seinen Nacken und küsste ihn kurz. "Danach, mein großer Krieger und Baumeister möchte ich mit dir zusammen in dein Bett gehen … Wir haben einiges nachzuholen."

Am folgenden Tag machte Skald einen sehr müden Eindruck, als er auf der Baustelle ankam, wo Olov und Jasamin gerade mit Anschi darüber diskutierten, wie man das obere Geschoss des Krankenhauses am besten aufteilen könnte. Matumba, die neben Skald ging machte, wie üblich, einen wachen Eindruck … allerdings schien sie, an diesem Tage, außerordentlich zufrieden zu sein und sprühe geradezu vor guter Laune. Jasamin stutzte und kicherte dann leise. Dann eilte sie zu Matumba und verschwand mit ihr tuschelnd im schon weitestgehend fertigen Bauwerk. Olov sah den beiden Frauen nachdenklich hinterher. Dann fiel sein Blick auf seinen jüngeren Bruder … und nun wusste er, was dieser am gestrigen Abend getan hatte. Olov grinste heimlich und senkte dabei seinen Kopf. Das erste mal war etwas, was für jeden Mann und jede Frau ein unvergessliches Erlebnis war. Kurz dachte er an Seramis, die im fernen Men-Nefer seine erste Frau gewesen war, mit der er das Bett geteilt hatte. Auch nach der langen Zeit war sie ihm unvergesslich im Gedächtnis … und er dachte gerne an sie zurück.

Unbemerkt von ihnen stand eine Gestalt, etwa hundert Schritt entfernt, im Schatten des fast fertigen Badehauses. Langsam bewegte die Gestalt sich rückwärts und verschwand dann in der breiten Türöffnung, des zukünftigen Badehauses. Das Gesicht der Gestalt war vor Wut und Neid verzogen. Beim Anblick von Skald und Matumba, die Hand in Hand zu der Baustelle gekommen waren, hatten sich die Fäuste der Gestalt geballt. Ein leiser Fluch erklang. Einer der Zimmerleute im Innern des Gebäudes blickte auf und grinste fröhlich. "Hallo, Liv … Schön dich zu sehen. Hast du dich verletzt oder warum schimpfst du gerade leise vor dich hin?"

Liv blickte den deutlich älteren Mann an und ein Lächeln zog über ihr Gesicht … Ein lange antrainiertes und sorgsam geübtes Lächeln, bei dem man nicht erkannte, wie falsch es in Wirklichkeit war. Bei vielen der Männer von Asengard war sie geschätzt und teils sogar ausgesprochen beliebt. Das hatte seine Gründe. Gründe, über die diese Männer nicht sprachen. Liv verstand es meisterhaft, andere Menschen zu manipulieren. Am einfachsten war dies … zumindest für sie … bei Männern.

Ein leises Lachen kam von ihren Lippen. "Ich habe mir eben gerade das Knie gestoßen, Hrolf … Ich bin immer wieder erstaunt, wie aufmerksam du bist. Dir entgeht wirklich nichts … Ich kenne niemanden, der diese Gabe in dem Ausmaße besitzt, wie du. Die Götter haben dich wohl aus gutem Grunde mit dieser Gabe gesegnet."

Sie blickte kurz umher, ob niemand das Gespräch hören konnte. Dann beugte sie sich zu Hrolf und senkte ihre Stimme. "Hast du die Sitzbank bereits fertig, die ich bei dir bestellt hatte? Ich würde mich freuen, wenn du sie mir heute, am Abend, bringen könntest … Ich wäre sogar außergewöhnlich dankbar dafür."

Die Augen von Hrolf leuchteten auf. "Ich bringe dir die Sitzbank kurz, nach dem Sonnenuntergang, Liv." Sie lächelte ihn verheißungsvoll an.

8.

Geänderte Voraussetzungen und Pläne

Die Dämmerung des Abends legte sich schwer auf den dampfenden Dschungel, während die Handelsgruppe der Asen ihren Weg zwischen uralten Bäumen und Lianenverhangenen Stämmen fortsetzte. Nur noch drei Tagesreisen trennten sie von Asengard, der Heimat, die in ihren Gedanken bereits zum Greifen nah schien. Doch die letzten Etappen einer langen Reise bargen oft die größten Gefahren ... und so sollte es auch diesmal sein.

Orm war früh am späten Nachmittag auf die Jagd gegangen. Die Vorräte der Gruppe reichten noch, doch frisches Fleisch war eine willkommene Ergänzung. Mit gespannter Sehne pirschte er sich durch das Unterholz, jeder Schritt war lautlos, jeder Atemzug kontrolliert. Der Geruch von feuchtem Laub, morschem Holz und wildem Tier lag in der Luft. Dann erklang ein Rascheln im Dickicht. Orm spannte sich, sein Blick schärfte sich und in einem kurzen Moment reiner Instinkte wurde er zur Beute.

Der Leopard kam lautlos, ein Schatten im Schatten. Orm bemerkte ihn erst, als es zu spät war ... ein blitzschneller Satz aus dem Unterholz, ein dumpfer Aufprall, der ihn zu Boden riss. Klauen rissen durch seine Tunika, Zähne blitzten auf. Er reagierte mit dem einzigen, was ihm blieb, dem purem Überlebenswillen. Mit einem erstickten Schrei rammte er dem Tier das Knie in den Bauch, während seine freie Hand nach dem Jagdmesser tastete. Der Schmerz in seinem linken Oberschenkel brannte wie Feuer, als die Krallen tiefe Furchen ins Fleisch schnitten. Doch der Asenkrieger war zäh und kampferfahren. Mit einer wilden Drehung gelang es ihm, das Messer in die Seite des Raubtiers zu stoßen. Ein gellendes Knurren erfüllte den Wald, dann war das Gewicht des Tieres fort. Der Leopard taumelte zurück, zu Tode verwundet und verschwand mit letzten kehligen Lauten im Dickicht wo er, gerade noch im Sichtfeld von Orm, zusammenbrach und verendete.

Orm blieb keuchend liegen. Das Blut sickerte warm aus seiner Wunde, sein Bein pochte mit tiefem, dumpfem Schmerz. Er versuchte, sich aufzurichten, doch ein stechender Schmerz ließ ihn zusammenzucken. Dann Stimmen, eilige Schritte ... seine Gefährten hatten seinen Schrei gehört. Sie fanden ihn, blutüberströmt, mit verkniffenem Gesicht und wütendem Atem.

"Orm!" Hakon kniete sich neben ihn, die Stirn in Falten gelegt. "Bei den Göttern, du bist schwer verletzt!" Die Augen von Hakon glitten zu dem toten Körper des Leoparden.

"Es ist nichts…" Orm biss die Zähne zusammen. "Nur ein Kratzer."

Aber die Kratzer waren tief. Sie wuschen die Wunde mit Wasser aus ihren Feldflaschen, banden sie so gut es ging mit Stoffstreifen ab und halfen ihm auf die Beine. Orm humpelte, aber er bestand darauf weiterzugehen. Die Heimat war jetzt schon so nah und er wollte keine Verzögerung verursachen.

Am ersten Tag schien es, als könnte er durchhalten. Der Schmerz war unangenehm, doch er war ein Krieger und Krieger ertrugen Schmerzen. Doch als die zweite Nacht hereinbrach, änderte sich alles.

Orm lag unter einem hastig errichteten Unterstand aus Palmblättern, und sein Körper brannte. Das Fieber hatte ihn gepackt, so schnell und gnadenlos wie der Leopard es getan hatte. Sein Kopf dröhnte, seine Haut war schweißnass. Die Wunde, die sie am Morgen noch versorgt hatten, hatte begonnen zu eitern. Der Gestank war süßlich und bitter zugleich.

"Er muss getragen werden." Es war Jorun, der Heiler der Gruppe, der das Urteil sprach. "Wenn wir ihn laufen lassen, wird er es nicht nach Hause schaffen."

Die Männer wussten, was das bedeutete. Ein weiteres Lastpferd wurde umfunktioniert. Aus Ästen und Fellen bauten sie eine Trage, auf der Orm liegen konnte. Sie banden ihn fest, sodass er nicht herunterrutschen konnte und zogen den Riemen des Pferdes enger.

Der Marsch war mühsam. Jeder Schritt durch das dichte Unterholz, jeder Anstieg über Wurzeln und glitschige Steine wurde zur Herausforderung. Orm murmelte unverständliche Worte im Fieberwahn. Mal rief er nach Shabnam, seiner ehemaligen Geliebten, mal nach den Gefallenen, die in Valhall auf ihn warteten. Schweiß perlte auf seiner Stirn, seine Lippen waren rissig. Die Männer betrachteten ihn schweigend. Sie wussten, dass Fieber ein tückischer Feind war. Doch sie würden ihn nicht zurücklassen. Asen taten so etwas niemals. Er war einer der ihren. Hela befand sich ständig in der Nähe der Trage und blickte oft gedankenvoll auf Orm.

Als am dritten Tag die Bäume sich lichteten und in der Ferne die Mauern von Asengard sichtbar wurden, spürten sie Erleichterung. Sie trieben ihre Lastenpferde an, so schnell es ging und beschleunigten ihre Schritte. Zuhause warteten Heiler, stärkere Medizin, eine Hoffnung auf Rettung, für Orm, dem es immer schlechter ging. Orm bemerkte nichts davon. Das Fieber hatte ihn gepackt. Die meiste Zeit war er besinnungslos.

Die Stadt Asengard lag im sanften Licht der untergehenden Sonne, als die Handelsgruppe der Asen durch das weit geöffnete Haupttor zog. Die Heimkehr der Männer wurde von einem wogenden Strom aus Stimmen, lachenden Kindern und jubelnden Frauen begleitet. Die Straßen füllten sich rasch, während Verwandte und Freunde ihre Liebsten begrüßten, Umarmungen austauschten und von der Reise erzählten. Doch mitten in all dem Trubel lag Orm, blass und fiebrig, auf der Trage, die von dem müden Lastpferd gezogen wurde.

Ein Raunen ging durch die Menge, als sie den verwundeten Krieger erblickten. Nahezu alle der hier versammelten Asen kannten Orm. Ein Krieger von beachtlichem Ruf, der ehemalige Leibwächter der persischen Gouverneurstochter Schabnam. Orm, der mit den Asen ferne Länder bereist hatte und zusammen mit ihnen aus der fernen Heimat im Norden hierher gekommen war. Und nun lag er hier, reglos, mit schweißnasser Stirn, die Wunden an seinem Bein unter mehreren Lagen Verbänden verborgen.

"Bringt ihn ins Krankenhaus! Schnell!" rief eine der Frauen, die in den vorderen Reihen stand. Es war Jasamin, eine der kundigen Heilerinnen der Stadt und an ihrer Seite stand Anschi, die mit großen Augen den verletzten Orm betrachtete. Die beiden Frauen waren die besten Heilerin von Asengard. Jetzt kam die Stunde ihrer Prüfung. Das erste mal, dass ein schwer verletzter in das Krankenhaus gebracht werden musste, welches erst neu fertiggestellt worden war.

Rasch löste sich eine kleine Gruppe aus der Menge und half dabei, Orm zu dem neuen Gebäude zu bringen, wo er nun versorgt werden sollte. In einem der kleineren Räume wurde Orm auf ein breites Lager aus Fellen und Leinen gebettet. Das Zimmer war schlicht, aber zweckmäßig eingerichtet. Eine Truhe mit Heilmitteln, ein kleiner Tisch mit Schalen für Wasser und Kräuter, eine offene Feuerstelle für Wärme. Während sich die anderen Männer verabschiedeten, um sich um ihre Familien zu kümmern, blieben Anschi und Jasamin zurück. Sie hatten die Verantwortung für Orm übernommen.

"Das Fieber ist hoch," murmelte Jasamin leise, während sie sich über ihn beugte und seine Stirn betastete. "Aber er ist stark. Ich glaube nicht, dass er uns verlässt." Anschi nickte. Sie hatte schon Schwerverletzte gesehen und sie wusste, dass Orm sich in einem kritischen Zustand befand. Doch etwas in ihr sagte ihr, dass er es schaffen würde.

Auf dem Platz vor der Festung blickten die zurück gekehrten Asen etwas erstaunt auf die sie umgebende Menschenmenge. Auch Hela war jetzt mehr als verblüfft. Sie erkannte einige Menschen, die sich deutlich von den hellhäutigen Asen unterschieden. Seit wann lebten schwarzhäutige Leute in Asengard, fragte sie sich.

König Baldur erschien jetzt ebenfalls. An seiner Seite befand sich eine schwarzhäutige Frau. Er hob seine Hand, um Ruhe herzustellen. Dann erteilte er einige kurze Befehle, an die Anwesenden. Diese machten sich sofort daran, die Lasttiere und Waren zum nahegelegenen Lagerhaus zu bringen. Danach wandte er sich an die zurückgekehrten Reisenden. "Seit ihr abgereist seid, hat sich viel ereignet. Kommt mit mir, in die Festung. Dort sind Speisen und Getränke bereitgestellt, um eure Ankunft zu feiern. Wenn wir dort sind, werde ich euch allen erzählen, was sich zugetragen hat. Ich kann euch schon einmal verraten, dass sich wirklich viel ereignet hat. Die Frau an meiner Seite trägt den Namen Omoru … Sie ist meine Gefährtin." Er schmunzelte verhalten, als er die verblüfften Gesichter der heimgekehrten sah.

Orm befand sich im neuen Krankenhaus. Es ging ihm nicht gut und zeitweise stand er auf der Schwelle des Todes, bis sein Körper das Fieber und die Vergiftung der Wunde langsam aber sicher besiegte. Die nächsten Tage vergingen für ihn in einem unruhigen Wechsel aus fiebrigen Träumen, sanften Händen und bitteren Tränken. Orm war in dieser Zeit nicht ansprechbar. Er murmelte im Schlaf, manchmal wirr, manchmal in klarer Stimme. Manchmal sprach er in der Sprache der Asen, manchmal in der der Perser. Namen glitten über seine Lippen ... Schabnam, Hakon, Olov, Hela. Anschi hörte ihm zu, manchmal mit Neugier, manchmal mit Mitgefühl. Wer war dieser Mann wirklich, den sie so hingebungsvoll pflegte? Sie kannte ihn nur als Krieger, als eine Gestalt, die auf den Erzählungen anderer beruhte. Doch nun, in diesem kleinen Raum, sah sie einen Menschen, der verwundbar war, der kämpfte, um dem Tod zu entgehen.

Jasamin bereitete, zusammen mit Anschi, jeden Morgen Kräutertees und Wundumschläge zu, die das Fieber senken sollten. Sie wuschen die Wunde mit klarem Wasser und bestrich sie mit heilenden Salben, um die Entzündung zurückzudrängen. Die Wunde heilte nur langsam, doch sie heilte. Anschi war es, die oft bis in die Nacht bei Orm blieb, seine Stirn mit feuchten Tüchern kühlte, ihn vorsichtig aufrichtete, wenn er sich im Fieberwahn bewegte. Und dann, nach etlichen Tagen, schlug Orm die Augen auf.

Es war ein stiller Morgen. Ein Sonnenstrahl fiel durch das Fenster auf sein Gesicht, und sein Blick flackerte unruhig, bis er schließlich aus der Dunkelheit auftauchte. Sein Körper fühlte sich schwer an, müde, doch er lebte. Sein Atem war flach, aber ruhig.

"Du bist wach." Die Stimme war sanft und als er den Kopf leicht zur Seite drehte, sah er eine fremde, schwarzhäutige Frau neben sich sitzen. Ihr Haar fiel in sanften Wellen über ihre Schultern, und ihre dunklen Augen blickten ihn aufmerksam an.

"Wo ...? Wo bin ich?" Seine Stimme war brüchig.

"In Asengard. In Sicherheit," antwortete sie ruhig. "Du hast lange Fieber gehabt. Aber es wird besser."

Orm versuchte, sich aufzurichten, doch ein stechender Schmerz im Bein ließ ihn sofort wieder in die Kissen sinken. Anschi drückte ihn sanft zurück.

"Ruh dich aus. Du wirst noch Zeit brauchen. Jasamin wird nachher auch kommen, um deinen Verband zu erneuern."

Die kommende Zeit wurden zu einer Zeit der Heilung. Orm war ein ungeduldiger Patient, doch er war gezwungen, sich den Gegebenheiten zu fügen. Er konnte nicht sofort aufstehen, nicht trainieren, nicht kämpfen … am Anfang sogar nicht einmal alleine essen oder trinken. Ihm fehlte die Kraft dafür. Für einen Mann, der sein Leben in Bewegung verbracht hatte, war dies eine bittere Herausforderung. Doch Anschi half ihm, Geduld zu finden. Sie brachte ihm die Kräuter, erklärte ihm deren Wirkung. Sie half ihm, sich zu waschen, wenn sein Körper noch zu schwach war, um es selbst zu tun. Sie war es, die ihm eine Krücke gab, als er nach weiteren zwei Wochen erstmals versuchte, wieder aufrecht zu stehen. Das Fieber jedoch kam immer wieder über ihn.

Orm beobachtete sie. Er hatte viele Frauen kennengelernt, Frauen von Rang, von Macht, von Schönheit. Doch Anschi war anders. Sie war still, aber bestimmt. Sie sprach wenig über sich, aber sie hörte ihm zu. Und er spürte, dass sie ihn verstand, ohne viele Worte zu brauchen. Das war neu für ihn und er freute sich immer darauf sie erneut zu sehen, wenn sie ihn verließ.

Der Abend senkte sich sanft über Asengard, und die warme Glut des Tages wich langsam der kühlen, frischen Luft der Nacht. In den Gassen der Stadt brannten bereits die ersten Fackeln, ihr flackerndes Licht spiegelte sich auf den noch feuchten Pflastersteinen wider. Das Treiben der Heimkehr war abgeklungen ... die Wagen waren entladen, die Pferde versorgt, die Handelswaren sicher verstaut. Ruhe kehrte ein, und in den Häusern und Hallen begannen die Menschen, den langen Tag ausklingen zu lassen. Einen Viertelmond lag ihre Rückkehr nun schon zurück. Bisher hatten Jasamin und Hela sich nur einige male kurz gesehen. Jasamin war fast den ganzen tag im neuen Krankenhaus beschäftigt und Hela hatte sich die zeit genommen, um sich von der langen Reise etwas zu erholen, die auch an ihren Kräften gezehrt hatte. Heute war es das erste mal, dass die beiden wieder einen Abend für sich hatten … Etwas, was beide lange vermisst hatten.

Hela saß auf einer niedrigen Bank vor Jasamins Haus, eine tönerne Kanne Met in der Hand. Sie nahm einen tiefen Schluck und ließ die süße Schwere auf ihrer Zunge zergehen. Nach Monaten auf der Reise fühlte es sich eigenartig an, wieder in Asengard zu sein. Alles war vertraut und doch fremd zugleich ... die festen Mauern, die engen Gassen, der Duft nach Feuerholz und geröstetem Fleisch. Sie hatte sich an das rastlose Ziehen gewöhnt, an die offene Weite der Wüste und die Stimmen fremder Händler, an das Rumpeln der Wagen auf staubigen Straßen. Jetzt, zurück in ihrer Heimat, musste sie erst wieder ankommen und sich an all die neuen Gegebenheiten gewöhnen, die sich in der Zwischenzeit ereignet hatten.

"Du siehst müde aus," stellte Jasamin fest, die ihr gegenüber saß und ihr eigenes Trinkgefäß langsam zwischen den Händen drehte. "Aber auch etwas ... verändert. Es ist, als wäre etwas in dir gereift."

Hela schmunzelte und schüttelte leicht den Kopf. "Vielleicht bin ich einfach nur älter geworden. Reisen verändert einen Menschen, das weißt du doch selbst."

Jasamin nickte nachdenklich. Sie hatte sich während Helas Abwesenheit kaum aus Asengard fortbewegt, doch die Stadt selbst hatte sich stark verändert ... und mit ihr die Menschen, die hier lebten. Während Hela fort gewesen war, hatte sich das Leben in Asengard weitergedreht, hatte neue Verbindungen geschaffen, neue Bande geknüpft.

"Vieles ist passiert, seit ihr fort wart," begann Jasamin schließlich und nahm einen tiefen Schluck aus ihrem Becher. "Wir haben erst kürzlich ein Krankenhaus fertiggestellt, eine Schule und auch ein Badehaus ... du wirst einiges in Asengard kaum wiedererkennen. Baldur ließ neue Werkstätten errichten, und es gibt nun einen eigenen Platz für die Lederer. Die Stadt wächst mit jeder Woche ... Neue Leute sind auch heimisch geworden, wie du bemerkt haben wirst."

Hela hörte ihr aufmerksam zu, während Jasamin ihr erzählte, was in ihrer Abwesenheit geschehen war. Von neuen Gesetzen, die König Baldur und der Rat erlassen hatte, von Festen, die gefeiert worden waren, von den kleinen und großen Veränderungen im Leben der Menschen. Es tat gut, Jasamin zuzuhören, sich wieder mit der Stadt zu verbinden, ihre vertrauten Rhythmen zu spüren.

Dann, nach einem Moment des Schweigens, legte Jasamin ihren Becher zur Seite, strich sich eine dunkle Haarsträhne aus dem Gesicht und sah Hela mit einem Blick an, in dem sich Nachdenklichkeit und ein Hauch von Unsicherheit mischten. "Ich muss dich etwas fragen," sagte sie schließlich. Hela hob leicht eine Augenbraue. "Dann frag."

Jasamin zögerte kurz, dann atmete sie tief durch. "Du hast vor deiner Abreise angedeutet, dass du Olov als deinen Gefährten wählen würdest. Ist das noch immer dein Wunsch? Bisher scheint dir das nicht eilig zu sein. Ist es dir nicht mehr wichtig?"

Hela blinzelte überrascht, dann lachte sie leise. „Oh, Jasamin …" Sie ließ ihren Kopf in den Nacken sinken und betrachtete für einen Moment den sternenklaren Himmel. "Ich liebe Olov, das tue ich wirklich. Aber nicht auf die Weise, die mich an ihn binden würde. Nicht so, dass ich meine Freiheit dafür aufgeben möchte."

Jasamin sah sie forschend und zutiefst überrascht an. "Du möchtest ihn also nicht mehr? Das verstehe ich nicht. Warum …?"

Hela schüttelte den Kopf. "Nicht jetzt. Vielleicht nie. Ich will reisen, will die Welt sehen, will leben, ohne an einem Ort bleiben zu müssen … und vor allem will ich nicht an einen Mann gebunden sein und meine eigenen Entscheidungen treffen. Leben wie es mir passt und gefällt."

Jasamin wirkte erleichtert ... und gleichzeitig zögerlich. Sie drehte ihren Becher in den Händen, als ob sie die richtigen Worte suchte.

"Was ist los?" fragte Hela schließlich leise, die dies bemerkt hatte. Etwas schien Jasamin zu beschäftigen, ihr unangenehm zu sein und es schwer zu machen, dass sie darüber sprach.

Jasamin seufzte leise und blickte zu ihr auf. "Ich … war in der Zeit deiner Abwesenheit mit Olov zusammen. Nicht als Gefährtin, aber … wir haben uns einander zugewandt … wir haben es miteinander getan. Mehr als nur einmal."

Einen Moment lang war es still. Hela betrachtete ihre Freundin mit einem undurchdringlichen Ausdruck, dann zog sie die Mundwinkel leicht nach oben und kicherte leise.

"Ich hätte es wissen müssen," sagte sie schmunzelnd. "Ihr beide hattet immer eine gewisse Spannung zwischen euch."

Jasamin runzelte die Stirn. "Du bist nicht … böse auf mich?"

173

Hela lachte leise und schüttelte den Kopf. "Warum sollte ich? Ich habe dir gerade gesagt, dass ich mich nicht an Olov binden will. Und du bist mir viel wichtiger als irgendein Mann. Auch wichtiger als Olov, der mir von allen Männern am wichtigsten ist."

Tiefe Erleichterung breitete sich auf Jasamins Gesicht aus und für einen Moment herrschte ein warmes Schweigen zwischen ihnen. Dann nahm Hela einen weiteren Schluck Met, beugte sich leicht vor und grinste dann schelmisch und verschwörerisch "Außerdem habe ich auf der Reise meine eigenen Erfahrungen gemacht."

Jasamin hob überrascht eine Augenbraue. "Oh? … Wer?"

"Orm," sagte Hela leichthin, und Jasamin verschluckte sich fast an ihrem Met.

"Orm?" wiederholte sie hustend.

Hela grinste. "Ja … Zweimal. Mehr Gelegenheiten hatten wir nicht. Und glaub mir, es war … intensiv."

Jasamin starrte sie mit großen Augen an, dann brach sie in schallendes Gelächter aus. "Bei den Göttern, Hela! Ich hätte nicht gedacht, dass du und er …"

Hela zuckte grinsend mit den Schultern. "Wir hatten Spaß. Mehr nicht. Es war in der einen Oase, in der Orm und ich auf den Rest der Gruppe warteten … Ich habe mich von ihm in den Hintern stoßen lassen. Götter, was für ein Genuss. Ich habe ihn auch mit Händen und Lippen verwöhnt und seinen Saft genossen … und mich von ihm zum Höhepunkt lecken lassen."

Jasamin kicherte und schüttelte den Kopf. "Und ich dachte, ich hätte ein Geheimnis."

Hela sah sie schalkhaft an. "Also, war Olov gut?"

Jasamin errötete leicht, nahm einen tiefen Schluck Met und lehnte sich grinsend zurück. "Das ist eine sehr persönliche Frage." Sie kicherte und grinste dann gedankenvoll.

"Oh bitte, als ob wir uns nicht schon alles erzählt hätten," neckte Hela und knuffte sie sanft in die Seite.

Jasamin seufzte gespielt dramatisch. "Nun gut, Hela, ich gestehe … Er war sehr … beeindruckend. … Er hat mir Höhepunkte verschafft, wie kein anderer Mann zuvor. Seine Ausdauer ist wirklich enorm. Fast sehne ich mich danach, ihn wieder in mir zu spüren."

Hela lachte schallend. "Das dachte ich mir, als ich dein Gesicht eben gesehen habe."

Die beiden jungen Frauen verbrachten den Abend damit, ihre Erlebnisse auszutauschen ... lachend, kichernd, neckend. Es gab keine Eifersucht zwischen ihnen, keine Bitterkeit. Sie waren sich so nahe, dass nichts zwischen ihnen stehen konnte, und schließlich, als die Nacht schon weit fortgeschritten war, saßen sie einfach nur nebeneinander, den Blick auf den Mond, am Himmel gerichtet, mit der Gewissheit, dass sie sich immer vertrauen konnten.

"Egal, was passiert," murmelte Hela schließlich. "Du bist und bleibst meine Seelenschwester."

Jasamin nahm ihre Hand und drückte sie sanft. "Und du die meine." Sie seufzte. "Ich habe dich vermisst, Hela. Deine Nähe und die Zeit mit dir. Ich habe oft an dich gedacht … vor allem, wenn ich am Abend alleine in meinem Bett gelegen habe."

Helas Augen blitzten auf und sie fuhr sich mit ihrer Zunge über die Lippen. Dann gab sie Jasamin einen schnellen kuss und lächelte sanft und zugleich sehnsuchtsvoll. Die Sterne leuchteten über dem ruhigen Asengard, während die zwei Frauen, verbunden durch eine tiefe Freundschaft, die Ruhe der Nacht genossen.

Hela spürte die Wärme von Jasamins Körper, als sie sich einander näher rückten. Der Raum zwischen ihnen war von einem ganz eigenen, stillen Band erfüllt, das die Nähe und das Vertrauen widerspiegelte, das sie über die Jahre hinweg aufgebaut hatten. Sie kannten sich besser als jeder andere, teilten ihre Ängste und Hoffnungen, ihre Fehler und Träume. Doch heute war etwas anders. Es war, als hätten sie einen Punkt erreicht, an dem Worte alleine nicht mehr ausreichten, um zu erklären, was sie füreinander empfanden.

"Du bist mir so wichtig, Jasamin", sagte Hela leise, ohne den Blick von den schimmernden Sternen zu nehmen. Ihre Stimme war sanft, doch in ihr lag eine Tiefe, die Jasamin sofort spürte. "Ich weiß nicht, was ich ohne dich tun würde."

Jasamin sah sie an, und für einen Moment trafen sich ihre Blicke, so wie es schon oft getan hatte. Doch heute war es anders. Die Verbindung zwischen ihnen war klarer, stärker, als sie es je erlebt hatten. "Hela…", flüsterte sie und legte eine Hand auf die ihre. "Ich bin froh, dass du hier bist. Dass wir das zusammen erleben."

Ihre Hand war warm auf Helas und es war ein einfacher, unschuldiger Kontakt, aber er war voller Bedeutung. Hela spürte die Nähe und die Wärme, die von Jasamin ausgingen. Es war nicht nur die Berührung, sondern das, was sie miteinander teilten. Ein unsichtbares Band, der tiefen Verbundenheit, das ganz besonders an diesem Abend noch stärker geworden war.

"Ich habe oft darüber nachgedacht, was zwischen uns ist", sagte Hela, ihre Stimme kaum mehr als ein Hauch in der Nachtluft. "Du bist eine meiner besten Freundinnen … bist seit Men-Nefer meine beste Freundin, aber ich glaube, es ist mehr als das. Irgendwie war es immer mehr, aber ich wusste nie, wie ich es benennen sollte."

Jasamin zog ihre Hand zurück und ließ den Blick von Hela nicht ab. Ein Lächeln spielte um ihre Lippen, ein Lächeln, das mehr sagte als Worte es je könnten. "Ich weiß, was du meinst", sagte sie leise. "Mir geht es genauso. Aber wir haben immer unser eigenes Tempo gehabt, oder? Wir haben uns nie dazu gedrängt, irgendetwas zu tun. Wir sind damals zusammengekommen, ohne dass es wie eine Entscheidung aussah. Einfach so. Ich habe es immer genossen, mit dir zusammen zu sein."

"Ja", stimmte Hela zu, "und es fühlt sich richtig an. Es fühlt sich immer richtig an, mit dir zu sein … Deine Nähe, mit dir zu sprechen, mit dir die Lust zu teilen und dich zu spüren."

Jasamin beugte sich langsam vor und Hela ließ es geschehen. Ihre Gesichter kamen sich näher, aber es war nicht der drängende Kuss eines Moments der Leidenschaft. Es war der sanfte, zärtliche Ausdruck von Vertrauen, von tiefer Zuneigung, von einer Verbindung, die in diesem Augenblick gänzlich ohne Worte auskam. Die Lippen berührten sich, fast unmerklich, ein erster Hauch einer noch nicht ausgesprochenen Nähe. Und doch war es mehr als nur ein Kuss. Es war das Verstehen, das gegenseitige Einfühlen in den anderen, das Annehmen ohne Worte.

Als sie sich wieder voneinander lösten, waren beide still. Die Stille zwischen ihnen war nicht unangenehm, sondern vielmehr erfüllt von einer tiefen, friedlichen Ruhe. Sie saßen weiterhin nebeneinander, der Mond war ihr einziges Zeuge, als sie einfach nur die Nähe des anderen genossen.

"Das fühlt sich so gut an", flüsterte Hela, ihre Hand fand die von Jasamin wieder, die sie zart hielt. "Ich habe das so vermisst … habe dich vermisst. Deine Nähe, deine Berührungen, deine Küsse."

"Ja", antwortete Jasamin leise. "Es fühlt sich richtig an." Sie stand auf, nahm die Hand von Hela und zog sie in das Innere des Hauses. Jasamin schloss die Tür und legte den Riegel vor. Dann wandte sich sich Hela zu und küsste sie erneut. Erst sanft, dann fordernder. Schon bald küssten sie sich leidenschaftlich und voller Verlangen. Hela spürte die Hände von Jasamin, als diese über ihren Körper strichen, sanft und doch bestimmt ihre Brüste berührten und dann leicht drückten. Sie stöhnte leise und erwiderte diese Berührungen, ließ sich von Jasamin an den Tisch zurück drängen, der im Raum stand und lehnte sich schließlich dagegen.

Jasamin sank auf die Knie. Ihre Hände glitten unter die knappe Tunika von Hela, lösten das schmale Lendentuch und strichen zart über die Schamlippen von Hela. Sie bemerkte, dass Hela bereits mehr als nur ein wenig feucht zwischen ihren Beinen war und vernahm deren wohliges Seufzen. Sie hob die Tunika ein Stück empor, näherte sich mit ihrem Gesicht nun dem Zentrum von Helas Lust und küsste sie zart auf die Schamlippen. Hela stieß ein leises Geräusch aus, dass Verlangen und Lust zugleich hören ließ.

Hela setzte sich auf die Tischkante und spreizte dabei ihre Beine weiter. Jasamin schleckte, mit ihrer Zunge, über die Schamlippen von Hela, wie eine verdurstende. Sie züngelte über die Lustperle, saugte sanft daran und spürte wie der Körper von Hela erbebte. Hela drückte den Kopf von Jasamin an ihren Unterleib. Sie atmete schwer. Jasamin hörte die leise Stimme ihrer Freundin, die einen Unterton der puren Lust hatte. "Mehr!

177

Leck mich, ich komme gleich!" Jasamin teilte die Schamlippen ihrer Freundin, mit den Fingern und drang, mit ihrer Zungenspitze in deren Lustkanal ein, saugte und leckte dann erneut deren Lustperle und schob einen Finger in den nassen Lustkanal von Hela. Ein tiefes Stöhnen war die Antwort darauf und der Körper von Hela erbebte jetzt noch stärker. Jasamin bewegte ihren Finger, mit schneller werdenden Bewegungen. Dann, ganz unvermittelt, bäumte Hela sich auf und keuchte vor Lust, als sie zum Höhepunkt kam. Ihr Körper zitterte unkontrolliert.

Jasamin rückte ein Stück von ihr ab und schaute in das lustvoll verzogene Gesicht ihrer Freundin. Es dauerte einen Moment, bis Hela wieder in der Lage war zu sprechen. "Kein Mann vermag es so gut, wie du, mich zum Höhepunkt zu bringen, Jasamin." Hela lächelte. "Ich werde dir diese Wohltat heute Nacht erwidern … Wenn du magst."

Jasamin stand langsam auf, küsste Hela auf deren Lippen, wobei diese ihre eigenen Säfte schmeckte, und grinste erwartungsvoll. "Ich kann es kaum erwarten. Du hast keine Vorstellung davon, wie sehr ich mich nach dir sehne … Ich will heute Nacht mit dir zusammen all das nachholen, was wir in den vergangenen Monden vermisst haben."

Hand in Hand gingen sie in das Schlafgemach von Jasamin. Der Raum wurde nur durch das Mondlicht erhellt, welches ihre Körper im ersten Moment fast schattenhaft wirken ließ, bis sich ihre Augen an das schwache Licht gewöhnten. Fast schon hektisch streiften sie ihre Kleidung ab und krabbelten dann leise kichernd in das Bett von Jasamin. Hela seufzte genussvoll, als sie ihren Kopf auf die gepolsterten Kissen legte.

Jasamin kuschelte sich eng an ihre Freundin. Sie zitterte von Begierde. Wortlos strichen sie mit ihren Händen über den Körper der anderen. Hela beugte ihren Kopf und fuhr mit ihrer Zunge über die Brustwarzen von Jasamin, die unter dieser Berührung hart wurden und sich aufrichteten. Jasamin stöhnte leise, genoss das Spiel von Zunge und Lippen an ihren Brüsten. Helas Zuge wanderte nun tiefer, verharrte einen Moment am Bauchnabel, um dann endlich zwischen den weit gespreizten Beinen von Jasamin anzugelangen. Mit Genugtuung stellte Hela fest, dass Jasamin bereits derart nass zwischen ihren Beinen war, dass sich einzelne Tropfen bildeten. Geschickt und mit Geduld entlockte sie ihrer Freundin nun immer lautere Geräusche der Lust, die irgendwann in einen leisen Schrei der Erlösung ausuferten, als Jasamin zum Höhepunkt kam und ihr Körper erbebte.

Jasamin und Hela, wieder zusammen in Asengard

Nach diesem Höhepunkt von Jasamin lagen sie sich eine lange Zeit in den Armen und küssten sich nur sanft. Die Bettdecke aus Leinen, die sie über sich gezogen hatten, war teils nass von ihrem Schweiß. Als sich der Atem von Jasamin wieder beruhigt hatte kicherte sie plötzlich leise. Hela sah ihre Freundin fragend an, worauf diese leise zu sprechen anfing. "Als ich mit Olov zusammen war und von ihm gestoßen wurde, habe ich mir

179

einige male vorgestellt, wie es wohl wäre, wenn du auch dabei sein könntest … Wenn ich zusehe, wie er dich auch bespringt. Du mich streichelst küsst und leckst, während er seinen Saft in mir verspritzt. Ich gestehe, der Gedanke daran war mehr als stimulierend für mich."

Hela kicherte ebenfalls und sah ihre Freundin dann lüstern an. "Was wir noch nicht hatten, das können wir in der Zukunft ganz bestimmt noch bekommen. Ich kann mir sehr gut vorstellen, das zu tun. Ihn zusammen mit dir genießen und zu sehen und zu schmecken, wie er seinen Saft verspritzt. Schon der Gedanke daran lässt mich unruhig werden."

Hela grinste. "Es wird sowieso Zeit, dass ich mich mit ihm treffe. Ich gehe ihm schon seit meiner Rückkehr möglichst aus dem Wege. Noch ein oder zwei Tage, dann sollten deine Kräuter ihre Wirkung entfalten … und ich kann mich endlich von ihm bespringen lassen. Götter! Das habe ich mir lange genug aufgespart. Hätte ich von deinen Kräutern genügend besessen, als ich auf der Reise nach Men-Nefer war, dann hätte ich auch Orm mich in meine Luströhre stoßen lassen … So musste mein Hintern herhalten, damit ich nicht schwanger werde … Ich gestehe jedoch, dass diese Variante auch nicht schlecht war. Ich habe es genossen, wenn er mir seinen Saft in den Hintern gespritzt hat." Sie grinste erneut. "Nebenbei bemerkt möchte ich sagen, dass es ihm ebenfalls gefallen hat … Sogar sehr gefallen, würde ich sagen."

Jasamin hatte ihr aufmerksam und mit glänzenden Augen zugehört. Die Schilderung, was Hela und Orm getan hatten, erregte sie sehr und auch Hela schien von dem Gedanken erregt zu werden. Sie streichelte kurz die linke Brust von Hela und spürte dabei deutlich deren harte Brustwarze, unter ihren sanften Fingern. Erneut küssten sie sich, bevor sie ein weiteres mal mit ihrem ungezügelten Liebesspiel begannen. Es war schon spät in der Nacht als sie endlich, zutiefst befriedigt und ermattet, Arm in Arm einschliefen.

Zwei Tage später befand sich Hela auf dem Wege zu Olov. Die Nacht lag schwer über Asengard, und die Hitze des Tages war einer angenehmen Kühle gewichen. Ein schwacher Wind strich durch die Gassen der Stadt, trug den Duft von brennendem Harz und fernen Herdfeuern mit sich. Hela ging langsam, fast bedächtig, während ihre Finger über das raue Holzgeländer einer kleinen Brücke strichen, die einen schmalen Bach überspannte. Einer von drei künstlich angelegten Bächen, in der Stadt, die in kleine Teiche mündeten und einen Kreislauf bildeten. Das Wasser wurde dabei von der windgetriebenen Pumpe am Badehaus fortwährend nachgefüllt, da das eine oder andere verdunstete. Der Himmel war ein endloses Meer aus Dunkelblau, durchzogen von den funkelnden Sternen, die über die Stadt wachten.

Sie wusste nicht genau, warum ihr Herz schneller schlug, als sie sich der Festung nun näherte, in der die Gemcher von Olovs lagen. Vielleicht war es die Erkenntnis, dass sich mit diesem Gespräch etwas grundsätzlich ändern würde ... für ihn, aber auch für sie selbst. Sie mochte Olov. Er war ihr vertraut, ein Mann, mit dem sie unzählige Erinnerungen teilte. Doch er war nicht derjenige, dem sie ihr Leben anvertrauen wollte. Nicht jetzt. Nicht so schnell ... Sie wollte prinzipiell derzeit keinen Mann als festen Partner. Später irgendwann vielleicht und es war durchaus möglich, dass Olov dieser Mann sein würde. Eigentlich war Olov in dieser Hinsicht der einzige, den sie sich überhaupt irgendwann als ihren Partner vorstellen konnte … Irgendwann später einmal.

Sie betrat die Festung und wanderte entspannt zu dem Turm, indem sich die gemächer von Olov befanden. Am Anfang der Treppe angelangt holte sie noch einmal tief Luft und stieg dann die Stufen empor, die zu seinen Räumen führten. Aals sie an der Tür zu seinen Gemächern angelangt war, klopfte sie vernehmlich an der dicken Holztür. Olov öffnete die Tür nur wenige Augenblicke später. Als er Hela erkannte, huschte ein Lächeln über sein Gesicht ... eines, das ihr einen leichten Stich versetzte.

"Du bist spät dran", sagte er, ohne Vorwurf, eher aber mit spielerischer Leichtigkeit.

Sie nickte. "Ich musste nachdenken."

Sie gingen in den großen Raum, der zur Terrasse hin offen war und durch einen Bogengang leicht erreichbar war. Olov setzte sich auf die breite Bank. Er musterte sie, dann deutete er auf eine Bank neben sich. "Setz dich zu mir und erzähle, was dich bedrückt oder beschäftigt."

Hela tat es, ließ den Blick über die dunklen Dächer Asengards wandern. Eine Weile sagte keiner von beiden etwas. Sie wusste nicht, wie sie anfangen sollte und versuchte nun ihre Worte zu sammeln, schwieg dabei aber noch. Es war ihr anzusehen, dass sie sich momentan nicht ganz wohlfühlte. Olov betrachtete sie nachdenklich und verspürte ein ungutes Gefühl. Irgendetwas war da zwischen ihnen und er wusste nicht, was es war. Hatte sie etwa davon erfahren, dass er mit Jasamin zusammen der Lust hingegeben hatte? Mehr als nur einmal und das auch mit steigender Begierde? War sie deshalb so merkwürdig? Er verspürte Schweißperlen auf seiner Stirn.

"Es gibt viel zu besprechen, nicht wahr?" fragte Olov schließlich.

Sie drehte sich zu ihm. Sein Gesicht war von der warmen Flamme der Lampe erhellt, die auf dem Tisch stand. Seine Augen wirkten tiefer als sonst. Erwartung lag darin, vielleicht sogar Hoffnung aber auch eine gewisse Angst.

"Ja", erwiderte sie sanft. "Das gibt es."

Sie atmete tief durch, sammelte ihre Gedanken, bevor sie sprach. "Olov, du weißt, wie viel du mir bedeutest. Wir sind zusammen aufgewachsen, wir haben vieles miteinander geteilt … und du bist mir wichtig. Sehr wichtig … und ich habe auch Gefühle für dich, die über eine bloße Freundschaft hinaus gehen."

Er lächelte leicht. "Aber?", fragte er ruhig.

Hela senkte für einen Moment den Blick. Dann hob sie ihn wieder, fest entschlossen, ehrlich zu sein.

"Aber ich bin nicht bereit, mich zu binden", sagte sie schließlich. "Nicht jetzt, nicht in naher Zukunft. Ich will frei sein, Olov. Ich will nicht in einem Leben gefangen sein, das ich noch nicht bereit bin zu führen."

Die Worte hingen zwischen ihnen, während Olov sie schweigend musterte. Sie konnte sehen, wie die Bedeutung langsam in ihm Wurzeln schlug, wie seine Stirn sich für einen Moment in Falten legte. Er war erstaunt … vielleicht sogar verwirrt. Sie meinte jedoch auch eine gewisse Erleichterung und Schuldgefühle erkennen zu können.

"Warum? Ich dachte …" Er hielt inne, schüttelte dann leicht den Kopf. "Ich dachte, du wolltest es auch … Ich dachte, du wolltest diese Partnerschaft … mit mir zusammen. So hatten wir es doch besprochen, bevor du abgereist bist. Ist das der Grund, warum du mir, schon seit deiner Rückkehr, aus dem Wege gehst? Oder gibt es da etwas, womit ich dich gekränkt habe? Wir wollten doch zusammen sein."

"Das dachte ich auch", gab sie zu. "Aber auf unserer Reise ist mir klar geworden, dass ich noch nicht so weit bin."

Eine Weile schwieg er. Dann lehnte er sich zurück, fuhr sich mit einer Hand durch das Haar. "Ich verstehe." Seine Stimme klang ruhiger, als sie es erwartet hatte. "Ich meine ... es überrascht mich, aber ich verstehe es."

Hela betrachtete ihn aufmerksam. "Bist du sehr enttäuscht?" fragte sie ihn dann schließlich.

Er zögerte, dann lachte er leise. "Vielleicht ein wenig. Aber ..." Er hielt inne, suchte nach den richtigen Worten. "Ich hätte wohl nicht erwartet, dass du so klar darüber denkst. Vielleicht wollte ich einfach glauben, dass es zwischen uns nur diese eine Richtung gibt, in der wir den Bund eingehen."

Hela blickte nachdenklich. "Es gibt viele Richtungen, Olov."

Er sah sie an, und für einen Moment lag etwas Nachdenkliches in seinem Blick.

"Vielleicht ist es besser so", sagte er schließlich. "Ich schätze, wir beide haben unsere eigenen Wege zu gehen."

Hela wusste, dass er recht hatte. Doch sie wusste auch etwas, dass er nicht wusste ... oder zumindest etwas, von dem er glaubte, dass sie es nicht wusste. Der Umstand, dass er sich mit Jasamin traf und mit dieser zusammen das Bett teilte ... und das Jasamin ihr alles darüber erzählt hatte. Sie hatte nichts dagegen. Es störte sie nicht, machte sie nicht wütend oder eifersüchtig. Sie verstand es sogar. Vielleicht war dies der Grund, weshalb er ihre Entscheidung so schnell akzeptierte ... weil er wusste, dass er nicht ganz allein sein würde. Doch sie sagte nichts. Manchmal war es besser, manche Dinge unausgesprochen zu lassen.

Die beiden schwiegen eine Weile, bevor Olov schließlich schief lächelte.

"Also ... was jetzt?" fragte er. Hela lächelte ebenfalls. "Jetzt genießen wir den Abend. Ohne Erwartungen. Ohne Zukunftspläne."

Er lachte. "Ich kann damit leben. Muss es zwangsläufig auch. Es ist nur eine Situation die ich so nicht erwartet hätte." Sie nickte verstehend und legte dann ihre Hand auf sein Bein. Langsam streichelte sie seine Haut, unter der sie seine Muskulatur ertasten konnte. Er schwieg, schien aber ihre Berührung zu genießen. Eine Spannung lag zwischen ihnen, die fast schon greifbar war. Eine Spannung, die von ihren Gefühlen und ihrem gegenseitigen Verlangen erfüllt war. Ein Verlangen, das keiner von ihnen äußerte und das trotzdem fast sichtbar in der Luft lag. Ein Verlangen, dass sie beide seit vielen Jahren hatten und welches bislang unerfüllt geblieben war … das Verlangen danach, endlich den Gefühlen freien lauf zu lassen und den anderen in einer Art zu berühren, wie sie es gegenseitig noch nie zuvor getan hatten.

Erneut trafen sich ihre Blicke. Hela fühlte, wie ihr Herz schneller schlug. Sie hatte sich immer wieder gefragt, wann der Moment kommen würde, in dem sie sich ihm hingeben würde, ohne Fragen, ohne Zweifel. Es war nie einfach gewesen ... ihre Freundschaft, die Zuneigung, die sie füreinander empfanden, war immer mehr gewesen als nur körperliches Verlangen. Doch heute war etwas anders. Etwas, das sie nicht länger ignorieren konnte. Heute wollte sie ihn endlich für sich haben … Als eine Frau, die einen Mann begehrte und sich ihm hingab.

"Olov...", sagte sie leise, fast flüsternd, als sie sich ihm näherte. Ihre Worte hatten etwas Zärtliches, doch es war mehr die Einladung in ihrer Stimme, die die Luft zum Vibrieren brachte. Sie beugte sich leicht vor, ihre Hände fanden unbewusst den Stoff seiner Tunika. Die Nähe zu ihm war überwältigend, wie ein Magnet, der sie an ihn zog. Sie wusste, dass sie diejenige war, die den ersten Schritt tun würde. Sie hatte ihn in ihren Träumen oft gesehen, so nah, und wusste genau, dass sie es jetzt wollte.

"Hela…" Olov reagierte, als er ihre Nähe spürte, doch es war nicht die Reaktion eines Mannes, der abwarten wollte. Die Spannung zwischen ihnen war spürbar, aber nicht unangenehm. Eher wie ein feiner Draht, der in der Stille einer tiefen Verbindung knisterte.

"Ich kann nicht länger warten", flüsterte sie, und ihre Hand streichelte langsam seinen Arm, als wollte sie ihre Worte mit der Berührung verstärken. "Ich will auch nicht länger warten … Ich brauche dich jetzt, Olov. Aber auf meine Weise. Ganz." Sie sah ihm in die Augen, erkannte dort das selbe Verlangen. Er zögerte aber noch. War sich unsicher.

Er war ruhig, ließ die Zeit stillstehen, als er ihre Berührung spürte. Die Welt außerhalb des Raumes schien zu verschwinden. Alles, was er wusste, war das sanfte Gefühl von Helas Hand, das seine Haut berührte, ihre Nähe, die er in den letzten Jahren oft gespürt, aber nie gewagt hatte, zu ergreifen.

Langsam, fast zögernd, ergriff er ihre Hand und hielt sie fest, als wäre er sich nicht sicher, ob er sich von der intensiven Verbindung lösen sollte. Doch Hela sah ihm in die Augen und wusste, dass er auch fühlte, was sie fühlte.

"Bist du sicher?" fragte er, seine Stimme ein leises Murmeln. Es war weniger eine Frage als ein Moment der Unsicherheit. Ein Moment, in dem er auf ihre Entscheidung wartete. Doch der Blick, den sie ihm zuwarf, war entschlossen, voller Zuneigung, und in ihren Augen lag eine Klarheit, die es ihm leicht machte, sich fallen zu lassen.

"Ja", antwortete sie leise, und der Raum um sie schien sich zu verengen. Es war nicht nur der Wunsch nach Nähe, es war das Bedürfnis, sich füreinander zu öffnen, die Vergangenheit loszulassen und in diesem Augenblick ganz und gar in der Gegenwart zu existieren.

Ihre Gesichter kamen sich näher, fast wie von selbst. Die Wärme ihrer Körper vermischte sich, und der Moment, den sie miteinander teilten, schien sich für immer zu dehnen. Sie legte ihre Hand auf seine Brust und spürte das rasche Schlagen seines Herzens. Langsam, als würde sie jeden Augenblick kosten wollen, ließ sie ihre Finger über seine Haut gleiten.

Olov atmete tief ein, als er ihre Nähe spürte. Und dann, als ob sie endlich den Moment fanden, den sie beide gesucht hatten, ließ er den Kuss zu, der wie eine sanfte, aber unaufhaltsame Welle kam. Er war zärtlich, aber voller Emotionen. Die Verbindung zwischen ihnen war eine jener, die alles andere in den Hintergrund stellte. Ihre Welt, die für so lange von Freundschaft und unausgesprochenen Gefühlen bestimmt war, wurde in diesem Augenblick zu etwas, das noch niemand von ihnen je mit dem Gegenüber gekannt hatte.

Es war nicht nur der Wunsch nach körperlicher Nähe, es war eine Art des Verstehens, das tief in ihren Herzen verankert war. Sie teilten diesen Moment, ohne Worte, nur durch die Berührung ihrer Lippen und die

Nähe ihrer Körper. Im Gegensatz zu Olov war Hela sich sehr bewusst, wie dieser Abend enden sollte. Sie hatte sich ihre Gedanken gemacht, bevor sie zu ihm gekommen war … Jetzt war es nur eine Frage dessen, wie er reagieren würde.

Sie setzte sich auf, nahm die kleine Öllampe vom Tisch und zog ihn an seiner Hand hoch. Schweigend ging sie voraus, zog ihn hinter sich her. Sie kannte seine Gemächer, da sie bereits hier gewesen war. Sie stellte die kleine Öllampe auf das Tischchen neben seinem Bett und wandte sich zu ihm. "Heute … hier … JETZT! Ich will nicht mehr warten sondern das tun, was wir beide seit Jahren wollten." Sie trat auf ihn zu und küsste ihn mit dem Verlangen, welches sich so lange aufgestaut hatte. Er war zuerst einen winzigen Moment zurückhaltend. Dann jedoch erwiderte er ihre Küsse mit einer Intensität, die sie beide verblüffte. Seine Hände wanderten zu ihren Hüften und zogen sie an sich. Hela stöhnte leise und vor Verlangen. Sie hörte, wie sein Atem schwerer ging, spürte sein Verlangen, als er sich an sie drückte. Sie drückte ihn von sich, zog seine kurze Tunika hoch und streifte sie über seinen Kopf. Sie senkte ihr Haupt, küsste seine muskulöse Brust und spielte mit ihrer Zunge an seinen Brustwarzen. Gleichzeitig löste sie sein Lendentuch und ließ es auf den Boden fallen. Dann machte sie einen Schritt zurück und sah ihm in die Augen. Sie hatte sich zwei Tage lang Gedanken gemacht und war zu einer einfachen Entscheidung gekommen … nun würde es sich zeigen, wie er reagierte. Sie drehte ihm den Rücken zu und schaute dann über ihre Schulter. Langsam zog sie ihre kurze Tunika etwas hoch und beugte sich tief nach vorne, wobei sie sich mit einem Arm auf das Bett stützte. Olov hielt den Atem an, als er realisierte, dass sie an diesem Abend auf ein Lendentuch verzichtet hatte. Sie spreizte ihre Beine etwas und reckte ihm ihren Hintern entgegen. "Gefällt dir, was du siehst, Olov?"

Sie griff sich zwischen die Beine und spreizte ihre Schamlippen etwas, mit ihren Fingern. Olov sah, dass die Schamlippen bereits verräterisch nass glänzten. Er schluckte trocken, während sein Körper jetzt völlig eigenständig reagierte. Sein Penis war so hart, wie schon lange nicht mehr und ragte steil hervor. Er kniete sich hinter Hela und küsste sie erst auf ihren Hintern, dann auf ihre Schamlippen. Fuhr danach sanft mit seiner Zunge durch die Ritze und bemerkte kaum ihr Stöhnen und das Zittern ihres Körpers.

Hela gab sich vollkommen den Gefühlen hin, die nun durch ihren Körper wallten. Ausgehend von der Stelle zwischen ihren Beinen schien ihr Körper gebadet zu werden in wellenförmigen Lustgefühlen. Sie drückte ihm ihren Schoß entgegen, genoss das Spiel seiner Zunge und stöhnte nun ungehemmt ihre Lust und Wohlbefinden heraus. Eine Weile genoss sie sein Tun, dann jedoch rückte sie von ihm ab, streifte schnell ihre kurze Tunika ab und wandte sich ihm zu. Sie atmete schnell und tief, sah zu ihm herab und zog ihn dann hoch.

Erneut küssten sie sich, voller Leidenschaft und Verlangen. Während seine Hände über ihren Körper strichen wand sie sich geradezu unter seinen Berührungen. Ihre Hände griffen, fast schon hektisch herab, zu seiner harten Männlichkeit, prüften dort die Größe und Härte. Zufrieden stellte sie fest, dass Jasamin nicht übertrieben hatte, als sie ihr geschildert hatte, wie Olov ausgestattet war. Heute Nacht würde sie endlich mit ihm zusammen sein, sich von ihm bespringen lassen. Etwas, was sie sich schon oft vorgestellt hatte und wonach sie sich seit vielen Jahren sehnte.

Olov drückte sie langsam an den Bettrand. Sie ließ sich herabsinken, setzte sich auf den Rand und sah seine Männlichkeit direkt vor ihrem Gesicht aufragen. Hela konnte nicht anders. Sie öffnete ihren Mund, nahm ihn darin auf und ließ ihre Zunge über seine Eichel fahren. Er hatte seine Augen fest geschlossen und den Kopf weit zurück gelegt. Undefinierbare Laute drangen aus seinem Mund, als sie nun anfing, seine Hoden zu massieren, seinen Schaft mit einer Hand zu reiben und dabei ihre Tätigkeit mit Zunge und Lippen zu unterstützen. In diesem Moment war sie unsicher, was sie tun wollte. Sollte sie ihn dazu bringen schon jetzt einen Höhepunkt zu bekommen oder wollte sie ihn erst anders bei sich haben, ihn in sich eindringen lassen und dort seinen Saft verspritzen lassen?

Sie fasste eine Entscheidung. Hela ließ von ihm ab, krabbelte weiter auf das Bett und legte sich abwartend hin. Sie streckte eine Hand nach ihm aus. "Komm zu mir, Olov … Wir haben die ganze Nacht Zeit … und müssen vieles nachholen." Sie lachte leise und sah ihn grinsen. Dieses leichte Grinsen, dass sie so an ihm liebte. Es war beinahe, wie ein Messerstich in ihr Herz ... und sie fragte sich jetzt erneut, ob denn ihre Entscheidung die richtige gewesen war, sich nicht zu binden.

Olov legte sich neben sie und sah sie an, ließ seine Augen über ihren Körper wandern, der sich deutlich verändert hatte. Ihre ohnehin schon immer üppigen Rundungen waren, in den vergangenen Monden, noch deutlicher geworden. Gleichzeitig jedoch hatte sie Muskeln aufgebaut, die unter ihrer glatten Haut deutlich zu sehen waren. Sie war eine echte Augenweide für einen jeden Mann, schoss es ihm durch den Kopf. Er begehrte sie mit jeder Faser seiner selbst. Nicht nur körperlich sondern auch tief aus seinem Innern. Sie war stets die Liebe seines Lebens gewesen. Auch in der Zeit, in der er mit Seramis, Matumba, und sogar Jasamin zusammen war, spielten diese anderen Frauen nur eine Nebenrolle, wie er sich selbst längst eingestanden hatte. Höchstens Jasamin war für ihn vergleichbar mit Hela, obwohl die beiden rein vom Äußeren her grundverschieden waren. Kurz dachte er an Jasamin, die ihn immer mehr faszinierte und sein Blut auf ähnliche Art zum kochen brachte, wie es jetzt bei Hela der Fall war.

Hela betrachtete Olov, der schweigend neben ihr lag. Sein Körper war noch deutlich durchtrainierter als der von Orm. Es gierte sie danach, ihn zu besitzen oder sich zumindest an diesem Abend der ungezügelten Lust mit ihm hinzugeben … Danach könnte sie weitersehen und entscheiden, was sie in der Zukunft tun würde. Sie blickte auf seinen Penis, der noch immer aufgerichtet war und dessen Anblick ihr nun einen wohligen Schauer bereitete, der von ihrem Schoß ausgehend durch ihren Körper floss. Sie leckte sich erwartungsvoll die Lippen. Dann setzte sie sich auf, schwang sich über ihn, setzte sich breitbeinig auf seine Oberschenkel.

Olov erhob seinen Oberkörper und küsste ihre vollen Brüste mit den steil aufgerichteten, großen und harten Brustwarzen. Sie rutschte ihm ein Stück entgegen, drückte sanft seinen Kopf an sich und schloss ihre Augen. Ihr Körper sandte erneut wohlige Gefühle aus, die sie zutiefst genoss. Noch weiter rutschte sie ihm entgegen. Dann tastete sie nach seinem Penis, hob ihren Körper etwas an und begann damit, seine Eichel an ihrer Lustperle zu reiben. Er stöhnte leise, bei dieser Stimulation und umfasste ihren Hintern, knetete ihn sanft.

Sie senkte ihren Kopf, küsste ihn auf seine Stirn. Er hob seinen Kopf. Seine Lippen suchten die ihren. Wild küssten sie sich. Ihre Zungen kämpften regelrecht miteinander, während sie sich gegenseitig ihre Lust entgegen stöhnten. Hela umfasste seinen Penis fest und rieb ihn auf ganzer Länge. Immer wieder strich sie dabei mit seiner Eichel durch ihre Schamlippen und stimulierte ihre Lustperle mit seiner bereits feuchten Eichel, die von Tropfen der Vorfreude und ihrem eigenen Lustsaft benetzt war. Ihr Atem kam unregelmäßig und immer wieder zuckte ihr Körper unter den Wellen purer Lust, die ihren Körper, ausgehend von ihrem Schoß, fortwährend durchströmte. Immer schneller bewegte Hela ihre Hand, mit der sie seinen harten Penis an sich rieb. Ihr Atem ging immer unregelmäßiger und sie spürte, wie sich bei ihr ein heftiger Höhepunkt ankündigte. Sie bemerkte nur undeutlich, wie sich die Hände von Olov stärker an ihren Hintern klammerten, während er versuchte ihr mit mit leichten Bewegungen seines Unterleibs entgegenkam. Er keuchte jetzt unkontrolliert, denn auch er näherte sich einem machtvollen Höhepunkt.

Hela richtete sich hoch auf und sah Olov aus weit aufgerissenen Augen dann. Dann endlich durchfuhr sie der ersehnte Orgasmus. Zuerst schrie sie nur schrill ihre Lust heraus, während ihr ganzer Körper unkontrolliert zuckte … dann stöhnte sie zufrieden, als auch Olov seinen Höhepunkt hatte, den er mit einem urzeitlichen Schrei verkündete. Sein Penis zuckte in ihrer Hand, verspritzte sein Sperma in kraftvollen Schüben. Das Sperma spritzte an ihre Brüste und bis an ihr Kinn, lief dann in großen Tropfen an ihr herab. Ein letztes Zucken seines Penis und eine letzte Fontäne der Samenflüssigkeit spritzte Hela auf deren Lustperle.

Entkräftet und zufrieden ließ sie sich neben ihn sinken, rang dort nach Luft. Ihre Beine zuckten noch immer, als ihr Höhepunkt nur langsam verebbte. Olov atmete schwer. Selten zuvor hatte er einen derart heftigen Orgasmus genießen dürfen. Es dauerte eine Weile, bis beide wieder zu Atem gekommen waren. Er legte seinen Arm um sie und sie kuschelte sich in seine Armbeuge, legte ihren Kopf auf seine Brust und seufzte zufrieden.

Lange Zeit lagen sie nur stumm und schweigend nebeneinander. Dann hob Hela ihren Kopf und grinste ihn zufrieden an. Er erwiderte das Grinsen und verdrehte gespielt dramatisch, seine Augen. Die beiden fingen an zu kichern, wie kleine Kinder. Er beugte seinen Kopf zu ihr und küsste sanft ihre Stirn. Hela erhob sich etwas, rutschte zu ihm hoch und küsste ihn verlangend auf den Mund. Erneut wurden ihre Küsse drängender und leidenschaftlicher. Sie drehte sich langsam auf den Rücken und zog ihn über sich, unterbrach dabei jedoch nicht das Spiel ihrer Lippen und Zungen. Schier endlos schien die Zeit, in der sie sich wortlos küssten und ihre Hände über den Körper des anderen gleiten ließen.

Hela spürte, wie sich sein Penis jetzt erneut versteifte und gegen ihren Oberschenkel drückte. Sie drückte seinen Kopf zu ihren Brüsten hinunter. Wortlos küsste er ihre Brüste, umfing sie mit seinen Händen, küsste und leckte ihre empfindsamen Brustwarzen. Sie wand sich vor Lust unter ihm, gab sich ganz ihren Empfindungen hin.

Dann packte sie seine Kopf und zog ihn hoch, um ihm in die Augen zu sehen. Ihre sanfte Stimme schien ihm wie aus der weiten Ferne zu kommen. "Ich will dich in mir haben, Olov … Beschlafe mich." Sie fasste nach unten und zog sein Glied zwischen ihre Beine, zum Zentrum ihrer Lust. Sie dirigierte seinen Penis zwischen ihre nassen Schamlippen, direkt vor ihrer Luströhre. Erneut erklang ihre Stimme dich an seinem Ohr. "Schiebe mir deinen Schwanz dort hinein, wo noch nie zuvor ein Mann gewesen ist … Du bist der Erste, den ich dort in mich hineinlasse." Kehlig stöhnte sie auf, als er endlich in sie eindrang, wobei ihm ein leises Stöhnen entwich.

Sehr langsam und vorsichtig begann er sich zu bewegen. Zuerst genoss Hela es nur. Aber bald schob sie sich seinen Bewegungen entgegen und klammerte sich an seine Schultern. Mit jedem Stoß, den er machte, erfüllte sie ein Gefühl der vollkommenen Zufriedenheit. Sie spürte, wie sich ihr Körper zusammenzog, wie sich eine Welle der Lust durch sie bewegte. Es war ein Gefühl, das sie noch nie zuvor derart intensiv erlebt hatte, so intensiv, so überwältigend. Dies war ganz anders, als alles, was sie bislang gekannt hatte. Sie klammerte sich an seine Schultern, stöhnte laut ihre Lust heraus und genoss die Stöße von ihm. Langsam wurde er schneller und stieß sie nun kräftiger. Hela erwiderte seine Bewegungen, indem sie ihm ihr Becken entgegen schob, wenn er in sie eindrang. Sie fühlte schon nach kurzer Zeit den Höhepunkt in sich aufsteigen und vernahm auch seinen nun unregelmäßig kommenden Atem, der darauf hindeutete, dass auch er wohl schon bald soweit war. Die beiden jungen Menschen keuchten und gaben unkontrollierte laute der Lust von sich.

Sie klammerte sich noch fester an ihn biss ihn, voller Extase in seine Schulter, als er sein Stoßtempo nochmals steigerte. Ihr Körper bebte und sie wusste sich nur noch Momente vom Orgasmus entfernt. Dann überschritt sie die Klippe und der Orgasmus brach über sie hinein, wie eine unaufhaltsame Welle, von ungeahnter Heftigkeit. Als sie jetzt ihren Höhepunkt erreichte und ihn laut heraus schrie kam auch Olov, mit einem erstickenden Schrei, der nur unwesentlich leiser war. Sie fühlte tief in sich, wie sein Penis zuckte und den Samensaft tief in sie verspritzte.

Er sank auf ihr zusammen und sie klammerte sich zitternd an ihn, strich ihm über seine Haare und küsste ihn zärtlich. Sie blickte ihm tief in die Augen. "Ich liebe dich, Olov … Schon so lange, ich denken kann … so wie sonst niemand anderen auf dieser Welt. Halte mich einfach fest, bitte."

Hela lag noch lange wach und kuschelte sich in Olov an, der mittlerweile schon eingeschlafen war. Sie haderte mit sich, ob ihre Entscheidung wirklich die einzig richtige war … Sollte sie weiterhin den Weg einer unabhängigen Frau gehen? Sollte sie seinem Werben endlich nachgeben aber dabei ihre Freiheiten einbüßen? Sie seufzte und eine einzelne Träne lief aus ihrem Augenwinkel. Schließlich kam sie zu dem Schluss, es wäre besser so, wie sie es beschlossen hatte. Eine Weile später schlief auch sie ein. Sie fühlte sich behaglich und sicher, in seiner Nähe.

Die Sonne, die gerade am Horizont aufging weckte die beiden. Hela räkelte sich wohlig, war sich dabei der Blicke von Olov bewusst, der schon fast andächtig auf ihre Brüste schaute und ihr dann sanft einen Kuss gab. Sie lächelte ihn liebevoll an.

Er räusperte sich leise, sah sie fragend an. "Und nun, Hela? Was tun wir jetzt? Soll es das gewesen sein, zwischen uns?"

Sie lachte leise. "Ganz sicher nicht, Olov … Ich möchte das mit dir zusammen noch sehr oft auskosten. Oder willst du das nicht?"

Er grinste, schalkhaft. "Doch, ich möchte das noch oft wiederholen."

Sie nickte zustimmend, wurde dann aber sofort ernst. "Das ändert aber nichts daran, dass ich mich noch nicht an dich binden möchte. Bitte akzeptiere das."

9.

Der Raum war dunkel und kühl, abgeschirmt von der brennenden Sonne des Tages. Nur das schwache Flackern einer Öllampe spendete Licht, ließ Schatten über die Wände tanzen und warf ein sanftes Leuchten auf die schlanke Gestalt der Heilerin, die gebeugt über dem Lager des Verwundeten saß. Anschi hatte unzählige Stunden an Orms Seite verbracht, seine fieberheiße Stirn gekühlt, seine Wunden versorgt, ihn durch die Schwärze des Deliriums begleitet.

Orm lag still da, sein mächtiger Körper war nur eine blasse Hülle seiner selbst. Die breiten Schultern, die sonst Stärke und Kraft ausstrahlten, wirkten schmaler, fast eingefallen. Der Schweiß klebte in seinem blonden Haar, das feucht auf der Stirn lag. Seine Brust hob und senkte sich ungleichmäßig, als kämpfte sein Körper mit jedem Atemzug gegen die Krankheit an. Die Wunde an seinem Oberschenkel, einst eine klaffende, blutige Öffnung, war noch immer entzündet, doch die Eiterung hatte nachgelassen. Die Verbände, die sie ihm anlegte, zeigten Spuren der Besserung, doch das Fieber hielt ihn weiterhin gefangen.

Anschi atmete tief durch und tauchte das weiche Tuch in eine Schale mit kaltem Wasser. Sie wrang es aus, strich ihm mit sanften, gleichmäßigen Bewegungen über die Stirn, die Wangen, den Hals. Ihre Berührungen waren vorsichtig, fast zärtlich. Jede Nacht hatte sie an seinem Bett gewacht, hatte seine unruhigen Träume mit leiser Stimme beruhigt, hatte seine fiebrigen Worte gehört ... Worte, die meist keinen Sinn ergaben, doch manchmal glaubte sie, ihren eigenen Namen darin zu erkennen.

Sie wusste nicht, warum sie sich so sehr um ihn sorgte. Natürlich, es war ihre Aufgabe, den Kranken beizustehen, aber mit Orm war es anders. Sein Schicksal bewegte sie mehr, als sie es zugeben wollte. Vielleicht lag es daran, dass er jetzt so verletzlich wirkte, so weit entfernt von dem furchtlosen Krieger, als den ihn andere Leute ihr schilderten. Oder vielleicht war es sein Wesen ... die Art, wie er trotz seines Zustands noch immer versuchte, zu kämpfen, nicht aufzugeben.

Sie beobachtete ihn schweigend, ließ ihre Finger dann für einen winzig kurzen Moment auf seiner Hand ruhen. Seine Haut war heiß, fast brennend unter ihrer Berührung, doch sie zog sich nicht zurück.

"Du musst durchhalten, Orm," murmelte sie leise. "Wir brauchen dich hier."

Er zuckte leicht im Schlaf, seine Stirn zog sich in Falten und ein leiser Laut entkam seinen Lippen. Anschi beugte sich näher, doch sie konnte nicht verstehen, was er sagte. Sie wechselte sich mit Jasamin darin ab, den Verletzten zu pflegen. Nur selten war er bei Sinnen und in der Lage zu sprechen. Jasamin hatte ihm sehr geduldig die Neuigkeiten und Entwicklungen in der Stadt erklärt und Orm hatte sogar Fragen gestellt. Bei dem Anblick von Anschi war er zuerst erschrocken, dann mehr als erstaunt gewesen … Verständlich, da er keinesfalls damit gerechnet hatte, jemanden mit schwarzer Haut in Asengard zu sehen und jetzt von Anschi gepflegt zu werden.

Mit einem leichten Seufzen griff sie nach einer kleinen Schale, die einen Sud aus Heilkräutern enthielt. Sie tauchte einen Löffel hinein, führte ihn vorsichtig an seine Lippen. "Trink ein wenig … es wird dir helfen." Orm reagierte kaum, sein Kopf drehte sich unruhig zur Seite. Sie legte eine Hand an seine Wange, versuchte, ihn zu beruhigen. "Bitte … nur einen Schluck."

Er stöhnte leise, dann öffnete er für einen kurzen Moment die Augen. Sie waren glasig vor Fieber, aber für einen winzigen Augenblick glaubte sie, dass er sie sah ... wirklich sah. Ihre Blicke trafen sich, und eine Welle von Wärme breitete sich in ihrer Brust aus, die sie selbst verblüffte. Eigentlich machte sie sich nichts aus Männern. Dafür waren ihre wenigen Erfahrungen, mit dem einzigen Mann der sie bislang berührt hatte, zu unangenehm gewesen. Das lange zurückliegende Erlebnis war sehr prägend für Anschi gewesen … Doch andererseits fühlte sie sich von Orm irgendwie angezogen, was sie verwunderte und zugleich verwirrte.

"Anschi …?" Seine Stimme war kaum mehr als ein Krächzen, trocken und rau. Sie nickte, ein sanftes Lächeln auf den Lippen. "Ja, ich bin hier."

Er blinzelte, versuchte, etwas zu sagen, doch die Kraft verließ ihn wieder. Sein Kopf sank zurück ins Kissen, und sein Atem wurde erneut schwer.

Anschi blieb noch lange an seinem Bett sitzen, den Blick auf ihn gerichtet. Sie dachte nach, versuchte die Gefühle in sich zu ergründen, die sie verwirrten. Erneut streifte ihr Blick den Verletzten, der nun wieder in den Schlaf gefallen war. Sie seufzte und beschloss, irgendwann in naher Zukunft mit Jasamin darüber zu sprechen. Jasamin hatte sich zu einer engen Freundin entwickelt und Anschi hoffte, dass sie ihr dabei helfen könnte diese verwirrenden Gefühle zu ordnen.

Olov und Hela trafen nahezu zeitgleich mit Jasamin an der Baustelle ein, wo nun die letzten Arbeiten an der zukünftigen Schule vollendet werden sollten. Das Krankenhaus war ebenso wie das neue Badehaus bereits fertiggestellt und beides wurde von den Einwohnern mit tiefem Stolz betrachtet. Olov winkte, bereits von weitem seinem Bruder Skald zu der, wie fast nicht anders denkbar, zusammen mit Matumba mit der Leitung der letzten Arbeiten beschäftigt war.

Skald war aufgeregt. Heute würden sie endlich alle Arbeiten abschließen können. Damit näherte sich dieses Bauprojekt nun seinem Enden. Ein Projekt, welches Skald fast Tag und Nacht beschäftigt hatte.

Liv, unbemerkt im Schatten

Niemand von ihnen bemerkte die Gestalt, die fast hundert Schritte von ihnen entfernt, im Schatten eines Baumes stand. Liv war sehr darauf bedacht, von ihnen nicht bemerkt zu werden. Die Hände von Liv hatten sich zu Fäusten geballt. Sie versuchte zwar, sich ihre Gefühle nicht anmerken zu lassen, aber der bloße Anblick von Skald, Matumba, Olov und Hela versetzte sie in fast schon rasende Wut, die von Neid und Missgunst geschürt wurden. Liv atmete tief durch und bemühte sich, nun wieder ruhiger zu werden. Niemand durfte sie derart aufgewühlt sehen.

Sie folgte mit ihren Augen Hela und Jasamin, die zusammen zum Krankenhaus gingen und dies betraten. Eine Weile später trat eine andere Gestalt aus dem Krankenhaus heraus und ging davon. Der Weg, den diese Gestalt nahm führte nicht weit entfernt von Liv vorbei, die noch tiefer in den Schatten trat. Liv musterte die Gestalt fast beiläufig und erkannte die junge Anschi, die sich zur rechten Hand von Jasamin entwickelt hatte. Anschi bemerkte sie nicht und schien in Gedanken versunken zu sein. Liv blickte ihr hinterher ... und da schoss ihr ein Plan durch den Kopf, der ihr erfolgversprechend erschien. Liv hatte in der Letzten Zeit das ungute Gefühl, als wenn Jasamin ihr nicht traute und ihr nicht wohlgesonnen war. Sie war jedoch auf Jasamin angewiesen, da diese die Kräuter mischte, die Liv benötigte um Schwangerschaft zu verhindern. Diese Kräutermischung und das daraus gewonnene Extrakt war etwas, was viele Frauen in Asengard benutzten ... Im Fall von Liv war es jedoch so, dass diese fast in Panik geraten war, als Jasamin ihr vor einem Viertelmond verkündet hatte, sie könne ihr erst in einigen Tagen etwas von dem Extrakt geben, da die Bestände aufgebraucht wären. Liv hatte diese Aussage seinerzeit gespielt gelassen und mit einer kurzen und lustigen Bemerkung erwidert. Sie hatte innerlich aufgeatmet, als sie dann einige Tage später das begehrte Extrakt erhalten hatte. Derartiges durfte sich nie wieder ereignen, hatte Liv sich geschworen.

Wenn sie also nicht Möglichkeit hatte, über Jasamin an diese Arznei zu gelangen, vielleicht war es dann möglich Anschi dafür zu nutzen. Liv runzelte bei dem Gedanken ihre Stirn. Ihr Verstand sortierte alles, was sie über Anschi wusste ... Sie würde Nachforschungen anstellen müssen, um besser über die junge Frau informiert zu sein. Das würde einige Zeit in Anspruch nehmen, denn Liv war in derartigen Dingen sehr sorgfältig. Das hatte ihr bislang viele Vorteile verschafft, wenn es um die Männer ging, die sie sich gefügig gemacht hatte. Liv lächelte kaum merklich. Es war ein Lächeln, welches man beim besten Willen nicht als freundlich bezeichnen konnte. Mit ausdruckslosem Gesicht und langsamen Schritten verließ Liv den Schatten.

Anschi bemerkte nicht, dass ihr jemand folgte und dabei darauf achtete, mit wem sie sprach oder wie sie auf andere Leute reagierte, denen sie begegnete. Im Abstand von etwa fünfzig Schritten hinter ihr bewegte Liv sich durch die Stadt, folgte der ahnungslosen Anschi und tauschte auf ihrem Weg freundliche Worte und fröhliches lächeln mit allen aus, denen sie begegnete. Die Straßen füllten sich langsam und Liv folgte der jungen Frau bis zur Festung, wo diese ihre Gemächer besaß. Dann schlenderte Liv zu ihrem Haus. Sie würde nachdenken und an ihren Plänen arbeiten. Pläne, die sich um Einfluss, Unabhängigkeit, Wohlstand und Macht drehten … vor allem Macht, denn das war der Punkt, um den sich die Gedanken und Wünsche von Liv fortwährend drehten. Dafür würde sie alles tun und dabei keine Rücksicht auf andere nehmen.

Die Saga der vergessenen Stadt geht weiter in

GÖTTIN

Der Autor, Olaf Thumann

Olaf Thumann, geboren 1966 ist Wirtschaftsfachmann. Er lebt in Norddeutschland.
Er schreibt hauptsächlich Romane und Serien, die in den Bereichen SF, Fantasy und Geschichte liegen.

Das Schreiben von Büchern bezeichnet er selbst als sein Hobby. Unübersehbar in seinen Schriften sind seine Erfahrungen und Kenntnisse aus den Bereichen Militär, Geschichte und Wirtschaft, die mit einfließen.

Bisher erschienen:

Werkverzeichnis SPQR-Reihe

SPQR – Der **Falke von Rom (Hauptzyklus)**

Teil 1 – Imperium … von Sascha Rauschenberger

Teil 2 – Die Fackel der Freiheit … von Sascha Rauschenberger

Teil 3 – Ruhm und Ehre … von Sascha Rauschenberger

Teil 4 - Der Preis des Ruhms … von Sascha Rauschenberger

Teil 5 - Dunkle Schatten … von Sascha Rauschenberger

Teil 6 – Der Römer Zorn ... von Sascha Rauschenberger

Teil 7 – Wenn Reiche fallen … von Sascha Rauschenberger

Teil 8 – Mit Feuer und Schwert … von Sascha Rauschenberger

Teil 9 – Pax Romana … von Sascha Rauschenberger

Teil 10 – Die dunkle Zuflucht ... von Sascha Rauschenberger

Teil 11 – Roma Viktor ... von Sascha Rauschenberger

Teil 12 – Schattenspiele … Sascha Rauschenberger

Teil 13 – Legatus (i.V.) … Sascha Rauschenberger

SPQR – **Outback (Nebenzyklen)**

Teil 1 - Ferne Welten … von Olaf Thumann (Lemuria-Zyklus Teil 1)

Teil 2 - Pflicht und Ehre … Olaf Thumann (Lemuria-Zyklus Teil 2)

Teil 3 - Waffengang … Olaf Thumann (Lemuria-Zyklus Teil 3)

Teil 4 – Fremde Himmel (i.V.) … Olaf Thumann (Lemuria-Zyklus Teil 4)

Weitere Romane der Reihe in Vorbereitung

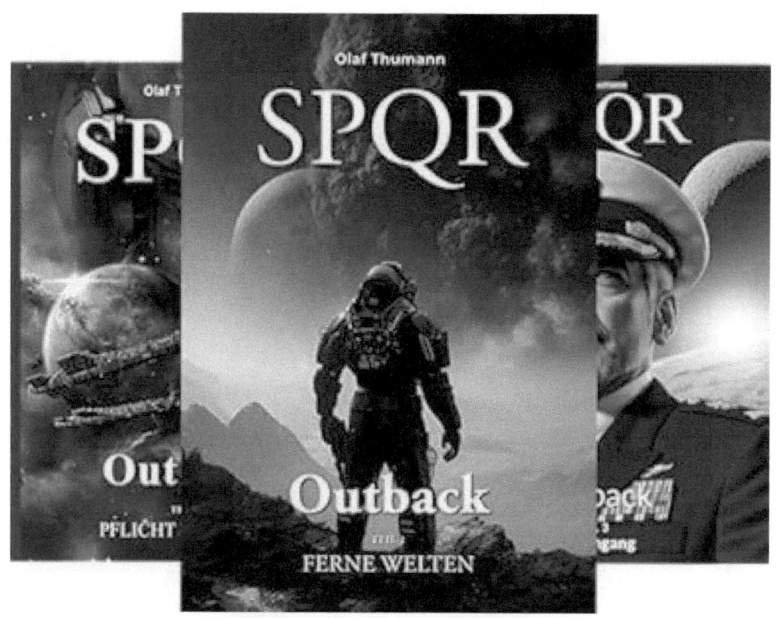

MäcBee (Tuscelan Chroniken)

Teil 1 – Der Weg des Paladins

Teil 2 – Blut und Eisen

Der Zyklus um Nils und Gudrun

Teil 1 - Wikinger

Teil 2 – Die Walküre (in Vorbereitung)

Der Freibeuter von Wismar

(Historischer Roman)

Die Saga der vergessenen Stadt

Teil 1 - Der Clan der Asen